思い出列車が駆けぬけてゆく

「犯人は読者だ」で話題をさらった『仮題・中学殺人事件』から50年、ミステリ作家デビュー以来、本格もの、ユーモアものをはじめ、様々なスタイルの作品を提供し続けてきた辻真先。中でも、鉄道ミステリは、著者自身が長年の鉄道ファンであることも広く知られており、多くの読者に親しまれてきた。シリーズキャラクターである、トラベルライター・瓜生慎ものを筆頭に、自らも鉄道愛好家でもある、ミステリ評論家・戸田和光が選んだ珠玉の12編。すでに廃線となった路線、企画列車なども登場する、辻ファン、鉄道ミステリファン必携の一冊。

思い出列車が駆けぬけてゆく

鉄道ミステリ傑作選

辻　真先
戸田和光編

創元推理文庫

TRAIN MYSTERY MASTERPIECE SELECTION

by

Masaki Tsuji

2022

目次

思い出列車が駆けぬけてゆく

鉄道ミステリ傑作選

お座敷列車殺人号

・お座敷列車

1

「一曲どうぞ。歌ってくださいよ、奥さん」

色白ののっぺりした男が、真由子にむかってカラオケのマイクを突き出した。もうかなり、アルコールが回っているみたいだ。

タッチの差で二枚目になりそこねたという風な男の顔の造作は、少なくとも真由子のとなりに坐っている、亭主の瓜生慎よりはましだったが、あいにく彼女の好みから遠い。

それでも真由子がうれしそうに、

「ええ」

とマイクを取ったのは、べつだん美声に自信があったわけではなかった。

男に「奥さん」と呼ばれたうれしさからなのだ。

事情があって、一年あまり彼女は慎と同棲していた。ようやく機熟して、正式に瓜生の姓を名乗るようになってから、今日でまだ五日目だ。

いわば慎と真由子の、今回の伊豆旅行は、ふたりにとってささやかな——ごくささやかな新婚旅行であった。

新夫である慎の職業は、トラベルライターである。旅の雑誌としては一流の、「鉄路」へ毎月のように寄稿しているから、食うには困らないが、なんといってもまだ駆け出しなので、生活のレベルが高いとはいいにくい。日本国民の大部分は、意識調査で自分の生活程度を中の上と答えるそうだが、正直者の慎だったら、下の上と返答するはずだ。

したがって、商売ぬきの旅行となれば、それが新婚であろうとフルムーンであろうと、節約せざるを得ない。

今回の伊豆旅行も、一泊目が西海岸松崎にある国民宿舎、二泊目が伊豆の踊り子ゆかりの湯ケ野温泉の民宿と、お安く足を運んできたが、最後の宿泊地吉奈温泉では、どんとはりこんで一流旅館に泊まることにした。

もっとも、この温泉には旅館が四軒しかないので、のこらず一流みたいなものだ。

なかでも、さか屋と東府屋の二軒は有名だが、慎はすでにさか屋には泊まっていたから、今夜は東府屋旅館に投宿した。

トウフ屋といっても、豆腐料理を看板にしているのではない。

徳川家康の愛妾お万の方が、湯浴みして子宝が授ったという、効験あらたかな吉奈温泉とあって、府中の東——すなわち東府屋と命名したのだ。

中伊豆の大温泉修善寺から、車を飛ばせば十五分程度の近さだが、歓楽色はほとんどなく、静かな、むかしながらの名湯であったから、慎も新婚旅行の上りにえらんだのだけれど、今日にかぎって運わるく、ガラのわるい団体客にぶつかってしまった。

一階のバーでうすい水割りをなめていたところへ、男女とりまぜ二十人ばかりのグループがどかどかと闖入して、歌うわ踊るわ笑うわ叫ぶわ吼えるわ泣くわの騒ぎになったのだ。カウンターは七人坐るといっぱいになる狭さだが、フロアは広い。バーというよりディスコのムードで、若い女の子がテクノポップの叫喚に合せて踊りくるった。

それが一段落すると、今度はカラオケ大会だ。すっかり白けた慎は、なんべんも腰をあげようとしたが、意外に真由子はおもしろがっている。

「帰ろうや、へやに」

「あら、いいのよ……先に帰ってて」

そういわれると、慎も神輿をあげにくくなった。

——考えてみると、真由子ははたちを越してまだ間がない。ひょんなことからおれという、顔も長いが気も長い、よくいや大器晩成わるくいや当分うだつがあがりそうもない男と結婚する羽目になったが、本来なら遊び盛りの年ごろだ。同年輩の娘どもが手足をバタつかせてディスコっているのを見て血をわかせるのもむりはないんだ。

かれら彼女らの会話を小耳にはさむと、どうやらこのグループは、太閤プロダクションという芸能プロの従業員らしい。

裏方とはいえマスコミの先端にいる連中だから、服装もそこそこ洗練されて見えた。熱海あたりにくりだすイモサラリーマンの団体とちがって、浴衣に丹前なぞという無粋な姿はひとりもいない。（実は慎だけが、丹前を着ていたので、大いにいじけたのだけれど……）女性のなかには、ボールペンよりマイクをにぎった方が似合いそうな美形も、ひとりふたりいた。事実、あとで知ったことだが、タレントあがりの由良梨枝のような美女もまじっていたのだ。

（だが）

と、慎は思う。

（おれの真由子にかなう奴は、絶対いない！）

男性普遍の心理として、わが恋人とよその女をくらべたがる。そして恋人の魅力を再確認し、心ひそかにバンザイを叫ぶ。

これが、恋人よりよその女の方がよく見えるようになったら、用心しなくてはならない。恋の終りが近づいているのだから、手際のいい別れ方を工夫しておく必要がある。

今のところ瓜生慎は真由子にぞっこんなので、たとえ太閤プロの看板タレントが、束になって誘惑しようとしても、ふりむかないだろう。……まあそんな心配しなくたって、だれも慎を誘惑してくれそうにない。

そんなことより、真由子の魅力が磁場と化してひきつけたのか、生ッ白い五寸釘みたいな若者が、しきりと彼女に愛想をふりまくのが気にかかった。

まさか真由子が、「奥さん」と呼ばれた嬉しさに、愛嬌よく応えたとは知らないから、目をつむってうっとりと、お気に入りの「カスバの女」を歌いあげる彼女を、慎は、不安げにながめていた。

かわい子ちゃんタイプの真由子が、崩れた女を歌うのは、妙にアンバランスな魅力があって、はなれたボックス席でぺちゃくちゃやっていたプロダクションの面々も、2コーラスからはだまりこくって聞き惚れた。

だが、歌がおわるや否や、パチパチと盛大な拍手を送ったのは、その連中ではない。

「社長」

バーの入口をふりかえった若者が、はっとカウンター椅子から立ちあがった。

「社長」

「社長」

異口同音とは、こんな場面のことをいうのだろう。

飲んでいた男女も、踊っていた男女も、みんながみんな体をしゃっちょこ張らせて、入口の男に敬意を表した。

手を惜しみなくうち鳴らしながらはいってきた「社長」は——

慎の目に、狸(たぬき)に見えた。

それもかなり年季の入った古狸だ。

頭の毛がうすく、丸顔でどんぐり眼(まなこ)。赤い鼻の下に貧相なひげを生やし、寸詰まりの体でおなかばかりせり出している。

　年は五十前後というところか、さすがに中年者らしく、浴衣の上に丹前を羽織っていたが、体型に押されて前がはだけてしまっている。

「おみごと」

　狸が歯を剝き出した。これが社長の笑顔らしい。目が笑わず口もとだけが変形するのだ。

「くせのある歌だが、魅力的でけっこう」

　と、かれは評した。

「しかも美人だ」

「ありがとうございます」

　真由子はにこにこした。

「笑顔もいい」

　狸がほめまくる。

「プロポーションも当然……」

　と、かれはレントゲンのようにするどい視線で、真由子の全身を走査した。

　慎はこの好色そうな社長を、張り倒したくなった。

「うちのプロダクションにはいりませんか。あなたなら、きっと売れる」

「そうでしょうか」

「太閤プロの木下東吉が断言しとるのです！」

狸こと木下社長が、太鼓判を捺した。

木下東吉？

その名は、畑ちがいの瓜生慎も聞いていた。辣腕のマネージャーとして、ある大手プロにつとめていたが、数年前一部のタレントをひき連れて、大手プロから独立したのだ。

合理的だが非人間的、徒らにきびしい管理体制をとっている多くのプロダクションに比較すると、太閤プロは、むしろ前近代的といえた。自分の名が木下東吉だからといって、社名に太閤をかぶせるセンスの古さからも、それをうかがい知ることができるだろう。

が、ふつうなら欠点となる古さが、かれの場合は美点として働いた。

もともと芸能界には、保守的な体質がある。ビジネス一点張りでなく、義理人情の網をかぶせて、ウエットな人間関係を看板にかけた太閤プロは、いく人かの大物タレントを傘下にかかえて躍進をとげた。

原動力は、なんといっても木下の個性である。

ビジネスマンというより、賭博場の胴元のような貫禄と、愛想のよさと、底知れなさでかれは太閤プロを売りまくった。

「あなた、太閤プロの名をご存知でしょうな」

真由子があまり平然としているので、木下も不安になったらしい。

「はい。よく知っていますわ」

「それならけっこう」

自信をとりもどした木下は、また歯を剝いた。かなりの出っ歯だ。

「すぐにもテレビドラマに出てほしいところだが、一応三カ月の基礎訓練期間をおきましょう。訓練期間中も、むろん給料をはらいます……金額のご希望は、お嬢さん」

真由子は、あい変らずにこにこしながら答えた。

「私、お嬢さんじゃないんです。……この人の妻なんです。主婦業についてます」

と、慎の腕をかかえて、

「ですから、とても残念ですけど、兼職はむり。ご期待にそえなくて、すみません。シン、お勘定は」

「もうすんでる」

腕をからまれて、慎は照れ臭そうだったが、なんとか木下に笑いかけることができた。

「当家の家風として、女房は家を守ることになってまして。あしからず」

にたりと笑うと、長いあごにしがみついている、ちょろちょろのひげが、ほのかに揺(ゆ)れて、
慎と真由子は腕を組んだまま、バーをあとにした。

2

「やだ」

と、真由子が小さく悲鳴をあげた。

「ゆうべの太閤プロが、いっしょだわ!」

吉奈温泉から天城街道をバスで北上し、修善寺へ出たふたりの目に、駅前広場でひしめく原色の服装の群れが映ったのだ。

中でひときわカン高い声をあげているのは、昨夜真由子にマイクをすすめた、のっぺり型の若者だ。かれは旅行社の添乗員よろしく、手に小旗を打ちふっていた。旗に染めあげられた千成瓢簞のイラストは、いうまでもなく太閤プロのマークだ。

「発車までまだ一時間ありまーす。適宜お休みくださーい」

「適当にご休憩といっても、このへんにラブホテルなんてないぜ」

「コーヒー代は、会社もちですかあ」

弥次が飛んだ。

「そんなこと知らないよ……社長に聞いてくれ」

若者は、逃げ腰になった。

「その社長は、どこへ行ったの、曾根田さん」

三十年配でメガネをかけてはいるが、渋皮のむけた女性が、強い口調でたずねた。若者は曾根田という名前らしい。

「さあ……おれたちのバスより、ひと足早くハイヤーで出て行ったから……」

「わかってるわよ。芸者を誘いに行ったんでしょ」

女がいうと、周囲の男どもがあわて気味に制止した。

ゲイシャ？

慎と真由子は、顔を見合せた。

大温泉の修善寺だから、芸妓(げいぎ)が百名近くいるのにふしぎはないが、今はまっ昼間ではないか。

「これはこれは」

長身の曾根田が、真由子に気づいた。

「ゆうべはどうも」

「こちらこそどうも」

真由子に代って、慎が挨拶(あいさつ)を返した。「どうも」とは、あいまいなことばだが、こんなとき実に便利に使用できる。

「あら、この人？」

メガネの美女が、真由子を見た。服装から推(お)して三十くらいと踏んでいた慎は、眼前に展開した厚化粧に圧倒されて、女の年齢を十歳ほどかさあげすることに決めた。

「社長がスカウトしようとして、ことわられた女の子って」

「そうですけど、私、女の子じゃありません」

「ごめんなさい。奥さんだったんですね。ままごとみたいでうらやましいわ」

屈託なく笑ったと思うと、いつの間に持っていたのか、小ぶりな名刺を手品のように取り出して、慎に渡した。

「こういう者ですの」

名刺には、

「太閤プロダクション経理課長由良梨枝」

と刷りこんである。

「由良さん……といえば」

慎は口ごもった。

「なん年か前レコード祭の新人賞を取った、あの由良さんですか」

自信のなさそうな口ぶりだったが、聞かれた相手は、

「きゃあうれしい！」

小娘のように、両手を胸の前で組んで、嬌声(きょうせい)をあげた。

「よくおぼえててくださったわね」

「はあ、どうも」

たじたじとした慎は、また「どうも」を安売りした。

「これから東京へお帰りですか」

「ええ、お座敷列車に乗って」

「お座敷列車！」

慎が目をまるくした。

無理もない、旅行が本業のかれもまだお座敷列車にだけは、乗ったことがなかった。他の車(しゃ)

輛とちがって、お座敷列車は団体専用に使われているので、慎のような個人旅行者はおいそれと乗れなかったのだ。

「なんなの、それ」

　真由子も初耳だったとみえ、慎に小声でたずねた。

「客車の中に畳が敷いてあって、宴会をやりながら旅行できるんだ」

「へえ、おもしろそう」

「ビデオやカラオケの設備もあるので、ひっぱり凧のアイデア列車さ。たしかはじめは、中京地区にしかなかった」

「乗ってみたいな……シンはもう乗ったの」

「まだ一度も」

「トラベルライターがそれでは困るんじゃない。ねえ、だれかに頼んで乗せてもらいましょう」

「だれかにって……だれに頼めばいいんだ」

「社長がOK出せばかまいませんわ」

　梨枝が、ふたりの話に割りこんだ。

「太閤プロで一車輛借り切っているんですもの、ご遠慮なく」

　ご遠慮なくといわれても、肝心の木下が所在不明では、頼みようがなかった。困惑した慎を見て、梨枝が察しをつけたようだ。

「社長なら、きっと……」

彼女は駅前広場を見渡した。

東京近郊の国電駅にくらべると、あまりにがらんとした駅前だった。

その一角に、ごてごてと飾りつけた喫茶店ヴェルサイユの看板が見えた。ふたむかしも前に流行した、名曲喫茶風の古ぼけた門構えだ。

「あそこですわ」

梨枝が笑った。

「社長の好みにぴったりのお店ですから」

半信半疑でヴェルサイユにはいってみると、うすぐらい店内で、木下がカツカレーを食べていた。

木下のとなりには、枯葉色のワンピースを着た、まだ十代に見える若い女が、人形のように坐っていた。高校生といっても通用する娘々した童顔だが、これが梨枝のいった芸者なのだろうか。

人の近づく気配に顔をあげた木下は、にやりとした。

「やあいらっしゃい。お揃いで顔を見せたところは、はは
あ……太閤プロへはいる決心がついたのかな」

「いえ、実は」

切り出そうとした慎は、うっとことばをのどへ詰まらせた。

ダークブラウンにぬられたテーブルだったので、それまで気づかなかったが、カレー皿のか

げに、ゴキブリがいた。

それも飛切りでかい奴だ。瓜生家の流しにひそむ奴がＹＳ機なら、こちらはジャンボジェットほどもある。

教えるのは簡単だが、食事中の木下に気の毒だし、女性ふたりが過剰反応を起こして、目を回す心配があった。

「実は、なんです」

「はあどうも。実は」

へどもどしながら、やっとのことで慎は説明をすませた。

「ああかまわんよ。お乗んなさい」

木下は、あっさりひき受けてくれた。

そのあいだゴキブリは、ぴくりとも動かない。

「曾根田に、私がＯＫしたといえば、入れてくれるさ」

「あの背の高い人ですね」

返答しながら、慎は気が気ではなかった。今にもあいつが——ゴキブリが、皿のかげからひげをふるわせて飛び出してきたら、どうしよう。

「そう、うちのマネージャー」

「へえ」

慎の意外そうな表情を見た木下は、親切に解説をくわえた。

「芸能プロのマネージャーといえば、やくざな商売とか、スタアのカバン持ちとか、そんな風にしか受け取らない人が大部分だがな、そういうイメージは、もう古いよ」

木下が、蠅を追うような手つきをした。

「今のマネージャーは、はるかにクリエイティブな仕事なんだ」

クリエイティブ、というところをひどく正確に発音した。

だが慎は、それに感心する余裕がない。

ゴキブリが這いだしたら、どうなる……ゴキブリが。

「だからこそ、女優との艶聞がふえる。芸能誌が追いかける。うむ、うまかった」

木下は、行儀わるく爪楊枝で歯をせせった。

「あんたたちの前だが、カツカレーというのはおいしいな。実に、おいしい……恥かしながら、私がまだピーピーしとったころ、生まれてはじめてカツカレーを食べて、仰天したもんです」

「それ以来社長さんは、カツカレーというと目がないのね」

はじめて芸者らしい少女が、口をきいた。少しばかり鼻にかかった、人によってはかわいいとも、わざとらしいともいいそうな、甘ったれた調子だ。

「だから夢子に御馳走してやろうと思ったのに、ことわりおって」

「私、お年ごろなのよ。ただいまダイエット中」

「体力をつけてくれなきゃいかんじゃないか」

木下が加減して笑うと、ひどく好色そうな狸に見える。

「腹がへってはいくさが出来ん……これから一戦しようというときに」

「いやな社長さん」

少女——夢子と呼ばれた若い芸者——は、そっぽを向いた。それにはかまわず、木下は慎をふりかえって、

「まあ聞いてほしいんだが、私はさるテレビ局のお偉方と賭(か)けをしてねえ。国鉄の車内で女とナニしてみせることにした」

「………」

慎の目が、大きくふくれあがった。

いつから気がついていたのか、木下のふとい指が存外器用に動いて、ゴキブリをつまみあげたのだ。

「だが、いざ実行する段になって、私は閉口(へいこう)した」

なんと木下は、そのゴキブリを口の中へほうりこんだ！

慎より先に、真由子が悲鳴をあげてしまった。

「おどろかせて、ごめんなさい……」

それを見た夢子は、自分のことのように弁解した。

「今のゴキブリ、アーモンドとチョコレートを細工したつくりものなの」

「こいつ。タネを明かしおって」

木下は、夢子の頭をこつんとやった。

慎は呆れた。芸能プロの社長ともあろう木下が、そんな子どもじみたいたずらで、人をひっかけてよろこぶなんて。

稚気満々の表情を浮べた木下は、賭けの話をつづけた。

「いくらグリーン車のリクライニングシートでも、カーセックスのようなわけにはいかん。第一、いつ車掌が見回りにくるかも知れん。それは寝台車や食堂車でも、事情はおなじだ。個室寝台という手はあるが、あいにくこれの、あのときの声というのが野放図もなくてね」

「もう、よして」

夢子につつかれたが、木下はそ知らぬ顔である。

「規則上は、おとなふたりでひとつのベッドを使っちゃいかんと、こうなっとる。声をあやしまれて、車掌に調べられたらおしまいだ……そこで私は、お座敷列車に目をつけた。一輛借り切ってしまえば、どう使おうがこっちの勝手。むろん、いざナニをするときには、社員たちの協力が必要だが」

「するとこの人が、木下さんの……パートナーというわけですか」

「私だけのホンバン女優さ」

木下は笑った。

「クライマックスをビデオ撮りして、賭けの敵に送らにゃならん。たとえ観客はひとりでも、女優にゃちがいないだろう」

「もう……やめて！」

夢子としては、慎よりも同性の真由子に聞かれるのが恥かしいのかもしれない。耳のつけ根まで赤くして、腹立たしそうにいった。

「この妓は、これでも売れっ子でね」

狸には、夢子の声なぞまったく聞えていないらしい。

「お座敷列車は午前中に出る。終着の東京まで行って、とんぼ帰りしたって、十分今夜の座敷に間に合う。それだけ気を遣ってやったのに、高い枕代をふっかけられたよ。……なにかまわん」

木下がタバコをくわえると、あんなに怒っていた夢子が、間髪をいれずライターを鳴らした。さすがは接客のプロだ。

「テレビ局の重役から、それ以上の賭け金をふんだくればすむ」

かれは、ポケットから白い小さな陶器を取り出し、テーブルに乗せた。見たことのある形だと思ったら、それは洋式便器のミニチュアだった。

蓋をあけた木下は、便器の中へタバコの灰を落とした。趣味のわるい灰皿だが、木下にぴったりといえた。

「私に大枚渡した重役だって、損はしないさ……その男の唯一の趣味というのが、春画やブルーフィルム、ポルノビデオの蒐集だからね」

「本番男優として熱演する木下さんも、得をしますね。コレクションの一部に珍品を加えることができた重役さんが、太閤プロを粗末にあつかうわけがない」

「その通り」

慎の皮肉を、狸は生真面目な顔で受け止めた。

「私はころんでも只では起きないのが、モットーだよ」

3

お座敷列車は、予定通りの時間に修善寺駅を発車した。

支線用に小ぶりな電気機関車ＥＤ32型に牽引された五輌の客車の、その先頭に太閤プロ専用の車輌が連結されていた。

慎と真由子も、首尾よく中へはいることができた。

全体の感じはウナギの寝床だ。

進行方向右側の窓際、通路にあたる部分だけ、畳がはねあげられ固定されている。

のこりの畳に、座卓が八本配置してあった。一本あたり四枚の座布団が敷いてあるので、この客車の定員は三十二名ということになる。

両サイドの窓々は、上下に可動式の障子がはめこまれ、前部の仕切りには透かし彫りのはいった欄間を持つ明り取り、後部の壁にはビデオテレビが仏壇みたいにおさめられている。

テレビ脇の物入れの前に、カーテンがくの字型にかかっていた。

「これ、なにかしら」

真由子がひっぱっていると、サングラスをかけた小作りな男が説明した。

「脱衣コーナーです」

「ここで着物をぬぐんですか」

「この奥が、サウナになってるから」

「ええっ」

おどろいた真由子が物入れをあけると、スペアの座布団が、どさどさと落ちてきた。

「サウナというのは、うそ」

小男が、にこりともせずにいった。

「お座敷列車は、アトラクションとしてストリップをやるの。そのときの楽屋」

「ストリップを！」

おかたい国鉄だが、赤字とあってはやむを得ないのかしら。

一瞬真由子もそう考えたが、

「それもうそよ！　珍田(ちんだ)ちゃんにだまされてはだめ」

梨枝が笑いながら教えてくれた。

「この人、珍田小丸(こまる)というの。コメディアンだった時分は、オマルと呼んだけど、今はコマル」

「わい、彼女の下で働いてまっさかい、数字に弱うおましてな、勘定合わんやないか！　怒鳴られては困る、困る」

くそ真面目な顔でいい捨てた小丸は、まるっこい背を向けた。

「小丸ちゃん、あれでも以前は三枚目役者として期待かけられていたんだけど、過労で視力が落ちてしまって、タレントをあきらめたの」

「そうなんですか」

見るともなく、真由子は、小丸を目で追った。

座敷の中ほどに、社員の大半が集まってわいわいやっている。座布団を大きくならべて、その上にシーツを広げていた。

「このカーテンは、女性が着更えるためのスペースらしいわ……あら」

真由子の視線に気づいた梨枝は、苦笑いした。

「あそこでなにをしているかっていうんでしょ。社長と芸者が寝る場所をつくってるのよ」

座布団をふたつ折りにしてバスタオルでくるみ、即席の枕をこしらえている女性事務員もいた。

「どういう神経をしてるのかしら。……社員も社員だけど、社長だって」

梨枝は、吐き出しそうな口調だった。

ベッドメーキングを指揮するのは、例によって調子のいい曾根田だ。

「あのゴマすり」

梨枝が小声でいった。

「タレントに合った企画を立てることはうまいわ、たしかに。その代りお金に汚なくて……社長に知られたら、すぐクビになるわよ」

「大変なんですね。芸能プロって」

真由子が目をぱちぱちしてみせると、梨枝が笑った。

「どこの世界だって、似たりよったりだわ。……役者の世界は、それが少しばかりあけすけになるだけ」

「由良さんは、どうしてタレントを辞めちゃったんですか」

聞かれた梨枝は、反射的に険しい表情になり――すぐまた平静な顔にもどった。

「恋人が辞めろといったから」

「まあ、勿体(もったい)ない」

真由子は、梨枝をしげしげと見た。

「由良さんて、素直な人なんですね。それで、その人と結婚なさったの」

「たしかに籍は入れたけど……」

梨枝のメガネの奥がかげった。

「今では形ばかりよ」

「そうなんですか……結婚て、むつかしいんですね」

「結婚して一週間にもならない人が、いうべきせりふじゃないわ」

そのとき、カメラをつかんだ慎が、後部デッキからはいってきた。

「大したもんだね……あっちの物入れには将棋盤まで用意してあるぜ。おや、なにをしてるんだ、曾根田さんたちは」

社員大勢、きゃあきゃあいいながら、よくのりの利いたカバーで、毛布を包んでいる。どれもこれも手分けして車内に持ちこんだ小道具のようだ。

若い男が、その枕もとにビデオカメラを設置している。のみこみのわるい慎も、やっと舞台装置の意味を理解した。

「なるほど！　これで行灯と桜紙でもあればいうことなしの四畳半趣味だ」

明り取りの下で、夢子を相手にワンカップをやっていた社長が、声をかけた。

「道具立ては揃ったようだな……夢子」

燻んだ蕪のような腕をのばすと、少女芸者もアルコールで火照った顔をうつむけて、その手をにぎりかえした。

「しっしっ」

あいている片方の手で、木下は社員を追い立てた。

仕方なく、慎と真由子も後部デッキへ移動した。狭いデッキは、太閤プロの社員でラッシュアワーになった。

万一車掌がここまで回ってくるようなら、体を張って足止めしなくてはならない。

木下と夢子のポルノシーンは、もうはじまったのだろうか。

慎をふくめた一同は、耳をすましたが——二枚のドアにさえぎられた座敷からは、咳の音ひとつ聞えない。

聞えるものは、レールを刻む単調な車輪のリズムだけであった。

4

「あ……あ」

たしかにそんな声があがった。

夢子だ。

男どもは、いっせいに彼女のつややかな肢体（したい）が、古狸のだぼだぼとした肉体に組み敷かれて、足を宙に舞わせている姿を想像した。

「畜生」

だれかが呻（うめ）き、ドアに耳をはりつかせた。

曾根田と小丸もそれにならった。

慎もならおうとした——が、真由子ににらまれて、やめた。

ピーッ！

するどい警笛が聞えて、列車は急ブレーキをかけた。

あとで聞くと、おばあさんが踏切を渡ろうとしてよろけ、膝を突いたのが見えたらしい。

おばあさんはすぐに起きあがり、踏切をかけぬけたので、列車はふたたびスピードを増した。

そのおかげで、男どものつかまっていたドアが、ぱんとひらいた。

とたんに一同の耳にはいったのは、

「う……む……」

苦しげな木下の呻き声だった。

これはおかしい。

慎でなくとも直感した。

女ならともかく、男がよがり声を出すのは――

いやべつに法律違反というわけでもないのだが、あの木下が女を上回る嬉声(きせい)を発するだろうか。

それでも、木下の人となりを知る曾根田たちはためらった。いたずら好きの狸のことだ、みんなが聞き耳をたてていることは計算の上で、わざととんでもないつくり声を出しておどろかす。

あの男なら、やりそうなことだったから。

だが慎は、もう少し純情だったから躊躇(ちゅうちょ)せず二枚目のドアへダッシュした。

「木下さん！」

曾根田や小丸が止めようとするより早く、ドアをひらき、座敷の中に飛びこんだ。

ふたりは、朱に染まって倒れていた。

むこう向きになり体をくの字に折った夢子は、それでもひとしきりかすかに動いたが、木下はびくりとも動かない。

目を閉じて、死んだようにぐったりとしている。

死んだように——？

いや、もしかしたら木下は、すでにこときれているのかもしれなかった。

ふたりとも全裸だ。わずかに腰のあたりに毛布がまきついているだけなので、木下の腹に突っ立ったナイフの柄と、その周囲からじわじわにじみ出している血の赤さが、ひどく印象的だった。

「社長！」

棒立ちになった慎の後ろから車内をのぞいて、珍田が金切り声をあげた。

曾根田はといえば、これは脳天に痛撃を受けて、失神寸前でもあるかのよう、半ば白眼をむきだしている。

「きゃーっ」

悲痛な声をふりしぼったのは、梨枝だった。

「だれが、どうして」

木下の裸体にむしゃぶりつこうとした彼女は、小丸に抱き止められた。

「さわっちゃいけない……殺しの現場はアンタッチャブル」

テレビの刑事ドラマの功績は、素人に現場保全の鉄則をのみこませたことだという説がある。

トラベルライター瓜生慎、実はこう見えてもいくつかの難事件を解決したキャリアがあって、ちょっとした名探偵なのだけれど、このときばかりは先を越された。

「待って」

ひしめく社員をかきわけて、慎のとなりへ飛び出したのは、真由子だ。

「まだ死んだとは決まってないわ！　犯人探すより、早く医者を」

叫んだとき、社員たちの背後でよく透(とお)る声が聞えた。

「なんのさわぎです」

声のぬしを見て、男も女もあわてて左右にどいた。国鉄職員の制服に身をかためた四十年配の男がはいってきたのだ。

「む……これは」

男も、惨状を見てひるんだが、ベテラン車掌でもあるのか、ひとつ深呼吸するとつかつかと木下に近づき、その手首をつかんだ。

「死んでいる」

ひとことつぶやくと、手をはなした。棒きれのように無抵抗に落ちた木下の手首は、シーツにあたらしいしわをつくった。

「列車を停めましょう……みなさんは、ここを動かないように」

きびしい目で車内を見回したかれは、大股(おおまた)に客車を出ていった。

あとにのこった沈黙を、最初に破ったのは梨枝のすすり泣きだ。

「あなた……」

顔をおおった両手の指のあいだから、まずそんなことばが洩れた。

曾根田も小丸も、社員たちひとりのこらず、感電したみたいな動きで、梨枝を見つめた。

「だから、無理な仕事をするなといったのに……」

ずるずると畳に膝を落とす。さっき小丸に制止されたとき飛んだらしく、メガネがその前に投げ出されていた。

「そうか」

慎がつぶやいた。

「梨枝さんは、木下氏の奥さんだったんですか」

だから夢子を嫉き、木下の好みを知り尽くしていたんだ。

泣きながら、梨枝はなん度かうなずいてみせた。

「ずっと別居していたわ……でも籍をぬいていないんだから、夫であることはたしかです」

そうか、と真由子も心中に納得した。

梨枝がタレントから足を洗ったのは、木下と恋仲になったため……ふたりが別々に住んで、それでも仕事の上のコンビを解消しなかったのは、第三者にうかがい知れぬ、夫婦の微妙で屈折した心理的格闘があったにちがいない……。

だが、あえて木下が籍をぬこうとせず、今また梨枝が夫の死に涙を惜しまないというのは、ふたりの関係になにがしかの救いがあったというべきだ。それも、木下が死んだ今となっては、無意味ななぐさめでしかあるまいが。

ややあって梨枝は、曾根田と小丸を見くらべた。はっとするほど強い視線を、ふたりにかわるがわるあてて、

「殺したのは、あなたたちのどちらかじゃなくて？」

げっ、というような声が、ふたりののどぼとけから洩れた。

「どうして」

「おれたちが」

「曾根田さんは、自分が売ったタレントから、甘い汁を吸っている。小丸さんは自分がコメディアンになりそこねたのは、社長のせいだと思っている」

犯人あてクイズ式にいえば、ふたりとも動機があるというわけだ。

「じょ、冗談じゃない」

「おれも小丸も、座敷の外にいた……どうやって社長を殺せるというんだ！」

「デッキへ出る、ぎりぎりの間際に刺したかもしれないわよ」

「むちゃくちゃだ」

小丸も抗議した。

「おれはずっと早く、デッキに出ていた」

「おれだって」

負けずに曾根田もわめいた。

「でも、だれがそのことを証明してくれる？」

梨枝に追い討ちをかけられたふたりは、沈黙した。

慎も、そのときの状況を反芻(はんすう)した。

少なくともおれはおぼえていない……だが、かりにふたりの内のどちらかが、最後に座敷を出たとしても、果たして木下たちを殺す余裕があったろうか。

頭に血がのぼった梨枝の、机上の空論としか考えられなかった。

しかし現実に、慎の目の前の木下と夢子は動かない。

(この客車は、電気機関車に牽(ひ)かれた1号車だ……もしかしたら)

明り取りの壁に仕切られて、洗面所とトイレがある。

犯人はそこから出て、そこへ逃げこんだのかも……

慎がそう考えたとき、数人の男がどかどかと客車の前部からひきかえしてきた。

「犯人はいない!」

「前にはだれもかくれていない」

「密室犯罪だぞ、いよいよ!」

男性社員のかれらも、慎とおなじことを思いついて、調べに行ったらしい。

まさか運転士が犯人というわけではあるまいし……

そこまで頭をめぐらせたとき、慎は思わず叫んだ。

「なあんだ」

不謹慎な慎の奇声に、梨枝が目を怒らせた。

「なんだとおっしゃるの、瓜生さん！」

それには答えず、慎はのこのこと木下の足元へ近寄った。

毛布を剝がすと、毛脛がにゅっとむき出しになる。

「瓜生さん！」

梨枝の叱咤を無視した慎は、木下の足の裏を指でくすぐった。

こちょこちょこちょ。

「ぶわーっはっはっはあ」

俄然、木下の笑声が爆発した。

「車掌」が保証ずみだった木下の「死体」は、むっくりとシーツの上に起きあがっていた。

「きゃーっ」

女性社員の黄色い声が車内に充満して、あわや障子という障子が破れそうになった。

5

「あの制服を着ていた男を、車掌と思いこんだのが間違いだったんです」

と、慎が笑った。

「たしかあいつは、停車を指示してくるといって、この場を去りました。ところがいつまで経っても、列車の停まる気配がない。運転士のことを考えている内に、はてなと思ったんです。国鉄職員の制服なら、テレビの衣裳屋で手にはいる……そして木下さんは、テレビ局出入りの芸能プロの社長だ」

「あの男は、タレント志望でね」

木下が、せり出した腹をぱんぱんとたたいて、説明を補足した。腹にくっつけてある、にせもののナイフの柄が、滑稽にゆれる。

「うちのマネージャーたちをうまくだませたら、太閤プロへ入れてやるといったら、張り切ったよ」

「たしかに好演でした」

慎もみとめた。

「木下さんの死を確認したのは、あの車掌だけ……ところで木下さんを殺すことは、だれにも出来なかった。疾走中のお座敷列車は、完全な密室状態でしたから。

病死か自殺か、事故死でもしないかぎり、木下さんが死ぬことはあり得ない。

そして木下さんときたら、突拍子もないいたずら好きじゃありませんか。

お芝居とぼくが考えたのは、当然でしょう?」

いいきった慎に、真由子は惜しみない拍手を送ろうとしたが——

次第に不安になってきた。

ちょっと待ってよ、シン。

あなたがそうやって、ポワロばりに絵解きしているあいだも、芸者の夢子は、背を向けたまま動こうとしないのよ。

ねえ……なんだか様子がおかしいとは思わない？

おなじことを、木下も考えたらしい。

「おい、夢子」

古狸は、毛むくじゃらの腕をのばして、彼女の体をゆすった。

返事がなかった。

それでも木下は、苦笑してゆするのをやめない。とうとう接着剤が剝がれたとみえ、シーツの上にナイフの柄が落ちた。

にじみ出ていた血は、柄の中に仕込んであったのだ。のこりの血が一度にこぼれて、あらためてシーツを赤く染めた。

「眠ってしまったのか。仕様のない奴……」

ふいに、木下の声が止まった。

「おいっ、夢子！」

ふたたび発した声は、うわずっていた。

両肩に力をこめ、夢子の体を仰向けにする。

その腹部は、鮮血にまみれていた。

まぎれもない、ほんものの血だ。少女がひくく呻くと、プンと、血の匂いが慎の鼻を突き刺した――今度こそ、冗談でも狂言でもない、犯罪が発生した！

「そ……そんな、ばかな」

　さしもの古狸が、二の句を継げない。

「動かしてはいけません」

　慎まであおりを食って、狼狽しきっている。

　いったいどうしたというのだ？

　たったいま、おれはこの密室で犯罪は起こり得ないと、見得を切ったんだぞ。

　それなのに、夢子は、あきらかに重傷を負っている。

　自分で傷つけたのか……ちがう。

　凶器がない。

　木下のおなかにくっついていたのは、柄だけのつくりものだ。そんなナイフで、人間を刺すことはできやしない。

「あなた」

　梨枝が、しゃっくりでもするようにひきつれた声を出した。

「あなたが、やったんですか」

「ば、ばかをいうな！　なぜ、おれが」

「おかしいと思いましたわ」

　必死に、平静な声にもどろうとしているのがわかった。

「いくらあなたが冗談好きでも、こんな大げさな芝居を打つのは、へんよ」

「なにをいうんだ」

と、今は木下も舌をもつれさせている。

「おれは……自分が死んだあとの、お前らの反応を見たかった。だから、大芝居を仕組んだんだ……その意味では、ただの冗談、いたずらじゃなかった」

「つまり私の愛情を、ためそうとなすったのね」

梨枝は、畳からメガネを拾いあげて、かけた。レンズがきらりと光った。

「私があなたの死体にとりすがって、よよと泣けばよし。さもなければ、いよいよ正式に籍をぬこうという魂胆だったんでしょ」

「魂胆だなんて、そんな」

答がビビったのは、梨枝の指摘が図星であった証明だ。

「あなたたちも、怒らなくてはだめよ」

梨枝は、曾根田と小丸に向き直った。

「ずるいんだから、あなたたちの社長は。死んだとみせて、みんなの忠誠度を計ろうとしたのよ。

現に曾根田さん。あなたはタレントからリベートを取っていたことを、白状したようなものよ。

小丸さん。あなただって、社長を恨んでいたことをみとめたわね」

「え、えっ」

「由良さん！」

男たちも、てきめんに木下を真似てことばをもつれさせた。

「あてずっぽうに私が投げた非難を、あなたたちは否定しなかったもの。もう、だめよ。ふたりとも、機会があればすぐ太閤プロをほうり出されるわ。

でもこの状況では、ふたりより先にあぶなくなったのが、社長の身の上ね」

梨枝は、痛ましげに夢子をのぞきこんだ。

「可哀相に……夢子さん、最後のどたんばで、社長を拒否したんでしょう。カッとなった社長は、あなたを刺して、凶器を窓から投げ捨て、またもと通り閉めたんだわ……それ以外、考えようがないんだもの」

真由子が、慎の顔をぬすみ見た。

（ほんとうに、木下さんが、彼女を刺したのかしら）

その目は、夫にそうたずねている。

慎は首をふって、いった。

「それ以外の考えようだって、あります」

首をふれば、あごがゆれる。ちょろちょろのひげが、みすぼらしくふるえたが、真由子はたのもしい亭主の姿を、うっとりと仰ぎ見るばかりだ。

「それ以外に、どうやって夢子さんを傷つけることができたんですか!」

梨枝が目を怒らせたが、慎は柳に風だ。

「自分で傷つける方法が、のこっていますよ」

「でも、ナイフは。ナイフはどこへ行ったというんです!」

「にせ車掌を忘れちゃ困ります」

あっと、曾根田が叫んだ。

「おれ、妙な気がしてました……夢子さんが大怪我をしてるというのに、一番近くにいるあなたが止血の手当をしようとさえしない。

はははあ、あなたは、夢子さんの傷の程度を知ってるんじゃないか、そう思ったんです。

つまりふたりは、はじめからぐる」

えっと、小丸が叫んだ。

「夢子さんは、金のためとはいえ木下さんにおもちゃにされねばならない……梨枝さんは正規の奥方でありながら、指をくわえて見ているばかり。

浮気は男の甲斐性(かいしょう)かも知れないが、この人を人とも思わぬ狸野郎に、ひと泡吹かせてやれ!

6

こうしておふたりの共犯関係が成立した、と考えてはどうでしょう。当然夢子さんは、社長からニセ車掌の話を聞かされていた。そこで梨枝さんが、かれに金をつかませ、社長に命ぜられた仕事のほかに、夢子さんから血に染まったナイフを、こっそり受け取る役も果たした……」

慎の名調子を聞いているうちに、真由子はまたしても不安に駆られはじめた。

おかしい、いくらなんでもおかしいわ……

自分たちの企み(たくら)があばかれているというのに、夢子さんたらまだ重傷のふりをしているなんて。

「むろん、血の中にはどこかで手に入れた、夢子さんのもの以外の血もまじっている。実際の怪我は、ごくかるいはずですから、梨枝さんだって落着きはらっておいでです。それだって、木下さんをおどかし、肝(きも)を冷やさせるには十分なんだから。

ね、そうでしょう……夢子さん」

慎の声が急変した。

「夢子さん！　こりゃいけない、芝居とちがうっ」

真由子が、夢子の体に飛びついた。

無意識のうちに、毛布で出血を押さえていたらしいが、ナイフの傷はふかかった。

「停めて！　列車を停めて！」

真由子が叫ぶのと、ラフなセーター姿にかえったニセ車掌が、得意顔で座敷をのぞきこむのがいっしょだった。

彼女の権幕に、ニセ車掌がすっ飛んで行くと、今度はすぐに列車が停まった。

担架で運ばれてゆく夢子と、警察から事情聴取に呼ばれた木下と梨枝を見送って、真由子は、虚脱したような顔つきの慎にたずねた。

「なぜ夢子さん、あんな深い傷をつくってしまったんでしょう」

「急ブレーキのせいだ……」

慎は、ぼそっと答えた。

「ほら、おれたちが座敷の様子に聞き耳をたてている最中に、列車が急制動をかけたじゃないか。きっとあのとき、彼女はナイフを自分のおなかにあてていたんだ」

「だましたつもりでだまされて……うそをつくつもりがほんとになって……」

客車にもどった真由子は、畳の上で膝小僧をかかえた。

「みんながみんな、それぞれいたずらの罰を受けたみたいね」

「おれがいけなかったのさ」

と、慎も元気がない。

「名探偵ぶって、長丁場のおしゃべりをして……なぜもっと早く、彼女の手当をしなかったんだろう。たとえ身から出たさびでも、苦しかったと思うよ、夢子さんは」

「そのやさしさが好き」

真由子は、慎の耳にささやいた。

あれほど騒々しかった太閤プロのメンバーも、今はお通夜みたいにしゅんとしている。

ごとり……

お座敷列車が動きだした。

はずみに真由子の唇が、慎の頬にふれた。その唇のあたたかみで、やりそこなった名探偵瓜生慎は、ほんのちょっぴり元気が出た……。

夜行急行殺人号

- 北陸本線
- 信越本線
- L特急ほか

1

「ねえ、シン。特急って、なんの略称だと思う」

「きまってるじゃないか。特別急行、略して特急」

「でしょ？　だったらなぜ、特別ばっかしふえて、ふつうの急行がなくなっちゃったのよ……どっかのインチキっぽいお店でさ、本日特別大安売りってビラまくじゃない？　その『特別』大安売りが、毎日毎日つづいたらおかしいわよねえ。……それなら、時刻表が『特別』急行だらけになるのも、やっぱインチキじみてるわ」

　愛妻の真由子（まゆこ）から、理屈になるようなならないような文句をつけられて、閉口した瓜生慎（うりゅうしん）は、トレードマークのあごをつまんだ。

　久生十蘭（ひさおじゅうらん）が創造し都筑道夫（つづきみちお）がリメイクした、捕物帳の名キャラクター顎十郎（あごじゅうろう）を気取っているわけではない。あごの長さに反比例して、生やしたひげのみじかさが、しきりと気になるのだ。

「国鉄ばかりに文句いってもはじまらないよ……日本人のせっかちさが生んだ現象だからね。

見ろよ」

と、慎は新宿駅中央線快速ホームの雑踏を見回した。

「わずか二分の発車間隔が待ち切れなくて、イライラして爪先でホームをたたいている」

その声が聞えたとみえ、目の前で足ぶみしていたサラリーマンが、舌打ちをのこして歩み去った。

「日本人全員がつんのめりそうに駈け足してるんだ……国鉄だって例外じゃない。第一、特急をふやせば特急料金の収入がふえるし、わっせわっせと特急ブームになって、その結果ハンパ者の急行列車が……ぎゅ……落ち目に……げふ……なった」

せりふの間におかしな間投詞がはいったのは、ちょうどそのとき進入した快速電車に押しこまれたからだ。

「ふう……久びさのラッシュは、こたえるなあ」

腹と背から群集の圧力を受けて、慎は吐息とも溜息ともつかぬふとい息を洩らした。

「ね、この快速だっていくつも駅を飛ばしてゆくでしょう。快速と急行は、どうちがうのよ」

と、真由子はいたって元気だ。このバイタリティがあるからこそ、三ツ江財閥の令嬢が急転直下しがないトラベルライターの新妻になっても、鼻歌まじりでやりくり生活をこなせるのだが。

「快速は只。急行は別料金をとる、そのちがいだ。只だからって、ばかにしちゃいけない。京阪神を走る新快速の早いこと」

「只の列車がそんなに早いのに、一人前に金を取る急行がどんどんへらされたら、急行やドン行しかとまらない駅は、どうなっちゃうのよお」

「それどころじゃない」

と、慎が悲鳴をあげた。

「もたもたしてると、せっかくとまった駅にも、降りられなくなるぜおれたち！」

――やっとの思いで人ごみをかきわけ、御茶ノ水駅に降り立った慎は、体中の骨にひびがはいったような気がした。

よくまあサラリーマンたちは、こんな非人間的あつかいを受けて、だまって会社に通うものだ……過疎の村人も辛かろうが、過密の都会人も辛苦に堪えていることが、自由業の慎は身にしみてわかった。

もっとも、かれにはかれの、べつの苦労がある。

無名のトラベルライター瓜生慎の、主な稼ぎ先は、文英社が刊行している月刊誌「鉄路」だった。

その編集長佐貫に目の前で原稿を読まれる間が、針の筵に坐らされた思いなのだ。ヨガの行者になった気分で、長い責め苦に耐えた揚句、佐貫がひとこと、

「ボツ」

といえば、その日のおまんま――はオーバーでも、次の週のビール代にひびくこと確実である。……もっとも慎は下戸なので、減収がこたえるのは、日ごろビールを愛好する真由子の方

だったが。

その点今日は、愛妻とふたり連れの文英社詣でなので、気が楽だ。

慎の名誉のためにつけくわえると、いくらかれが小心者でも、キャラメルママに頼る大学生じゃあるまいし、編集長に会うのに女房のうしろ楯が必要だったわけではない。

今日持ちこむ原稿が、佐貫のすすめで真由子と共作した「おしどりレール紀行」だからだ。

編集会議直前だった佐貫は、ふたりの原稿を一読して、機嫌のいい笑顔を見せてくれた。

「けっこうですよ、奥さん」

「ありがとうございます」

真由子も、愛くるしい笑顔を見せた。

佐貫でなくても、たいていの男はこの笑顔でくらっとくる。

くそ。肝心の原稿は、おれが注文つけて三度も書き直させたんだぞ。

無視された慎が仏頂面でひかえていると、会議室に立とうとした佐貫が、原稿のはいった袋を渡した。

「こんな投稿が来たんだ。載せられるようなものかどうか、読んでみてよ」

「はい」

衝立(ついたて)で仕切っただけの応接コーナーに落ち着いて、袋をあけてみる。

原稿の題名は、

「さよなら急行列車たち」

とあり——その下に、投稿者の名が書きそえられていた。

のぞきこんだ真由子が、叫んだ。

「あら、この人……」

「なんだ、知ってるのか」

「石子利市（いしことしいち）さん……三ツ江通産で総務部長つとめてる人だと思うの。列車好きで有名だったから」

2

かつて——

急行列車といえば旅の花形であった。

読者のあなたも、おぼえておいでだろう。

東海道本線を疾走した、〝東海〟号を、〝比叡〟号を。

あるいは特急に匹敵する俊足をほこった〝くりこま〟号を。

ビュッフェで名物信州そばを供した〝信州〟号を。

いまそれらの急行のほとんどが姿を消し、あるいは名のみのこしても旧態をとどめていない。

L特急登場に伴って、急行は時刻表の片すみに追いやられ、いまはわずかに名門〝銀河〟や

〝アルプス〟〝十和田〟などがほそぼそと走っているばかりである。

特急用車両の新造は行なわれても、急行車両のニューモデルはいっこうに登場しない。三陸鉄道が思いきったデザインの新車を走らせて話題を呼んだように、国鉄の急行列車もいま一度用途に応じて、抜本的な見直しを行なわなくては、ジリ貧の一途をたどるにちがいない。デノミによって、一万円が百円に切り下げられるように、現在の「特別」急行が一律に急行に格下げとなる日が来たら——そのときは、いまの急行は全滅の憂目を見ることだろう。往年の急行の栄光を知る者にとって、まことに寂しい限りである。

……

——そこまで慎が目を通したときだった。

「失礼」

顔見知りの編集者が、衝立のかげから声をかけた。

「瓜生くんに電話だぜ」

「おれにですか」

ちょっと面食らった。わざわざ文英社まで、ヤマをかけて追ってくる相手なんて、まるで心当たりがない。

「だれだろう」

「三ツ江、とかいってたな」

「三ツ江?」

思わず真由子を見た。彼女もふしぎそうに目をパチパチさせている。

「うそォ……パパがかけてきたのかしら」

「まさか」

ふたりのなれそめは、真由子の家出にはじまる。偶然旅先で出会ったふたりは、若い男女として必然的にむすばれてしまった。真由子の父であり、三ツ江コンツェルンの一翼をになう三ツ江通産社長の通弘（みちひろ）としては猛反対したのだが、時すでにおそし、娘たちを翻意（ほんい）させることはできなかった。

正式に入籍したいま、通弘はしぶしぶふたりの結婚をみとめたものの——かれに慎の仕事の意味なぞ、わかるはずがない。

企業家から見れば、旅はビジネスのための移動か、プロジェクトとしての投資の対象でしかなかった。

そんな通弘が、なぜ慎を探しているのだろう。

「私が出るわ」

不安顔の真由子がささやいたが、慎は笑って首をふった。

「おれにかかったんだ。おれが出る。……おれのお義父（ちち）上だもんな」

机のひとつにほうり出されていた受話器を取り、「もしもし」と呼びかけると、いつもながらの高圧的な声が耳の中ではじけた。

「文英社というのは、しつけのわるい会社だな。少々お待ちくださいともいわず、瓜生ちゃーんと呼んどったぞ。なにかね、きみは二十五過ぎても、ちゃん付けで呼ばれるのか」

「そうです」

慎は苦笑した。

「まあいい。……きみを探しとったのは、内々で相談に乗ってほしいことがあるんだ」

「はあ?」

さっきは面食らったが、今度はたまげた。

社長の職は退いたものの、実質的にはいまも三ツ江通産を動かしている、スーパービジネスマンの義父が、一介のトラベルライターに、なにを相談するというのだ?

婿の仰天ぶりが電話線を通じて伝わったとみえる。

通弘が、ほんの少し解説してくれた。

「なにも、きみに明日の日本経済を論評しろというんじゃない」

「それはわかってます」

「実は、うちの総務部長が変死した」

「総務……?」

いまし方、聞いたばかりのような気がする。

「石子利市といってな。社内ではレールマニアで知られておった」

あ!

慎は口をあんぐりあけた。

「その男が、〝妙高〟とかいう急行の中で、死んでおった……それについて、鉄道にくわしいきみの意見を知りたいのだ。もしもし、聞いとるんだろうな?」

もちろん、慎は聞いていた。ただ、あまりのことに茫然として、返事が出来なかっただけだ。

3

自慢じゃないが瓜生慎は、生まれてこの方料亭と称する非日常的空間に、足をふみ入れたことがない。

だから、真由子の父の招きに応じて、赤坂の料亭「登勢」の一室にはいっても、ペンキぬりたての犬小屋にはいった犬みたいに落ち着かなかった。

「青畳の匂いって、こんなだったかな……床の間の掛軸、あれ山の絵?……岩の絵? その前に置いてあるのが、香炉か。高そうな色してるな」

亭主の落着きのなさにくらべて、真由子は悠然たるものだ。

「大したことないのよ。『登勢』は赤坂じゃ二流の上ってとこね。でも、女将がパパのコレだから、三ツ江通産はもっぱらここをひいきにしてるわ……まあ、しばらくですこと」

愛想よく応対してみせた相手は、挨拶にあらわれた当の女将らしい。年のころは四十半ばか、小粋な和服姿に残んの色香を発散して、慎の目にまぶしいほどだ。

「お嬢さんもお元気そうで。……あらごめんなさい。もうお嬢さんじゃありませんのね」

「はい。この人のおヨメさんです」

そんなことをシレッとした顔でいうが、当の慎はどぎまぎした。

「は……どうも、すみません」

よく考えると、まったくあやまる必然性がなかった。

——すでに到着して、ふたりを待ちかねていたとみえ、通弘がすぐに姿をあらわした。

「まあ、ラクにしなさい。飲むかね」

「ビールでいい」

注文をつけたのは、真由子の方だ。

苦笑した通弘は、それでもビールが運ばれてくると、ふたりについでやった。ボスとしては、大車輪のサービスだった。

「ははん」

と、真由子が笑ってみせた。

「石子さんて、三ツ江通産ではよっぽど大事な人だったのね」

「どういう意味だ」

「やだ、パパ。とぼけてる……私たちだって、ここへ来るまでにちゃんと新聞も週刊誌も読んでるわよ。マスコミが取り上げていたじゃない、汚職の鍵をにぎる総務部長の怪死、だって」

通弘は、世にも苦い顔をした。

「無責任な噂を立てる奴が多くてな……閉口する」

「ほんと？」

と、真由子は父をのぞきこんだ。

その視線から顔をそらして、

「ほんとうだ。三ツ江通産はきれいな商売をしている」

「あやしいもんだわ」

真由子が突っ張るのも、むりはない。なにせ彼女と慎がむすばれたのも、もとはといえば三ツ江通産の汚職さわぎがきっかけであった。

――詳細を知りたければ、徳間文庫におさめられた、コンビ第一作『死体が私を追いかける』を読め。とコマーシャルをはさんでおいて、さて。

「あやしくない」

と、通弘が目を怒らせた。

「だがうちに前科のあることは、たしかだ……そんな折の、石子くんの変死だ。世間や警察が白い目で見るのもむりはないが、当社としては困る。はなはだ困る」

「パパが困るのはわかったけど、それでシンにどうしろというのよ」

「うむ」

困ったあげくのどが渇いたのか、グラスの中のビールを一気に口へほうりこんで、通弘はいった。

「……実は、捜査の結果を、警察のさる筋から聞いた……」

さる筋とぼかしていうが、もともとかれは現役の警視総監と、ごく親しい仲である。

「いまのところ、自殺説他殺説五分五分だそうだ」

「記事を読むと、服毒死とあったけど」

「うむ」

「それも、〝妙高〟のトイレの中で死んでいたんでしょう……発見されたのは、終着の直江津に着いたあと、朝の七時半近く」

「そうだ」

「石子さん、なぜそんな時間に急行に乗っていたのかしら」

「あの男は、ひまさえあれば列車に乗っていたからな。それも、急行が気に入っていたそうだ。変った奴だよ」

「急行が好き……」

「『鉄路』誌の投稿を思い出して、真由子は納得した。

「今回の旅の目的は、新しく敷かれた地下鉄に乗るためと、部下に説明しとったらしい」

「新しい地下鉄？」

真由子は眉をひそめた。

はてな、北陸のどこかに地下鉄が営業を開始したというのだろうか。

ちょっと迷ったが、この際問題なのは旅の目的ではない。かまわず犯行現場の話をすすめることにした。

「ええと……ドアはちゃんとロックされていた。つまり、密室状態だったのね」

「その通りだ」

「だったら常識的にいって、自殺と考えるべきじゃないの」

「ところが、ドアは単にロックされていただけではなかった。……接着剤でかためられておったのだ」

「接着剤！」

真由子は、ポカンと口をあけた。

「ばかていねいな密室なのね！」

「しかも、明らかに外部——通路側から、接着剤を塗布したと判断されるそうだ。……ただの自殺事件でないことはたしかだな」

「……」

「トイレへはいる以前の石子くんにあらかじめ毒薬を与えておいたとすれば、密室状態でことされていても、ふしぎではない。……瓜生くん、きみだって列車のトイレにはいったときは、施錠するのじゃないかね」

きみだっての「だって」が気に入らない。いかにもかれが礼儀知らずの野蛮人みたいに聞えるが、慎は素直だった。

「はあ。よほど緊急のとき以外は」

「そうだろう。となるとわからんのは、接着剤が必要だった理由だ。……いずれにせよ、この事件には石子くん以外の人間がからんでいると見るのが、至当だ」

咳ばらいをひとつした通弘は、傍にちんまり控えている女将の方へ、手をのばした。ティッシュでも要求したのかと思ったが、女将がボスに手渡したのは、封書だった。

その中からひっぱり出したメモを読む。

「かりに他殺として、石子くんに対する動機がある者はふたりいた。そのひとりが、総会屋の狭間幸次だ。

……お前たちは、常識として商法が改正されたことを知っとるだろうな」

真由子と顔を見合せてから、慎は、あわててうなずいた。

「ええ、まあ……伊勢丹がワリ食ったあれですね」

「うむ。当社はあくまでフェアに、法を尊重するのが基本方針だから……」

ふたりとも、笑いをかみ殺すのに苦労した。

「……石子くんも、その大前提にのっとって、総会屋と一切のつきあいを絶つことにした。その結果、かれに面子をつぶされたといって怒る、一部の暴力主義者が、石子くんに脅迫状を送りつけた。

それが狭間幸次だ……私も二、三度会ったことがあるが、陰険きわまりない不愉快な人物だ。暴力主義者とはいえ、見境いなしにドスをふり回すような、チエのない男じゃない……その代り、いつまでもネチネチと恨みを忘れないだろう。あいつなら、いかにも石子くんを、ことば巧みにだまして毒殺することが出来そうだ……

さらに、もうひとり」

と、通弘はふたたびメモに目を落とした。

「……もと総務部にいた、稲田君男という男がいる。三十を少し出たばかりというが、私にはまったく記憶がない。たぶん、それほど印象にのこらん奴だったのだろう。

ふだんはおとなしいが、酒を飲むと荒れたらしい。

ふむ、こういう男を入社させるようでは、試験の方法を考え直さねばならんな。

かれはつい三カ月ばかり前、退社した。

原因も、酒だ。

酒席で上司の石子くんにからんで、なぐりつけたそうだ。石子くんは温和な性格なので不問にするつもりだったが、よその部課の者が見かねて、問題にした。

酒がさめてみると、稲田も後悔したらしく、次の日いっぱいかかって辞表をしたためたというんだな。

……愚劣な話だ。そんなバカ者にいちいち給料をはらっておったら、会社はあっという間につぶれる」

「それで、その人はいまなんの仕事」

「警察のしらべでは、セールスマンをやっとる」

「ふたりのアリバイは」

と、真由子の質問は手慣れたものだ。

知る人ぞ知るだが、どういうわけか真由子と慎が旅に出ると、凶悪犯罪にまきこまれることが多い。……おかげで、この種の探偵ゲームにすっかり慣れっこになっていた。

4

「うむ。まず狭間だが……ちょうど石子くんの死んだ夜、富山の舎弟の家に出かけていた」

「富山と直江津！　北陸本線ですぐ近くだわ」

さすがにトラベルライターの愛妻だ。頭の中に全国の鉄道網がインプットされているとみえた。

「そしてもうひとり、稲田は、おなじ晩仕事で広島の近くにいた」

「広島！　直江津で事件が起きたのに、富山と広島じゃ、勝負にならないわ」

単純にきめつける娘を、通弘はじろりと見て、話をつづけた。

「……ただし、稲田が広島の知人宅を辞去したのは、午後七時前後。それに対して狭間は、深夜一時ごろまで駅近くの飲み屋にいたことが証明されている」

「かまわないでしょ。富山、直江津間なら特急で一時間半くらいだわ」

「だが、富山を0時59分に発車する、特急〝日本海〟3号を逃がすと、あとは4時15分発の急行〝きたぐに〟まで、乗るべき列車がない」

「あらあ」

と、真由子が眸をひらいた。

「……そんなに間隔があいたっけ」

助けを求めるように慎を見ると、かれは長いあごを縦にふった。

「間に寝台特急〝つるぎ〟が走っているけど、富山には停まらない……お義父(とう)さんのおっしゃるように、急行〝きたぐに〟を待つほかないんだ」

「まあ、特急って不便ねえ！」

率直な感想をもらした真由子は、すぐ笑顔にもどった。

「その〝きたぐに〟だって、直江津到着は六時以前でしょ」

「正確には、5時59分に着く」

「ほうら……十分間に合うわ！　〝妙高〟で死体がみつかったのは、七時半なんだから」

「お前は、考えちがいしている」

と、父がつめたい口調でいった。

「いいかね。……石子くんは〝妙高〟のトイレで、厳重な密室状況の中から発見されたのだ。当然、〝妙高〟が直江津に着く前、列車がまだ走っている最中に死んだと考えねばならん」

「あ……そうか」

真由子は、コンコンと自分の頭をたたいた。

「直江津へ先回りしていても、仕様がないんだわ……信越本線をさかのぼって、〝妙高〟を途中でキャッチしなきゃならないのね。……そんな時間帯に、都合のいい列車があるかしら」

「ある」

と通弘が、あっさりいった。

「6時18分に直江津を出るドン行が」

「パパ、よく調べたわね」

真由子が感心すると、父は面白くもなさそうにいった。

「私が調べたんじゃない……秘書が時刻表を繰ったのだ」

「なんだ、つまんない」

「時刻表だの株式市況だの、数字が羅列してあるだけなら、だれが調べてもおなじだろう」

それはその通りだ。

「だったら、狭間という人は〝きたぐに〟から、そのドン行に乗り継いだんだわ、どこ行き？」

「新井行きだ」

「……へえ。そんな駅あったっけ」

「妙高高原の北寄りにあるそうだ……東本願寺の別院があるな」

と、通弘も芸がこまかい。

「新井着6時47分。そして、反対方向から下ってきた〝妙高〟は、新井発車時刻が6時49分」

「うわあ、ぎりぎりね」

「なに。そんな無理をして〝妙高〟を迎えに出なくても、途中の各駅で乗りかえるチャンスは十分ある」

「各駅たって……〝妙高〟は急行でしょ。そんなにいくつも停まるの」

だまって聞いていた慎が、口をはさんだ。

「〝妙高〟は、長野以遠普通列車になるのさ……通勤通学の人たちの便を図っているのかな」

「ふうん。急行って便利なのね」

石子の小文を読んだせいか、このところ真由子は急行派だ。

「それなら、狭間が〝妙高〟に乗りこむのはわけないわね。……稲田って人の方は、間に合いっこないでしょ」

「間に合う」

「え」

断定されて、真由子は目を白黒した。

「広島は遠いが、新幹線という足の便があるからな。

もちろん、広島にも空港はあるが、最終便が18時台なので、稲田が乗ることは出来ん。新幹線なら、19時14分の〝ひかり〟、19時29分の〝こだま〟がある。

時間的に〝ひかり〟をつかまえるのはむつかしいが、〝こだま〟なら間違いなく乗れる……どちらも名古屋止まりだ」

「そうか、名古屋から中央本線を通って、長野で〝妙高〟に追いつく手もあるわよ」

「そのルートは、秘書が思いついた。不可能だ」

と、通弘はニベもない。

「上野を出た〝妙高〟の長野着は、早朝4時44分のはずだ。……だが、名古屋からの中央線の時刻を見ると、急行〝きそ〟3号の長野着が5時だ」

「ほかにないの。特急ならもっと早いんじゃなくて」

と、真由子はとたんに特急派に鞍替えしたが、

「〝こだま〟の名古屋着は23時14分。もっともおそいL特急〝しなの〟19号で、名古屋発19時。……問題にならん」

斬り捨てられてしまった。

「そうなると、やっぱ大阪から北陸線回りか……間に合うかしら」

「間に合うどころか、狭間の場合より一本早い列車に乗れる」

「へえ！」

真由子は信じられない、という表情になった。

いくらスタートした時間がちがうとはいえ、すぐおとなりの富山にくらべ、はるかはなれた広島からの方が、早い列車をキャッチ出来るなんて！

5

「私もちょっとおどろいたが、本当だ」

通弘は、得意そうな顔になった。

こんなときの男は、実に無邪気な笑顔になる。

ゴルフの腕があがったとか、大物を釣り上げたとか、将棋の初段になったとか、みんなおなじだ。

「理由は、先ほど富山に停まらんと瓜生くんが保証した〃つるぎ〃に乗れるためだ。

ええと……

〃こだま〃の新大阪着が、21時55分。そして〃つるぎ〃は22時07分に、新大阪を出る。実にあつらえ向きの連絡だな……どうだ」

子どもっぽいボスの表情に、女将は半ばあきれ、半ばうれしそうな笑顔を見せた。

この冷厳な経営者にも、人間的な一面のあることを知って、ほっとしたのだろう。

「〃つるぎ〃は直江津に、4時39分に着く。すると真由子、狭間のときより一本早いドン行直江津5時44分発高崎行きに乗れるじゃないか」

「なら問題解決ね。接着剤でトイレのドアをくっつけたのも、稲田って人なんでしょう……ひょっとしたらその接着剤、かれがセールスしてる商品じゃなくて」

「よくわかったな」

思わず通弘が、破顔した。

「脱サラした稲田は、あたらしいタイプの文具を開発して、販路をひらこうとしとったそうだ」

「ね、あたったでしょう」

と、真由子も父に劣らず、無邪気にはしゃいだ。

「……動機の点が、弱いように思いますけど」

ぼそっと洩らした慎に、通弘がうなずいてみせた。

「それについて、社内の情報を集めてみた。これはまだ、警察も知らんことだが、稲田の女房は、石子くんと出来ておった」

「やるゥ」

娘の頓狂(とんきょう)な声を聞いて、父親は苦笑した。

「摩耶子(まやこ)というのが、その女房の名だ。旧姓は宮村(みやむら)……総務課にいて、ちょっと渋皮のむけたいい女だった」

「男の部下はおぼえていらっしゃらないのに、女はちゃんとおぼえておいでなんですね」

からかい顔の女将に、通弘もと社長は大真面目に答えた。

「ばかいいなさい……私が記憶するのは美人だけだ」

「おかみさん、おきれいですわ……パパが気に入ったはずね」

真由子がいうと、通弘はたてつづけに咳ばらいした。

「私の女の趣味は、どうでもよろしい。……要するに石子くんと、稲田の女房は、情事によってむすばれていたんだな。その関係は、彼女が結婚し退職したあとまでつづいていたらしい。……あの石部金吉の石子くんがと思うと、うらやましいような……いや」

通弘は、またぎごちない咳をした。

「けしからん話だ」

「それを、稲田って人が嗅ぎつけていたの？」

「そう思われる節がある……ふたりの情事に気づいていたから、稲田は酒にことよせて、石子くんにしつこくからんだのだ。手を回して、稲田の家を調査すると、すでに摩耶子は別居していた」

「その原因が石子って人だとすれば、殺したくなるでしょうね」

「――そういうわけだ」

通弘がうなずいた。

「私も秘書も、これできまりだと思った……トイレに外からロックする方法はわからんが石子くんは間違いなく稲田に殺された――というのが、結論だった。

警察にしても、おそかれ早かれ稲田のかくされた動機を突き止めるだろう。

正直いって、私はほっとした……万一犯人が総会屋の方だったら、ただ石子くんを殺すだけではすむまい。かれのカバンなり懐中物を奪って、わが社に不利な証拠をにぎろうとするはずだ……」

真由子は、父を白い目で見た。

「ほうら」

「なにがほうらだ」

「やっぱり三ツ江通産は、あぶない橋を渡っているんだわ……総会屋に嗅ぎつけられたら屋台骨がゆらぐような」

「そんな事実はない！」

と、ボスは吼(ほ)えた。

「だったらびくびくすることもないでしょう」

「奴らはハイエナだ……火のないところに煙は立たんというが、あの連中ときたら、水煙でも砂煙でもかまわずに、牙を鳴らして走ってくるからな。少しでも隙を見せたらおしまいだ！……まあそんなわけで、犯人を稲田に擬することが出来て、私は胸をなでおろした」

ここで、通弘はしぶい顔で茶をすすった。

長いおしゃべりの間に、とうにビールは空になり、かるい昼の食事もすんでいた。

もっとも、ふだんの昼食がそばかせいぜいマクドナルドの慎にとっては、たっぷり舌と腹にこたえる御馳走であったが。

「親切心を出した私は、秘書に命じて警察に教えてやった。すると、どうだ……われわれが推定した稲田の足取りでは、犯行は不可能だというのだ！」

「まあ、なぜ」

真由子はむろん、それまで生あくびをかみ殺していた慎まで、体を乗り出した。

「解剖の結果が、そういっとるのだ……先にもいった通り、死体が発見されたのは午前七時半。だが石子くんが絶命したのは、それより少なくとも九十分以上早い時刻だという」

「とすれば……六時以前に死んだんですね」

なにを思いついたのか、慎の目がきらきら光る。日ごろは冴えた眼光といいかねるのだが、安くてうまい食堂を発見したときとか、犯人のトリックを見破ったときとか、にわかに目をさましたようにかがやきだす。

いまがそれだった。

——さすがにその様子を、いち早く看て取ったのは、愛妻の真由子である。

「シン！　なにか気がついたのね！」

6

「ぼくをお呼びになったのは、その点に関してお聞きになりたかった……そうなんですね」

と、慎が念を押した。

「むろんだ。くりかえすが、時刻表を見るかぎり〝つるぎ〟を利用しても、〝妙高〟を六時以前にとらえることは出来ん。ではどうすればいいかを、考えてもらいたい」

「考える必要ないです」

　慎は断言した。

「もうわかってます」

「なんだと」

　通弘が目をむき、お茶をつぎ足そうとしていた女将の手がハタと止まった。

「いい加減なことをいうな」

「怒らんでください。時刻表を見ればわかることです」

「ちゃんと見た！」

　声を大きくしたあと、いくらか反省したとみえつけくわえた。

「私の秘書が」

「それは見方がわるいんです」

　慎が笑った。

「でもお義父さんの秘書なら、美人の秘書嬢でしょうね、きっと」

「説明しなさい。どうすれば犯人は六時以前に〝妙高〟に乗れるのかね」

「名古屋回りのコースをとるんです。急行〝きそ〟3号」

「それならちゃんとチェックしている。〝妙高〟の長野着は4時44分、だが〝きそ〟3号が着くのは5時だぞ。間に合うはずがない」

「……その〝きそ〟の時刻は、中央線・篠ノ井線のページで見たんですよね……たしかにそこには、長野駅の着時刻しか記載されていません。篠ノ井線の終点は、長野なんですから。……そのあと〝きそ〟がどうなるか、信越本線のページで再確認する必要があったんですよ。ええと……あった、あった」

慎は、匂うような青畳の上にほうり出されていた、臭うようなショルダーをひきよせた。

おなじニオウでも、「匂う」と「臭う」のムードの差に、お目をとめられたい。

生まれ落ちてからずっと使いつづけたような、キャリアと垢にまみれたショルダーから、これまたくたびれた小型の時刻表をつかみ出す。

といって、古い版ではない。ページの端がめくれあがっているのは、それだけ精読された印だ。

「ほら、ここです。信越本線下りの欄を見れば、〝妙高〟と〝きそ〟3号は、特急〝北越〟1号をはさんだだけで、おなじページにならんでいます。

急行〝妙高〟、長野駅着4時44分。長野駅発5時20分」

「5時20分だと?」

通弘はぎょっとしたようだ。

慎がかまわずつづけた。

「そして急行〝きそ〟3号。長野駅着5時。長野駅発6時11分」

「そんなに長く停車するのか……かりにも急行だぞ」

もと社長が、うめいた。

「ところがどちらの急行も、長野以遠はドン行に変身するんです。利用客の便宜を考えれば、深夜に各停を走らせるより、たとえ途中駅で長時間停車しても、通勤通学時間帯にずらして走らせた方がずっといい。……こんな芸当は、特急列車では考えにくいことですが」

「すると稲田は、名古屋まで〝こだま〟で来て、〝きそ〟3号に乗り継ぎ、長野で〝妙高〟に乗ったというのか」

「長野駅の構内では、〝妙高〟が3番線、〝きそ〟が2番線にはいります……おなじホームをはさんで、二十分間のご対面が行なわれるんですよ。

従って稲田は、急ぐ必要なんてちっともない。かれと石子氏の間に、どんなやりとりがあったのかわかりませんが、ドアを接着剤でくっつける作業をすませても、悠々と〝妙高〟を下りる時間があったでしょう」

ひと息ついた慎は、思い出したようにつけくわえた。

「もともと石子さんの目的は、長野へ行くことでしたからね。稲田に会わなければ、すんなり〝妙高〟を下りていたんじゃないでしょうか。そのことからもぼく、事件が起きたのは長野駅だと思ってました」

「石子くんの目的——というと」

「新しい地下鉄に乗るって、あれ？」

真由子が話に割りこんだ。

「長野に地下鉄が出来たっていうの？」

「正しくいえば地下鉄じゃない……長野電鉄が、既成の路線を地下に敷き直したんだ。長野駅前から、権堂を通って善光寺下まで」

「あ！」

それで真由子も理解した。

ローカル私鉄としての長野電鉄の奮闘は、特記すべきものがある。国鉄から乗り入れていた急行〝志賀〟は消えたが、三区間とはいえ百万都市なみの「地下鉄」を走らせ、もとの軌道敷を大通りに開放した。

志賀高原という一大観光地を擁するとはいえ、不振のレール業界に珍しい積極策だった。

「なるほど……石子くんの目的はわかった」

説明を聞いて、通弘も納得したようだ。

「ところで稲田は、朝の十時には銀座で知人に会っている。長野からひき返せば、それも可能なんだね」

「楽に出来ますとも」

時刻表を繰った慎は、すぐ望みの列車を発見した。

「〝あさま〟2号は、長野を6時15分に出て、上野へ9時34分に着きますから」

「わかった」

三ツ江通弘は、満足そうだった。

「その線で、稲田にあたらせよう……助かったよ、瓜生くん」

ボスともあろう者が、わざわざ慎と娘を玄関まで送り出したのも異例なら、

「これからも、真由子をよろしくな」

不肖の聟どのに握手をたまわったというのも、まことに異例の出来ごとであった。

……帰り道、真由子はそんな父親を、コテンパンにけなした。

「狸よ、パパは……石子って人が、三ツ江通産のダーティな部分の、鍵をにぎっていたこと間違いなしだわ。その最後の場面に立ち会ったのが、狭間か稲田かってことは、パパにとってすッごく重大なのよ！」

「警察に押えられるひと足先に、白状させておきたいんだろうね。……石子部長が犯人によけいなことをしゃべっていたら、三ツ江のお尻に火がつくから」

「それがわかっていて、教えてあげることないでしょうに」

「ああ」

慎は人のよさそうな笑顔を浮べて、ちょろちょろのひげをしごいた。

「そうも思ったけどね。……きみがあんまり心配そうな顔をしていたから」

「私が？　パパを心配してたっていうの？　うそよお」

「うそじゃないさ。きみは孝行娘だもの。自分じゃ気がついていなくても」

「まさか」

鼻を鳴らしたが、それっきりなにもいわない。

慎に指摘されてみると、自分でも思い当る節があるのだろう。

「……それよりぼくは、石子氏がなぜ自殺する気になったのか、よくわからないんだ」

「自殺？　稲田に殺されたんじゃないの」

「データがないから断定は出来ないけど、現場が内部から施錠されていた事実をそのまま受け止めるなら、自殺と見るのが穏当だろうね」

慎は、立ち止まって空を見上げた。

モール化され、歩きやすくなった赤坂の一ツ木通りだから、そんなことが出来る。過密都市東京では、場所をわきまえて立ち止まらないと、後続の人や車にど突かれる危険があるのだ。

ビルに囲まれ、街灯に突き刺された空は、せまくいびつだった。

「状況を順序立てると、こんな工合かな。あらかじめ石子氏の行動を調べておいた稲田は、アリバイ作りの意図をこめて、名古屋経由長野駅のホームで、もとの上司を出迎えた。ところがここで、滑稽な——といっていいかどうか、手違いが起こった。殺すつもりでいた相手が、自殺してしまったんだ、トイレにこもってね。あわてた稲田は、死体がすぐに発見されないようドアを接着剤でかためて、〝妙高〟を下り、東京へ逃げ帰った……」

「ドアがロックされてたのは？」

「薬を飲んだ石子氏にしてみれば稲田がドアをくっつけたことを知らない。死にきるまでに邪魔がはいらないよう、施錠したんだ」

「それで、中と外から二重に……わかったわやっと！」

真由子は、あらためて亭主の間のびした顔を、ほれぼれとながめ直した。

「シン、頭がいいのねえ」

照れくさそうにあごをなでた慎は、しかし浮かない顔でつぶやいた。

「それにしてもさ……石子さんは、なぜ自殺したんだろう？」

7

数日たって、新聞に簡単な事件解決の記事が出た。

前後して、三ツ江通弘から電話がかかってきた。

それによると、おおよそは慎が想像した通りだった。

警察の調べを受けた稲田は、こんなふうに述べたという。

「私は、石子と刺し違えて死ぬ覚悟で、じかにかれと連絡をとりました。すると奴は、私の前夜の行動を聞いた上で、長野駅のホームで会おうといってきたのです。

当日、私は決闘場へむかうような意気ごみで〝きそ〟から〝妙高〟にうつりました。

すると石子は、ひどく疲れたような笑顔で私を迎えて、

『わざわざ殺すには及ばない。おれひとりで死ぬから、きみは帰れ』

というのです。

かれは、私の目の前で服毒し、トイレにたてこもりました……

狼狽した私は、とたんに自分の命が惜しくなり、接着剤なぞ余計な工作をして、その場を逃げ出したのです」

――稲田の話を聞いても、石子の死の理由は、さっぱりつかめない。

だが、痛いほど父の実体を知っている真由子はいった。

「石子さんは、殺されると思ったのよ……ううん、稲田にじゃないわ。父に……汚職の鍵をにぎっているのが自分だもの、三ツ江通弘の気性ならいつか消される。そう覚悟したんじゃなくて。それくらいなら、いっそ死んでやると、思いつめたんじゃないかしら」

「きつい見方をするんだな」

慎は笑おうとして――笑えなかった。

そう、その心づもりがあったから、通弘は執拗に石子の死を探ろうとしたのではあるまいか。企業にとって、一総務部長ごとき、いくらでも取り替えのきくパーツでしかないことを石子は身にしみて知っていたのだろう。

消えてゆく急行列事に愛着をおぼえた石子の胸のうちで、急行イコール自分という図式が成立していたとすれば――？

（そういえば、投稿のしめくくり部分は、こんなだった）

……

古めかしい急行の車両を見るたびに、私はかれらの過ぎ去りし栄光を思い浮べる。

そうだ、かれらにも若く、華やいだ日があったのだ。

君臨する特急は本数も少なく、利用者もまだひとつかみでしかなかった。颯爽と風を切って疾走する列車の大半は、「急行」の誇り高い肩書がついていた。

沿線の小駅にたたずんで、急行を見送るチョコレート色の客車たち。

そいつらにくらべれば、急行は時代のエリートだった……かれらは、我が物顔に全国のレールをかけめぐった。

時代はうつり、エリートは色あせた。特急とドン行にはさまれて存在意義を失った急行はわだちの音を忍ばせて、いま退場しつつある。さよなら、私たちの急行列車。さよなら、古ぼけたエリートたち。

ブルートレイン殺人号

・ブルートレイン

その電話がかかってきたのは、肌寒い秋の夜のことであった。

「もしもし……瓜生さんでいらっしゃる?」

か細いが強靭な、テグスを思わせるような女性の声だった。

「ふわ……」

慎は、あわてて欠伸を嚙み殺した。なにしろ昨夜から今日にかけて、ぶっとおしで原稿を書いていたのだ。つい一時間ほど前、やっと布団にころがりこんだところだった。

「おれ、いや、ぼくが瓜生ですが」

「まあ、私五条祥子ですわ」

「五条さん……ああ」

やっと思い出した。かれの愛妻真由子の親友で、ミステリーとオカルトの愛好家だった。たしか夫の転勤で青森へ行ったはずだ。

「あいにく真由子なら、出かけているんですが」

「いいえ、彼女に用じゃないんです。実は、鉄道のことで、教えていただきたくて」

「へえ。そうですか」

思いがけないことをいわれてつい間抜けな声を出したが、たしかに鉄道のことなら、慎のところへ電話したのももっともである。瓜生慎は、知る人ぞ知る程度であったが、まがりなりにもトラベルライターとして飯を食っている男なのだ。

「で、どんなことを」

「あの……」

ちょっと受話器の中で、祥子はためらった。が、すぐ覚悟をきめたとみえ、

「恥を申すようですけど……主人に裏切られたかどうかを知りたくて」

「は」

慎は絶句した。

「そ、そんな話が鉄道に関係するんですか」

「大ありですのよ」

キン、と祥子の声が高まった。やべえ……慎は首をすくめた。そういえば、いつか真由子が彼女を評して、

「いい人だけど独占欲が強いのよね。それがまた、よりによって女癖のわるいかれと結婚したんだから、焼餅で大変みたい」

といったことがあった……えい、乗りかかった舟だ！

「どうぞ、話してみてください」

「あいつが——あいつというのは、主人のことですのよ」

正直なところ、慎は祥子の亭主に同情した。

「女といっしょに写真に写っていましたの」

「はあ……それは、どうも」

「美人で有名な、同じ会社のOLですわ。それがまあ、人目もはばからずお手々つないで……ほんとに恥知らずですのねえ、男って」

「……」

だんまりを決めこむことにした。

「場所もあろうに、東京駅のホームですのよ！　それもブルートレインの一番うしろ……ほら、なんといいますの、あの行灯（あんどん）みたいに列車の名前が飾ってある……」

「ああ、テールマーク」

「それですわ。そのなんとかマークの前で、ふたりしてにっこり……どう見ても、これから仲良く旅行に出かけるという風情ですの」

「ははあ」

まさか、うらやましいだの、ご愁傷さまだのというわけにもゆかない。

「主人は出張で上京しておりましたの……帰ってきた主人の荷物を整理していましたら、まあ、そんな写真が出てくるじゃありませんか。かっとしてその写真をつきつけますと、呆（あき）れたことにあいつは笑うんですのよ……お前が焼餅やきだから、からかったんだって。よく考えろ、こんな写真は冗談ででもなければ撮れやしないよ。そういうんですの」

「それはどういう意味です」

「テールマークには〝さくら〟とありました」

「長崎・佐世保行きのブルトレですね。列車番号1番の由緒正しい特急です」

祥子は列車の由緒などどうでもいいようだった。

「発車時間は午後4時30分とかで……」

「そうそう」

「ところが、そんな時間に乗る暇なんて、主人にはまったくなかったんですわ。ええ、それについては私も、毎日五時に会社へ電話をいれていたんですから」

「なるほど」

毎日五時にアリバイをたしかめていたのか……慎はうんざりした。

「会社は丸の内ですから、東京駅は目と鼻の先ですわ。してみると、主人が申したようにあの写真は単に遊びでOLと撮ったのか……そうも思いましたけれど、でも」

「でも？」

「このごろになって、おかしな噂が耳に入ってまいりますの。あいつと」

気の毒に、また五条氏は主人からあいつに下落した。

「そのOLの仲が怪しいって……このままでは、私、どうにも気分が落ち着きませんの。それで、貴方ならきっと、あの写真が冗談であったか、本気であったか、教えてくださると思いまして」

「しかし、電話じゃなあ……写真について細かく話してくれませんか。たとえば西日のあたり具合とか」

「あら……それはもう暗くなっていましたけど」

「暗い？　季節はいつだったんです」

「五月ですけど……どうして四時半なのに、こんなに暗いのかと聞きましたら露出の失敗だといって」

「ご主人はそんなに、写真が下手なんですか」

「いえ、いままでは失敗なんて……それにあれ、フルオートカメラだったわ……とすると、どういうことかしら」

「わかりましたよ、奥さん」

彼女の亭主にはわるかったが、眠気には勝てない。話にピリオドを打とうとして、慎は引導を渡した。

「ふたりが乗ったのは、もっと遅い時間のブルトレだったんだ」

「でも、ちゃんとマークに〝さくら〟と……」

「あのテールマークはね、動かせるんですよ」

「あら！」

「そいつを知ってる子供のマニアが、しょっちゅう悪戯するので車掌がてこずるんです……あの型の列車は、〝みずほ〟とか〝紀伊〟とか、いろいろ走っていましてね。そのどれに使われてもいいように、テールマークはバスや都電の方向幕みたいに、手動で回せるんです……おそらくご主人が写したときも、だれかが悪戯をしたのか、それともご主人自身で奥さんにみつかったときの用心にマークを変えておいたのか、どちらかでしょうね」

——しばらく電話のむこうで沈黙があった。やがて、吐息をつく気配があって、

「よーくわかりました……やはりあいつは、裏切っていたんですわ！」

そして電話が切れ、慎は眠ることができた。

——なぜか夢うつつに、自分がとんでもない間違いをしでかしたような思いがあった。

やっとそれに気づいて、慎はがくぜんと目を覚ました。

「わっ、しまった！　さっき話したのは、14系三段ベッドを使っていた古い〝さくら〟だ！　いまじゃ〝さくら〟は二段ベッドで、テールマークも車掌室からの電動式に代わってる！　外部の者がいじれっこない！」

そもそも〝紀伊〟なんてブルトレは姿を消している。いくら眠いからといって、トラベルライターともあろう者が、とんだ間違いをしでかしたもんだ！

「なにをわあわあいってるのよ」

帰っていた真由子が、目をまるくした。

事情を聞かされて、なお呆れ顔になった。

「しっかりしてよ！　その祥子さんなら、三年前に死んでるのよ……ご主人の浮気のことで喧嘩している間に、心臓の発作が起きたんだって」

「三年前……」

慎は呆然(ぼうぜん)とした。いかにも、三年前なら〝さくら〟はまだ14系の時代だ……したがって慎が話したように、テールマークの細工は可能だったが……

それにしても、三年前から現在に電話をかけてくるなんて。

あれは——あの電話は夢だったのか。

慎は、ぶるっと体を震わせた。

もっとも、慎をさらに恐怖させたのは、次の晩真由子がもたらした知らせである。

「五条さん……死んだ祥子さんのご主人がね、再婚したの。ええ、会社のOLといっしょになったそうよ……ところが、その新婚旅行のドライブ中に崖から落ちて死んだんですって。ゆうべのことなの」

いまだに慎は、五条が運転をあやまったのは、かれの鼻先に祥子の幽霊が現れたからだと信じている。

α列車殺人号

・α列車
・美信線

α列車をご存じだろうか。三月十四日のダイヤ大改正で生まれたニューフェイスだが、首都圏や京阪神では見かけない。

「L特急みたいなもの？」

と、真由子が亭主にたずねた。

瓜生慎——彼女の夫兼恋人——は、トラベルライターの職業柄、レール事情にくわしい。

「そうじゃない。快速列車はふくまれるけど、ドン行中心なんだ。沿線の駅に掲示されるけど、列車そのものにはマークもなにもついてない」

「なんかよくわかんないわ……どこがふつうの列車とちがうのよ」

「時刻表を読むと、註釈してある。ご利用の状況によって、来春以降運転をとりやめるかもしれないって」

「あら」

真由子が目をぱちぱちさせた。魅力的な大きな目、おまけに睫毛が長いので、本当にパチパチという音が聞えそうだ。

「平沢みたいな列車なのね」

「なんだい、その平沢ってのは」

「いつ執行を受けるかわからない帝銀事件の死刑囚よ……そんなの、かわいそうだわ」

「赤字をかかえた国鉄だって、かわいそうだよ。列車の本数が少ないから、乗りたくても乗れないという、地元の苦情を少しでもかわそうと考えたんだな」

註記には来年の春とあるが、正確にそれがいつになるかは、国鉄当局でも決まっていないそうだ。

「乗ってのこそうぼくらのレールとばかり、廃止寸前のあちこちのローカル線で、住民の利用推進がすすめられたけど、これからはα列車をのこすための運動がはじまるだろうね」


慎の予想があてはまる路線のひとつに、中部の山岳地帯を横断する美信(びしん)線がある。

一日上下十本の列車のうち、四本までがα列車だった。沿線最大の人口を擁する遠名村が、二千四百五十人。駅勢圏(えきせいけん)にふくまれるのは、その三割でしかなく、しかも年々減少しつつある。なまじ車を走らせれば二時間の範囲に中都市が散在しているだけに、過疎の趨勢は歯止めのかけようがなかった。

「だが、これ以上列車が減れば、車を運転できない老人たちはどうなる」

というのが、村会議員岡沢(おかざわ)の持論だった。

「年寄りは、買物にも行けん、病院にも通えん」

したがって村の予算をあげて国鉄の定期や回数券を買い、α列車利用をはかるべきだと、彼は主張する。

決まって反対するのが、おなじ村会議員でも若手の浪川(なみかわ)であった。もともと彼の住む集落は鉄道から大きくへだたっていて、α列車がどうなろうと、彼の支持者は痛くも痒くもなかった。

「予算は村民すべてのものだ。それを一部駅に近い人たちの、かぎられた年代の利便にのみつぎこむのは、筋が通らない」

岡沢と浪川の対立は、村会を二分する争いとなった。ひと皮めくれば、次期村会議長の椅子をめざすふたりが、コップの中におこした嵐であることを、村の者ならだれでも知っている。岡沢が列車に固執するのは、彼の息子が国鉄に奉職して、美信線の運転士をつとめているせいであり、浪川が鉄道に関心を持たないのは、妻の実家が自動車販売業であることも手伝っていた。

ふたりの共通点といえば酒好きで、飲むととめどがなくなることであったろうか。

事件のその夜、岡沢は、したたか酔っていた。

そこへひょっこり浪川があらわれた。

犬猿の仲のふたりが顔を合せたのは、村でただ一軒のスナックである。ママは五年前まで松本(まつもと)に住んでいたとかで、ちょっと渋皮のむけた熟女だった。

どうやらふたりとも、お目当ては彼女にあるらしい。浪川が姿を見せるとすぐ、岡沢は不愉快そうな表情をむき出しにして、カウンターから立ち上った。

それはいいのだが、店を出しなに、岡沢がママの頬すれすれに顔を寄せて、なにやらささやいたのが、浪川のカンにさわった。

岡沢が去ったのをみすまして話の内容を問いつめたが、ママは笑って彼をいなした。

「なんでもないのよ。今日はいい匂いの香水をつけてるなといっただけ」

ほんとうにそうだろうか。看板になったあとの約束をかわしたのではあるまいか。

疑いはじめると、きりがない。お銚子を二本ばかり倒したが、いっこうに酒がうまくならず、浪川は早々に帰ることにした。

公職者にあるまじき飲酒運転だが、慣れっこになっている浪川は、かすかな酔いを感じながらも、車のハンドルをとった。

家並を外れると、たちまちあたりは闇に包まれる。月のない暗い夜だった。

そのむこうに、かすかに白い影が見えた。岡沢が、谷にむかって立小便しているのだ。先ほどのことを思い出して、浪川はわざとライトを消し、接近してから、けたたましく警笛を鳴らしてやった。

だが岡沢は、横目で浪川の車に気がついていたようだ。平気な顔で体ごと向き直ったと思うと、いっそうはげしく放尿した。

日ごろ自慢しているだけあって、雄大な一物であった。排尿の角度も分量も十分で、浪川は、一瞬顔にかかったような気がして、たじろいだ。

フロントガラス越しに、哄笑（こうしょう）する岡沢の乱杭歯（らんぐいば）が見え、反射的に頭に血がのぼった浪川は、ブレーキペダルの代りにアクセルを踏んだ。むろん岡沢の体ぎりぎりを、ハンドル操作でよけて通るつもりだったが、相手はそう思わなかったにちがいない。

哄笑の面が、あっという間に恐怖で凍りついたマスクにすり替った。二、三歩あとずさりした岡沢の姿が、スイッチを切ったように、視界から消えた。

（あいつ……谷へ落ちやがった！）

狼狽した浪川がヘッドライトをつけようとしたとき、ななめ上に轟音が起きた。

煉瓦色にくすんだ、ディーゼルカーの単行運転だ。道のこのあたりだけ、美信線が平行して走っていたことを、浪川は思い出した。

草がそよぎ砂利が飛び、音と光が流れ去るのを、浪川は息をこらして、車の中から見守っていた。——それは、たしか今日最後のα列車であった。

思いもよらぬ岡沢の転落死——場所が場所だけに、万一にも助かる可能性はない——を、あのα列車は目撃しただろうか？

そんなはずはなかった。前後をトンネルで区切られた美信線からの視野は、かぎられている。

（大丈夫、だれも見てやしない。第一、岡沢は自分から勝手にころげ落ちたんだ。おれの知ったことか！）

……その通りだった。翌日、岡沢の死体が発見され、三カ月後浪川はめでたく村会議長になった。

議長が殺人犯であろうとは、村の者のだれひとり考え及ばないところだ。

半年後、浪川はスナックのママを抱くことが出来、さらにその半年後、美信線のα列車は廃止された。

乗ってのこそう運動のリーダーを失ったのだから、当然の帰結であった。

「今日からα列車はなくなったのよね」

と、ママがいった。

その晩の客は、浪川ひとりだった。お銚子を三本倒したところで、ママがふっとつぶやいた。

「ちょうど一年になるわ」

「なにが」

「岡沢さんが亡くなってから……命日は明日だけど、うちへ最後にいらしたのが、去年の今日よ。浪川さんの席に、あの人が座っていたの」

浪川は、ぞくりとした。忘れようとしていた岡沢の恐怖の形相が、目に浮んだ。

泊まってゆけというママの誘いをふりきって、彼は店を出た。

一年前とおなじ、月のない暗い夜だった。

車を走らせていると、いやでも思い出してくる……そうだ、あいつは、このあたりの谷へ転げ落ちたんだ。いまはもう無いα列車の通過と同時に。

だしぬけに、頭上に轟音が起きた。光が林を薙ぎ、風が草をゆすった。

(そんな、ばかな！)

浪川は愕然とした。α列車は、もうなくなったのだ。時刻表の紙面から消え去った列車が、この時間にレールをゆるがせるなんて……まぼろしだ、そうに決まってる！

浪川は目をあげ、光と音の源をにらみつけた。だが、厳然として列車は来た。煉瓦色の、一両きりのディーゼルカー。しかも運転席には、岡沢が座っていた。

次の瞬間。

ハンドルをあやまった浪川の車は、もののみごとに、谷底へ転げ落ちていった……

列車には、客はひとりも乗っていなかった。

強いていえば、トラベルライターの瓜生慎だけが、運転士の後ろでメモをとっていた。

「そうですか。明日はお父さんの一回忌なんですか」

「いまさっき通ったあたりで、おやじは死んだんです」

と、父親そっくりの岡沢運転士は答えた。

「生きていたら、α列車廃止をさぞ嘆いたでしょうが……」

「時の流れとはいえ、残念ですね」

慎が相槌(あいづち)をうった。——彼はいま、回送列車の取材中だったのである。

郷愁列車殺人号

・五能線
・ノスタルジックビュートレイン

0の1

「夕陽に向くと、熱くなる……」

異様にしずんだ声が、ポスターに書かれたコピーをつぶやいた。

背後にひろがる喧噪は、ＪＲ弘前駅のものだ。

ちかごろJRの各駅では、お化粧直しにいそがしい。ここもいまや、瀟洒な市民の広場になっている。おなじコンコースにある弘南鉄道の切符売り場ときたら、まるで貴金属売り場のノリでピカピカしていた。

ポスターは、ノスタルジックビュートレインと銘打ち、ＪR東日本がつくった、いま流行のレトロ調列車だ。

ふつうこの種の観光列車は、特急か急行か特別料金を取るものだけれど、ノスタルジックビュートレインはちがう。鈍行なみのダイヤなので、指定席に乗らないかぎり別料金はいらない。

そのわりに豪華なポスターだったから、客も感心したようだ。

「いまごろ熱くなっても、はじまらないが」

シニカルな笑いを頬に浮かべて、それでもひとりでうなずいた。

「乗ってみよう……死ぬ間際の思い出ぐらいにはなる」

0の2

「夕陽に向くと、熱くなる……」

ポスターの前の客が、それこそ熱い息をもらした。

「レジャーならともかく、ふるさとをひと目見るだけには、少々晴れがましい列車だけど……」

故郷を思い出してか、いっとき熱かった客の声が、すぐにかすれて溜め息に変わった。

「乗るものなんぞ、どうだっていい。私のような人殺しを、だまって迎えてくれる故郷があるなら……」

1

「これよ！」

若く、爽やかな声が、ポスターの前で上がった。女性というより、少女といったほうが妥当だろう。声の主はせいぜいはたちぐらいに見えた。梅雨のうっとうしさをはじき飛ばすみたいに、菜の花色のパナマブレザーを羽織っている。

髪はワンレンブームにそむいて、ボーイッシュなカッティングだ。チェックのキュロットパンツのおかげで、足の曲線をおがむことはできないが、たいていの男なら、彼女の顔を見ただけで、ハートにひびくパンチを食らって、下半身に目をとどかせるどころの騒ぎではあるまい。

キュートな彼女の名は麻生遙子。

独身、東京でアパート暮らし。新橋の中堅広告代理店につとめている。

仕事はキビキビこなすタイプだが、ゆうべから彼女が、弘前に泊まっていたのは仕事とまったく関係がない。

じつは、と事情を説明するのもバカバカしいが、彼女の父親が家出したのである。

「この列車に、お父さまはきっと乗って来るわ」

「それならよろしいのですが……」

不安げな口調で応じたのは、伏見協三郎という人物だ。

はっきりいって風采があがらない。ガスタンクに似た球形の体に、よく禿げた頭を載せた熟年紳士である。

人は見かけによらないというが、この手形詐欺でもやったら似合いそうな男が、いまは字引の上にしか存在しない〝忠臣〟だからふしぎだ。

ほぼ半世紀前、麻生家は北陸きっての名家であった。

遙子の祖父茂通は、伯爵の位をもらっていて、伏見は彼や彼の息子——つまり遙子の父親だ——通隆につかえる、まあ番頭見習いみたいな立場だった。

敗戦とともに、旧来の上下関係は瓦解した。

アメリカ軍の指示により、麻生家が持っていた膨大な土地はすべて他人の手にわたり、大富豪だった麻生家はいっぺんに没落した。

さいわい茂道は切手の鑑定、祖母高子は書道の教授と、ひととおり食ってゆく程度にはかせげたが、徹底して役に立たないのは通隆だった。

趣味だけはたくさんもっているのに、金になる道楽はひとつもない。やむなく遙子が東京から仕送りをつづけていた。

いったん家が下り坂になると、それまで麻生家に出入りしていた連中は、だれも近寄らなくなった。そんな中で伏見ひとり、以前と変わらず茂通を旦那さま、通隆を若旦那さまと呼び、有形無形の応援をおこたらなかった。

彼が〝忠臣〟と呼ばれるのも、当然である。

その伏見が、昨日遙子の会社へすっ飛んで来た。

「大変でございます！　大変でございます」

まるで行儀のいいガラッ八——あ、古いかな？　銭形平次の子分なんですが——みたいな台詞を、唾といっしょに吐き飛ばして、遙子にせまったのだ。

「なにが大変なの、伏見さん」

「若旦那さまが、い、家出なさいましたっ」

「家出？」

「はい！　書き置きがございまして、弘前へ出かけられたとか」

「あら、ずいぶん遠くへ行ったのね」

遙子も、ちょっとおどろいた。

高等遊民の父親は行動力が希薄だから、せいぜい住んでいる金沢（かなざわ）と、娘のいる東京を行ったり来たりする程度だったのだ。

それが弘前まで行くというのは、どうした風の吹きまわしだろう。

「おばあさまと、なにかあったのかしら」

「さようでございます。なんでもお父上が、長年乗ったことのない、展望車に乗りたいとおっしゃいましたそうで」

「展望車？」

「はい。〝つばめ〟や〝富士〟についておった、あの展望車でございます」

伏見がさらに古いことを言い出（だ）した。

戦後生まれが日本人の大半を占（し）めるようになったいま、これについては注が必要だろう。鉄道なんてキライとか、古くさい話はイヤ、という向きはかまわず飛ばしてお読みなさい。

えー、昔はですね。

鉄道にグリーン車なんてものはなかった。あるのは、一等二等三等というグレード別の客車だった。

東海道本線には当時の看板列車がわさわさ走っていて、〝つばめ〟や〝富士〟は最高クラスの特急列車だった。

当然一等から三等まで各等の客車が連結され、食堂車はもちろん展望車もついていた。豪華絢爛(けんらん)の室内にはアームチェアなぞおかれ、展望用のデッキまで設けられた。一等客専用の施設なので、庶民は駅のホームから仰(あお)ぎ見るだけという代物(しろもの)。

「そういえば、お父さまは子供のころ、汽車が大好きで展望車に何度か乗ったんですってね」

「さようでございます。しかるに戦後の特急には、けしからんことに展望車がございません」

そりゃそうだろう。〝ひかり〟や〝こだま〟に展望車をつけたら、お客はみんな振り落とされてしまう。

「思い出した。だからお父さま、いつか大井川(おおいがわ)鐵道へ行かれたのね」

東海道本線の金谷(かなや)駅から分岐(ぶんき)する大井川鐵道には、お座敷列車もあれば、展望車もあって、SL運転が売りものになっている。鉄道好きな人にはこたえられない路線である。

「はい、そんなこともございました。ところがまた、どこやらにそんな列車ができたそうで」

「あら、JR？　それとも第三セクターかしら」

「さあ……とにかくお父上には、展望車に乗りたいので弘前へ行く。そう高子さまに申し出られたのだそうです。ところが高子さまには、きついお叱りで……娘ばかり働かせておきながら、そんな贅沢（ぜいたく）をしてすむと思うか、と」

「まあ、お父さまかわいそう」

「すると若旦那さまは、その晩ぷいと出て行かれまして」

「あとに書き置きがのこったんですね」

「はい。旦那さまも奥様も、たいそうなご心配で……ついては弘前と、展望車と、このふたつのヒントでもって、若旦那さまの行方（ゆくえ）を突き止める方法はないかと……」

しっかり者の祖父と祖母だが、世間のことにくわしいとはいえないから、いざとなるとすぐ孫娘にたよるのだ。

その点遥子は、お嬢さまとはいえ大都会でもまれているから、神経もタフなら情報にも強い。

「ちょっと、ここで待ってて」

会社のロビーに伏見を待たせて、受付に走った遥子は、用意してある大型時刻表をぱらぱらとめくった。

「あったわ、これ」

時刻表をロビーまで借り出して、伏見に見せたが、相手はメガネの奥でほそい目をしょぼつかせるだけだ。

「わたくしにはとんと判断いたしかねます」

「あ、時刻表が読めないんですか」

またここにひとり、世話の焼ける人がいた。仕方がないので、北東北の日本海側を走る、五（ご）

能線のページを指して解説した。

「いいこと？　ノスタルジックビュートレインというんだけど、これが鈍行なのに展望車をつないでいるんだって。昔の特急列車とはちがうから、ＪＲでは眺望車って名づけているけど、ちゃんと展望用のデッキもあるの。おばあさまは『そんな贅沢な』っておっしゃったけど、それは戦争前の話だわ。これなら贅沢とはいえないわね」

「ははあ、なるほど」

「でも秋まで毎日運転されているから、いつのノスタルジックビュートレインに乗るつもりか、問題だけど……お父さま、なにか言ってらした？」

「さようでございますな。奥様のお話では、週末はこむからせめて金曜日の朝に乗りたいと……」

「今日は木曜日よ！」

あわてて、遙子が言った。

「だったら、今日のうちに青森へ飛べば、明日の朝、弘前からの列車に間に合うわ」

「ははあ。そういうことになりますか」

伏見はポカンとしている。商売上手で、金沢で加賀友禅の店をひらいてひと儲けしているほどだが、旅については、目はしがきかないらしい。

そこへ行くと、ビジネスで出張の多い遙子は、旅のベテランだった。なによりすばやい行動力が、彼女のセールスポイントである。

「私、早退します。明日はちょうど代休なの。すぐ、フライトを予約しましょう！」

早い、早い。

……というわけで、今朝の弘前駅に、遙子と伏見があらわれたのだ。

「首尾よく若旦那さまが、おいでになるとよろしいのですが……」

さっきから伏見は、改札口をチラチラ見ている。

「ここで見張っていても、ほかの改札から列車に乗られたらわからないわ。私たちも乗りましょう」

「はい」

なんだか伏見は元気がない。

「どうしたの、伏見さん」

「まことに申し訳ないのですが、わたくし列車に弱いものですから」

「あらあ」

遙子はびっくりした。

「酔うんですか？」

「さようでございます……万一粗相（そそう）をいたしましたときは、なにとぞご容赦（ようしゃ）を」

「だって伏見さん、しょっちゅう乗ってるでしょう。新幹線にも、〝かがやき〟にも」

〝かがやき〟というのは、長岡（ながおか）まわりで北陸へいそげるよう設定した、ＪＲ東日本の速達特急だ。

「はあ……そういったスピードの速い汽車ですと、なんともないのですが」

鈍行だとメロメロになる、というのだ。えい、ますますもって世話が焼ける！

だが遙子は、心やさしい少女だから、笑ってなぐさめた。

「ときどきいるわ、そういう人。ハイヤーですべるように走るなら酔わないけど、バスで渋滞の中を走ると、あっという間に酔うタイプ」

「恐縮でございます」

しきりにあやまる伏見をせきたてて、改札口をくぐった——とたん、目の前に横たわっている、黄色と濃紺のツートンカラーの列車に気がついた。

「なんだ。これがノスタルジックビュートレインじゃない」

前にまわると、凸（とつ）型のディーゼル機関車まで、おなじ色に塗られている。太陽をあしらったヘッドマークもついていた。

「恰好いいじゃない。お父さまが乗りたがるだけあるわ」

なんのことはない、遙子まではしゃいでいる。

客車は三両連結だった。

前の二両が自由席で、最後尾の一両が指定席だ。

「これが眺望車ってわけね」

「デッキがございます」

「お父さまは、この車両に乗るでしょうね。だったら指定席を買いましょう」

平日のせいで列車はすいている。

自由席には客がいるが、この車両は金がかかると知ってか、まだだれも乗ってこない。

指定席は簡単に買えた。週末ならコンパニオンが同乗するのだが、それもない。後部にサービスカウンターが設けてあったが、今日のところは役に立たなかった。

座席はレトロそのものである。

屏風のような背もたれに、緑のモケットが張ってある。

天井は丸いシェードの照明器具と、扇風機。

「なつかしゅうございます」

酔うと言ってさわいだことなぞ忘れたように、伏見はご機嫌だった。

「昔とおなじなの？」

「いえ、それよりはよくなっております。たとえば」

と、座席の間につくられた細長いテーブルを指した。

「そうね、これがあれば、お弁当だって使えるものね」

テーブルを撫でていた遥子が、はっと緊張した。

客が来る。

だがそれは、通隆ではなかった。

はいって来たのは、五十年配の女性だった。髪には白いものが混じっていたが、垢(あか)ぬけた洋装で、顔立ちもととのっている。先客を見つけて、にこやかにお辞儀した彼女は、切符と照らしあわせながら、遙子たちよりもデッキに近い席についた。

それをきっかけに、幼児ふたりを連れたファミリー、新婚らしい若いカップル、ひとり旅の学生がつづいて、最後にビジネスマンふうの三十そこそこの男が席についたところで、発車時間がきた。

さすがに遙子も腰を浮かせた。

「お父さま、来ないわ」

「この列車ではなかったのでしょうか」

伏見も動揺して、通路ごしに自由席の方を見た——とたんに、声をひそめた。

「いらっしゃいました、いらっしゃいました！」

2

「えっ」

遙子も見た。

前の客車から、通隆がのそのそと歩いて来た。自称家出だというのに、バッグひとつ持っていない。半袖のシャツ姿でひょうひょうとやって来る。

指定席の車両にはいって、通隆は悠然と車内を見まわした。

幼い兄弟が、きゃあきゃあ言いながら走って来て、チョコレートだらけの手で、通隆のズボンを撫でて行った。

「おや、おや」

通隆はおどろきもせず、チョコレート色に染まった膝のあたりを見下ろした。

幼児の母親は通隆の方へ視線を投げているのに、知らん顔だ。まだ若い父親は、先ほどからマンガ雑誌に夢中で、子供の方を見向きもしない。

「ふむ」

その有様(ありさま)に、通隆がひくく唸(うな)った。

高い背もたれにかくれているので、遙子たちにはまだ気がつかない。

子供ふたりは空(あ)いている席に陣取って、なおもきゃあきゃあ騒いでいる。通隆はそのボックス席へ、ゆっくりと歩いて行った。

「ああ、きみたち」

見知らぬ大人に声をかけられて、幼児ふたりは目をパチクリした。

「旅先でこういうことをされては、はなはだ迷惑なんだがね。どうやって責任を取るつもりかね」

「?」

兄のほうはキョトンとしたままだが、弟はこわくなったのか、だしぬけに甲高(かんだか)い声で救いをもとめた。

「ママーっ」

これには母親も知らない顔をしていられず、あわててすっ飛んで来た。

「なんですか、あなたは！」

眦を決して、相手をにらみつける。理屈もなにもあったものではない、めんどりがヒヨコをかばうのとおなじで、本能的に愛児をガードした。

だが当の通隆は平気なものだ。にこにことママの顔を見つめて、

「なかなかお美しい」

と言った。

「え？」

「惜しいことに、少々お化粧がきついですかな。いや、ご主人の好みとあれば、第三者の容喙するところではないが」

「たっちゃん！」

振り向いた母親は、金切り声をあげた。

「なにしてるのよ！　ヘンな男がからんでくるのよ！」

「ど、どうしたってんだよオ」

呼ばれた亭主は、マンガ雑誌を片手にぶら下げて駆けつけた。強気な奥さんにくらべると、男ははじめからおどおどしている。

「ああ、お静かに」

乗客全員――といっても、このファミリーをのぞけば七人しかいないのだが――に注目されて、通隆はあくまで微笑を絶やさない。

「けっして私はヘンな男ではありませんぞ。あなた方のお子さんが、たまたま私のズボンを汚しなすった。この責任について、お尋ねしようとしただけです」

「あんた、バカじゃないの」

通隆の丁重な口調に、安心したのだろう。若い父親が図に乗った。

「こんな小さな子供によ、責任がどうこうのって」

「ごもっともです。当然私も、親御さんが事後の処理にあたられると、確信しておりました。にもかかわらず、夫人がわれ関せずであったのは、わが子らはすでに一人前である、すべからく当事者同士で話し合えというご趣旨と、解釈した次第でしてな」

「なんだなんだ?」

当惑した父親は、矛先を女房に向けた。

「じゃあお前、気がついてて知らん顔してたのかよ」

「だってたっちゃん……このおじさんだってぼんやりしてたんだもの……」

「バカヤロ」

さすがに亭主が一喝した。

「だったら文句言う前に、なぜひと言あやまらないんだ!」

ぷうとむくれた女房に背を向けて、亭主は素直に、通隆に頭を下げた。

「すみません、知らなかったもんで……だけど責任取れといわれても困るんだなあ……俺のパンツじゃ、おじさんには穿けないだろうし」

「ああ、おわかりになればよろしいのです。弁償してほしいなぞとは、まったく思っておりません。旅先はお互い、子供の粗相もお互い」

満足げに言った通隆が、次の瞬間、口をあけっぱなしにした。

自分の席から、遙子が立ち上がったのである。

「お父さま、私は粗相なんかしてませんけど」

3

ノスタルジックビュートレインは順調に走っていた。

デッキにはもう長い間、子供たちが立っていた。

列車がトンネルにはいるたびに、猛烈な音と風が起こる。それが子供たちには、おもしろくて仕方がないのだ。

「きゃあっ」

「うわあ！」

「恰好いい！」

「俺、ちびりそう！」

考えてみれば、特急慣れしている都会の子供たちは、窓を自由に開けることのできる列車を知らない。エアコン完備の車内には、自然の風など邪魔ものでしかないのだ。

それがこのノスタルジックビュートレイン——どうでもいいけど長いネーミングだな。原稿の水増しではないことを、念のためお断わりしておく——のデッキに出れば、風どころか嵐が歓迎してくれる。

ごおごおと唸る空気に全身を包みこまれて、子供たちはサスペンスをたっぷりたのしんでいた。

だが大人はそうはゆかない。

空いているのをさいわい車内から子供たちを監視していた親のひとりが、たまりかねたように、声をかけた。

「いい加減にして、中へはいってらっしゃい。お弁当の時間よ！」

「はーい」

「ほらほら、おまわりさんがいらしたよ。いつまでも外に出てると、叱られるわよ！」

デッキは外気にふれるためにできているのだから、鉄道警察が怒るはずはないのだが、権威によりかからないと子供を叱ることができない親は、昔もいまも大勢いる。

事実今日のノスタルジックビュートレインでは、鉄道警察の警乗が目立った。

「なにかあったんですか？」

母親のひとりが、通りかかった車掌に尋ねた。

「ほら、今朝ニュースでやったでしょう。秋田で宝石店がおそわれたという話」

「ええ、ええ。三人組がどうこうって言ってましたね」

べつなひとりが相槌を打った。

「そいつらが、五能線方面に逃げたという情報がはいったんですよ」

おしゃべりなのか、サービスなのか、車掌が内幕をもらしたので母親たちが沸いた。

怖くて悲鳴をあげたのではない。その程度のドラマなら、テレビの二時間番組で不感症になっている。

「まあ、おもしろそう」

「三億円もするダイヤを盗んだんでしょう？　見るだけでいいから、見てみたいわあ」

「私はせめてさわりたい！」

無邪気なママさんたちだった。

そこへ子供たちが、ぞろぞろともどって来た。

「これでみんなかしらね」

数家族いっしょなので、点呼に手間がかかる。兄貴株の男の子が、手を上げた。

「ゆうくんがいませーん」

「あら、いやーねえ、あの子ったら」

いま「さわりたい」と、聞きようによっては淫らな発言をした母親が、のんびりと立ち上がったとき、列車がまたトンネルにはいった。

ごおおお！

デッキに通じるドアが開いたので、そこから舞い込む音と風に、若い母親たちも総立ちとなった。

そこへあたふたと走って来たのは、当のゆうくんだった。

「ママ！　ママってば！」

幼稚園児のゆうくんが、血相を変えている。だが、のんきなママは、いっこうに取り合わない。

「ゆうくん、なにをしてたのよオ」

にこにこしながら、ゆうくんの小さな体を抱き止める。

するとゆうくんは、身悶(みもだ)えして叫んだ。

「大変、ママ！　いまね、あそこからね、だれか飛び下りたよ！」

「飛び下りた？」

すぐには意味が取れなかった。

「だれが飛び下りたの」

「わかんなーい。暗かったもん」

「男の人、女の人？」

「知らない。パッとはいって来て、パッと見えなくなった」

さすがに不安げになって、デッキを見たママは、今度は車内に目を転じた。どこにだれが座っていたかしら……あそこでカップルが仲良さそうにくっついてるし……こっちではおじいさんが居眠りしているし……まだほかにだれかいたっけ？　いたような、いなかったような。

面倒になった若い母親は、わが子の頭を撫でて言った。

「心配しなくても、大人があんなところから、落ちたりしやしないわよ。さ、もうこれからはママのそばにいらっしゃい。いいこと？」

そう言われてもゆうくんは、まだしばらく不満げだったが、

「はい、お弁当よ」

ひろげられたランチボックスの中身を見て、目をかがやかし——それっきり、落ちた大人のことなぞ、忘れてしまった。

ランチの内容は、むろんママの下手くそな手作りじゃない。ゆうくんの大好きなフライドチキンである。

4

遙子と伏見にはさみ討ちにされたあげく、

「まことにはや、面目(めんぼく)ない」

なぞと、バッタみたいにペコペコ頭を下げた通隆だったが、鰺ケ沢(あじがさわ)あたりから車窓に日本海がひろがりはじめると、反省なぞあっという間に忘却(ぼうきゃく)のかなただ。

「いいですねえ……海は、じつによろしい」

窓にしがみついて、飽かずながめている。たまりかねた伏見が、なにか話しかけようとしても、

「失礼。ただいま私は、透明人間になった心境です」

そっぽを向いて、それっきり返事もしない。

「いいのよ、伏見さん」

苦笑した遙子が、忠臣に言った。

「ほっときましょ。今日一日乗って気がすめば、ほうっておいても金沢に帰るわ」

「それならよろしいのですが」

「さっきジュースを買ったとき、お父さまの財布をのぞいたのよ。一万円札が一枚あったきりですもの。家出がつづくはずないわ」

お見通しだ。具合がわるくなったか、通隆はそそくさとデッキに出て行った。

ひと足早くデッキに立っていた男が、はっとしたように振り向いた。ネクタイにスーツ姿のビジネスマンだ。そのネクタイが、風になびいて持ち主の顎を撫でていた。

ところで通隆は、だれとでも気安く口をきく。世が世なら若殿様だから、万事おっとりして、人なつこいのである。

「梅雨どきでも、どうやら晴れましたな」

「はあ。どうやら」

「やあ、潮風だ。気のせいかウニやイカの匂いがする。ははは」

「はは……は」

相手はしぶしぶ笑っているという感じだったので、つい聞いてしまった。

「どこかお加減でも」

「加減ですか？　ああ、いや、どこもべつに」

狼狽したように、手を振ってみせた。

しいて追及するような柄ではないから、

「それなら、けっこう」

あっさり言って、横を向いた通隆は、窓越しにデッキを見つめていた乗客と、視線を合わせた。

（ん？）

通隆ははじめて見る相手だが、弘前駅で遙子たちに次いで乗って来た、中年の女性だ。

なにをじろじろ見ているのか、見当がつかなかった。

ふつうの場合なら視線をまじえれば、一瞬たじろいで目をそらすものなのに、彼女の場合はなぜか愛想よく、通隆に会釈したのである。

気にかかると前後の見境なく問いただしたくなる彼なので、さっさと車内にもどって、女性の席へ来た。

「失礼しますよ」

「はい？」

小首をかしげるようにして、通隆を迎える。年はとっていても、愛らしい顔立ちであり仕種だった。

「なにか私に、御用でもおありですかな」

「あら。どうしてそうお思いになりましたの」

と、女性も意外そうだ。

「窓の向こうから、私に笑いかけたではないですか。あるいは私に、好意を寄せておいでかと思いましたが、それはちと自惚れがすぎるようで」

「まあ」

女性はくすくすと笑い出した。たしかに通隆の自惚れであったようだ。

しかし、すぐに笑いはやんだ。真剣な顔になって、彼女はささやいた——

「お礼を申し上げたつもりでしたわ」

「お礼ですと」

「ええ」

きびしい表情で、ふたたびデッキに視線をうつす。それでも言葉は、通隆に向かってつづけた。

「カンでしかありませんけど、あの人……自殺なさるおつもりじゃないか、そんな気がしたものですから。デッキであたりの様子をうかがっておいでなの。そこへあなたがデッキにお出になったから、きっと諦めるだろう。そう思ってつい笑顔になったんですの」

「自殺？」

「ええ……私の気のせいならよろしいのですが」

「そりゃあ、いかん。たとえ気のせいでも、よろしくない！」

女性が止めるひまもなかった。もう一度デッキに出た通隆は、堂々とビジネスマンに問いただしたのだ。

「失礼……もしやあなたは、自殺を決意しておられるのではありませんかな？」

「なんてことを！」

と口走ったのは、聞かれた当人ではない。通隆を追って駆けこんできた女性である。

「私のカンでしかない、そう言いましたのに！」

「いや……」

沈痛な声が流れた。その声はまぎれもなく、ビジネスマンの口から出た。

「おっしゃるとおりです。よほど放心していたんですな。おふたりに心配をかけたことさえ、わからなかったとは」

「するとあなた、本当に死ぬ気で？」

思わず女性は声をひくめた。ちょうどそこへ、幼児のひとりが飛びこんで来たからだ。だが子供の方も、大人三人のただならぬ雰囲気におびえたらしい。ドアを閉めて、回れ右して行った。

がくんと列車が揺れる。

一面しかないホームに、奇妙な駅名標が立っていた——「驫木（とどろき）」。

馬を三つ書いて、それに木を添える。これでトドロキと読むのである。JR東日本の中でも最高クラスの難読駅であろう。ためしに『大字苑』で引いてみた。フウとかシフとか読むらしいが、トドロなんて読み方はない。意味は沢山の馬が疾走するさまを言うようだ。なるほど、それならひづめの音が「とどろ」くわけだ。

このあたり、読みにくいがそれなりに旅情をさそう駅名がつづく。

いわく、風合瀬（かそせ）。追良瀬（おいらせ）。艫作（へなし）。……

かるい衝撃があって、乗降客ゼロのまま列車はまた、あてどもなく走りはじめた。梅雨の晴れ間が終わったとみえ、厚い雲におおわれた磯は、見違えるように暗鬱な表情をつくっている。

その間ずっと沈黙していたビジネスマンが、ようようのことで口をひらいた。

「女にいれあげた。よくある話ですよ……もてたいばかりに会社の金に手をつけて、クビ。出世コースもなにもかも、あっという間に吹っ飛んだ。女房は愛想をつかして、子供を連れて実家へもどりました。はは……新聞やテレビでうんざりするほど見ているパターンです。なんともはや、滑稽（こっけい）なほどパターンどおりに破滅しました。いっそパターンに殉（じゅん）じて、自殺してやろう。そう思ったまでですよ」

にやりとして、ビジネスマン——もとエリートは、通隆たちを見た。

「言っときますがね。止める必要はありません。人生設計をやりなおせるほど、金を恵んでくれるってのならべつですが」

5

すさまじいブレーキの叫喚をのこして、ワゴンが急停止する。

助手席から、安土が叫んだ。

「見ろ、山根！」

右手に波があらくなった海、左手に防風林。強風にねじ曲げられた松の間から、男がひとり、よろばいながらあらわれた。

先ほどノスタルジックビュートレインの中でさわいでいた幼稚園児が見たら、デッキから飛び下りたオジサンだと言うだろう。

あのトンネルからここまで、ずいぶん離れている。それにあそこは、海岸沿いの国道101号線からも遠い。男の泥にまみれた姿を見れば、ここまで辿りつくのにどれほど苦労したかよくわかる。

「戸並、しっかりしろ」

安土に抱き上げられて、戸並と呼ばれた男は、やっとのことでワゴンに乗った。同時に情けない声で悲鳴をもらした。ほとんど断末魔の声だ。

「いてて……」

「やい、しっかりしろ」

ハンドルをつかんでいた、この中では一番年上らしい男――山根が、舌打ちまじりに言った。

「てめえ、深浦駅で待ってるんじゃなかったのか。一二時一〇分過ぎだなんて、せこい時間にしやがって」

「警察が乗りこんで来たんだよ……」

戸並があわれっぽく言った。他のふたりにくらべると、戸並の風体はずっとまともだ。だからこそ山根は、宝石を彼にあずけたのだ。

「警察だと」

安土が凶暴な目を光らせる。三人の中では、彼が圧倒的な体格だった。山根がフランケンシュタイン博士なら、安土は、彼が創造したモンスターに似ている。

「身体検査されたらどうしようと思って、宝石をかくした。それでも怖くなって、とうとう列車から飛び下りたんだ……」

「なんだと。それじゃあ宝石は」

山根の額に青筋が立つ。

戸並は必死に、かぶりを振った。

「心配ないって……」

声がほそくなってきた。列車から飛び下りたときに、ひどく体を打ったらしい。内出血をしているのか、顔色が蒼白だった。

「ノスタルジックビュートレインの……三両目……前から三番目……海側の席……テーブルの裏だ……ガムでくっつけておいた……深浦駅に停まってる……取って来てくれ……三億円……」

声が途切れた。戸並が昏睡(こんすい)状態になったと知ると、山根は、おそろしく乱暴にワゴンを発車させた。

「深浦駅なら、すぐそこだ。その前に、ちょっと海際へ寄り道するぜ」

「寄り道?」

安土が眉をひそめ——すぐに山根の意図を理解した。

「そうだな、分け前は人がすくないほどいいや」

6

ノスタルジックビュートレインが長い停車時間を経て、深浦駅を発車するとすぐだった。

自由席からの通路に重い足音が上がって、大小ふたつの人影があらわれた。

あいかわらず傍若無人(ぼうじゃくぶじん)にふるまっていた幼児ふたりさえ、はっと口をつぐむほど、そのふたりが発散する殺気は際立っていた。

「……」

ものも言わず、巨漢の方が通路に立った。安土だ。これでもう、指定席の様子は前二両から見えなくなった。

山根は、ひとつ、ふたつ、と客席をかぞえて、遙子と伏見のボックス席の前で立ち止まった。

「あの、なんでしょうか」

伏見の言葉を無視して、ずいとテーブルの裏に腕を伸ばす。

「?」

全身を震わせた山根は、あわて気味にその場にしゃがみ、テーブルの下をのぞいた。

いくらキュロットでも、人相のわるい男に下からのぞかれるのは、歓迎しにくい。

「きゃ」

とかなんとか遙子が叫んだものだから、忠臣はいきりたった。

「あんた！　失敬じゃないか」

海景に目を奪われていたひとり旅の学生も、カップルも、ファミリーも、車内にいた者のこらずが、伏見と山根に注目した。山根の応対は率直なものだった……はっきり言って、率直すぎた。やにわに彼の腕が、伏見の首を締め上げたのだ。

小兵の伏見は、ぐうともいえない。

「出せ」

と、山根がうなった。

「テーブルの裏から、見つけたものを出せというんだ」

「やめてよ！」

遙子が憤然として、山根に食ってかかる。

「伏見さんを放して！」

「……お嬢さん」

山根は伏見を締め上げたまま、いやにやさしい声をかけた。

「お嬢さんもグルなんだね？　次の駅までに出さないと、この男は死ぬよ」

さすがの遙子も、なにがなんだかわからない。茫然としている彼女にまで、山根の腕が伸びてきた。

「仲間が言ったんだ。ノスタルジックビュートレインのこの席に、かくしたってな。……そいつがないとなりゃ、ちょろまかしたのはあんたたちしかいねえ。出せと言ってるんだ！」

ゆたかに突き出している遙子の胸を、山根の掌が鷲づかみにしようとした——そのときだった。

「やめろ！」

デッキに通じるドアがひらいて、もとエリートがはいって来た。その後ろにおずおずとつづくのは、通隆と中年の女性である。もともとこんな修羅場では、通隆はなんの役にも立たないのだが、それでも娘の危機を知った手前、蚊の鳴くような声でりきんだ。

「おやめなさい。遙子がこわれる！」

「ふふん」

山根がせせら笑った。それでもさすがに、遙子に伸ばした左手をポケットへいれて、ナイフをつかみだした。ぱちんと冴えた音がひびいて、研ぎすまされた刃が飛び出す。

「ひっ」

という声が上がった。あの放任主義のママだ。さすがにこんなときは放任できないとみえ、死に物狂いでわが子ふたりを抱きしめている。

「よけいな手出しをすると、こいつできさまをぶっ刺す——」

山根は、あとの台詞を言えなかった。なんという早業、もとエリートは、一足飛びで山根の懐に躍りこんでいたのだ。

「わあ」

山根の手からナイフが飛んだ、と思ったときにはもう、もとエリートは相手を組み敷いている。あとで彼が語ったところによると、女にもてたい一心で合気道を習ったのだそうだ。それがここまで鮮やかに決まったのは、

「どうせ自殺するつもりでしたからね……相打ち覚悟」

だったそうだ。

通路をふさいでいた安土も、これにはおどろいたらしい。

「野郎！」

飛びかかろうとした鼻先に、なにやら見慣れたメカが突きつけられた。コルト45Mだった。

「型は古いけどね。ちゃんと役に立つんだよ」

と、持ち主である女性は言った。しゃべる調子が豹変していた。

「昨日使ったばかりさ。うちの宿六に、三発たたきこんでやった。……いくらやくざでも、若い妾に大金を貢いでいりゃ古女房は頭へくるンだ。ひとり殺すのもふたり殺すのもおンなじこッた。やるかい、若いの！」

洋装のスカートをたくし上げると、年には思えないすんなりした足が見え、通隆がごくりと唾をのみこむところが、遙子に丸見えだった。

(なによ、お父さま。欲情していらっしゃる！)

この場は、姉御の貫禄勝ちというところか。若いの呼ばわりされた巨漢安土は、のろのろと両手を上げた。

「かっこいいぞ、おばさん！」

パチパチと軽薄にも手をたたいたのは、さっきまで劇画を読みふけっていた、二児のパパである。

7

車掌の知らせで駆けつけた警察が、艫作駅で、山根と安土、それに自首した女性の三人を収容した。

ごたごたで二十分おくれたノスタルジックビュートレインは、いま十二湖（じゅうにこ）のあたりを走っているところだ。

「宝石強盗の片割れが、ノスタルジックビュートレインの席にかくしたというのなら……問題の三億円は、どこへ消えたんでしょうかね」

伏見が言い、それについては車内の客全員の疑問でもあった。

「不可解だね」

三億円に興味のない通隆は気のない口調だが、ほかの連中は、目の色が変わっている。しばらくだまっていた遙子が、口をひらいた。

「ひとつだけ、考えられることがあるわ」

「とおっしゃると？」

「戸並って人がダイヤをかくしたのは、もうひとつのノスタルジックビュートレインだったって場合」

「えっ」

「ほら、私たちが深浦に着いたとき、ホームの反対側にべつのビュートレインが停まっていたじゃありませんか」

まさにそうなのだ……遙子たちが乗った列車は弘前発、だがおなじころもう一本のビュートレインが秋田を発車する。二本の列車は、深浦駅ですれちがいのため、ホームをはさんで停まり顔を合わせる。

「あっ、そうか！」

旅好きらしい学生は、さすがにすぐのみこんだ。

「われわれのこの列車は、2号。だが戸並が乗ったのは1号だったのか！」

「ええ。山根たちは、ノスタルジックビュートレイン号に彼が乗る、そして12時10分に深浦駅で会う、とだけ聞いていたものだから、深浦に停まっていた2号を、てっきりそれと思いこんだのね。でもこの車両には、戸並なんて人は乗っていなかったし、デッキから飛び下りる機会もなかった」

「それはそうです」

と、通隆が言った。

「デッキには、自殺志願者の彼が立ちっ放しだったのだから」

「どうも」

と、もとエリートが頭をかいた。

ノスタルジックビュートレイン 1号・2号の時刻表（五能線）

	上り（ビュートレイン2号）	下り（ビュートレイン1号）
弘　前	発　9:11	着　14:45
	↓	↑
五所川原	着　10:04 発　10:06	発　13:49 着　13:49
	↓	↑
鰺ケ沢	着　10:39 発　10:55	発　13:08 着　13:08
	↓	↑
深　浦	着　11:57 発　12:17	発　12:10 着　12:02
	↓	↑
十二湖	着　12:49	発　11:30

「とすると、それは1号でしかあり得ないわ。あいにくそちらは、あの人たちが深浦へ着く前に発車していた……列車に強くないあいつらは、ノスタルジックビュートレインといえば、一編成しかないと思って、この2号をおそったんでしょう」

「ふたりが深浦駅へ、もっと早く着いていれば、おなじ列車がふた組あることがわかったろうに」

惜しかった！　という調子でカップルの片割れが言えば、通隆がかぶりをふった。

「ところがそうはゆかなんだ。なぜなら彼らは、仲間の戸並を海に投げて殺すため、寄り道をしておったからです。……げに天の配剤というべきでしょうなあ。わははは」

8

そのころ、ノスタルジックビュートレイン1号は、鰺ケ沢駅にすべりこんでいた。

いく組かの家族連れは、みんなここで下車するつもりらしい。ぞろぞろと立ち上がりながら、若いママのひとりが、子供のつかんでいるガムの食べかすに気づいて、顔をしかめた。

「なんなの、ゆうくん！」

「テーブルの裏にくっついてたア」

「気持ちわるいわね。パイしなさい、パイ！」

「パイ！」

……こうして彼女は、ついに憧れの三億円にさわりそこねたのである。

白い闇の駅

・石北本線

1

恐ろしい衝撃を食らって、やっと気がついた。

やっと――？

ではそれまでの俺は、なにをしていたのだろう。頭を振ったが、なにも思い出せなかった。

どうにか焦点の合った目がフロントガラス越しに、前方を突っ走ってゆく黒い低い影を認めた。車にしては見慣れない形だと思ったら、それはスノーモービルだった。雪を蹴立てて逃げてゆくスノーモービルは、いったいどんな奴が運転していたのか、瞳を凝（こ）らす間（ま）もなく白い闇の彼方（かなた）へ消えた。

俺は呆然（ぼうぜん）としてあたりを見回した。

いったいここは……

「どこなんだ？」

思わず疑問が口を衝（つ）いて出たが、セドリックの中にいたのは俺ひとりだったから、むろん返事があるわけはない。

　窓のむこうに広がっているのは、一面の雪景色だ。もっとも雪原ではなかった。枝に白い化粧をほどこした針葉樹の林が、前にも後ろにもつづいている。振りかえれば、轍（わだち）の跡（あと）をしるした雪道が、ほそぼそとつながっていた。スノーモービルが消えた前方に、視線をもどす。たったいまつけられたばかり、まだ湯気が立っているような二本のキャタピラの跡に目をやって、俺はうなった。

「くそったれ」

　キャタピラの跡を観察するかぎり、スノーモービルは林の中からだしぬけに飛びだしてきたとわかる。車の鼻先をかすめたので、あわてた俺がブレーキを踏んだ。これが夕方だからよかった。朝の雪道、アイスバーンだったら、キリキリ舞いした俺はエゾマツの二、三本を巻き添えにしながら、フロントガラスと心中していたに違いない。

　そう考えたとたん、胸のどこかがミシッと音を立てた。なんだ、なにがひっかかったんだ？

　心中という言葉か？

　よしてくれ。まるで俺がごく最近、心中でも考えたみたいじゃないか。

　苦笑しようとして――はっとなった。

　俺は誰なんだ？

　名前が出てこない。長いつきあいのはずの自分の名前が。

　よせやい。そこまで耄碌（もうろく）しちまったのかよ。名前が出ないんなら、アドレスはどうだ。アドレス、住所だよ。ことさらショックを無視しようとして、俺はせいぜい落ち着いてみせた。だがメッキはすぐに剝げた。

なんてこった、自分の家まで忘れたってのか！

俺はあわてて、車の中を見渡した。このセドリックが俺の車というんなら、どこかに俺の名前が書いてあるんじゃないか。そうだ、免許証だ！

いそいでポケットを探ったが、なにも出てこない。厚手のウインドブレーカーには、千手観音が着ても間に合いそうなほど、沢山のポケットがあった。それでいてほとんどなにも出てこない。ほとんど、といったのは左の内ポケットに、万札が七、八枚、無造作に突っ込んであったからだ。安物のハンカチ。百円ライター。時刻表から破いたらしい数字を羅列した紙。

あとは名刺一枚、証明書一枚、出てこなかった。

俺はミラーを直して、自分の顔を映してみた。うっすらと不精髭を生やした、二十代後半の顔。大してハンサムでもないが、男ブスでもない。まあ、ありふれた顔といってよかった。

だが問題は、鏡の中に自分の顔を発見しながら、いっこうに名前を思い出さない、ということだ。なにがどうなったというんだ。

俺はぶるっと体を震わせた。容易ならない事態を悟ったためばかりではない。車内がどんどん冷えてゆくのがわかる。

（つまり、俺はあのスノーモービルと接触事故を起こしたんだ。そのはずみで、記憶喪失に陥ったのか……）

だがモービルに乗っていた奴は、俺の車を見捨てて、さっさと逃げていっちまった。こんなところで事故を起こした日には、いつ警察が来てくれるかわかったもんじゃない。だから面倒に思って逃げたんだな。

すると俺の記憶喪失は、たった今——少なくとも三十分とさかのぼらない範囲で起きたんだろうか。俺は首をかしげた。

どうも違うようだ。事故る前から俺の頭には、ずっと白い闇がかかったままだった。なぜだかそんな気がしてならない。

いずれにせよ、俺はどこへ行くつもりだったのか。

そもそも、ここはどこなんだ?

途方に暮れた俺は、あらためて窓の外を見た。雪まじりの風が、四方の窓をたたきつけている。あてどもなく俺は、セルを回そうとした。

(なに?)

顔の強張(こわば)るのがわかった。

エンジンがかからないのだ。この雪空に、冗談じゃない! 懸命になったが、車はウンともスンともいってくれない。エンジンは石ころみたいに沈黙を守っている。いまの事故が原因なのか、メカに弱い俺にそれ以上のことはわからなかった。もっとも、原因がわかったところで、動かなければおなじことだ。

車を下りボンネットをあけてみたが、見当もつかなかった。

俺は救いを求める目で、あたりを見た。それでやっと、標識が目についた。

雪でまだらになった標識に、元黒滝駅という文字を読むことができた。右に矢印が描かれている。仕方がない、俺はすぐに決心した。

このままここにいれば、凍死を待つようなものだ。駅が近いのなら、公衆電話だってあるだろう。リアシートにあった防寒コートを着込んだ俺は、矢印の方向に歩いてみることにした。

革のコートはずっしりと重いが、その分頼もしく温かい。よろめきながら、俺は歩いた。金属的な唸り声をあげて、頭上を風が吹きすぎてゆく。追い風のときは、体がふわっと軽くなるようだが、向かい風に変わると息をするのもしんどいほどだ。

周囲には家一軒見えない。あるいは雪にかくれて見えないだけかもしれないが。

(こんなところに駅があるのか)

不安がこみあげてくるのは、どうしようもなかった。

さいわい、それは杞憂に終わった。

「あった!」

俺の口から白い息が飛び散った。

前方に黒っぽい四角な影が浮かび出たのだ。煤けた屋根と壁。どう見ても小屋でしかなかったが、駅だ。ガラス戸を二重にした入口の上に、『元黒滝驛』と古めかしい看板が取りつけられていた。

それを見て、やっと俺はここがどこなのかわかった。

（北海道だ！）

この駅自体に来た覚えはないが、おなじような煤けた駅舎を何度か写真で見た記憶がある。それにこの雪、この針葉樹林。

本州と北海道の間には、目に見えないが生物学上の境界線——ブラキストンラインが引かれているんだそうだ。本州にはツキノワグマしかいないが、北海道にはヒグマが生息する。エゾマツもキタキツネも、みんな北海道ならではの生物なのだ。俺の見たものが、ここは北海道であることを告げていた。

だからといって、俺は生物学者でもなんでもないようだ。いくら子細に見ても、俺にはエゾマツもトドマツも区別がつかない。そこまで考えてから、俺はリアシートにコートといっしょに転がっていた、カメラを思い出した。

（カメラマンだったのかもしれない）

だからこんな季節、こんな場所を車で移動していたのだ。半ば納得しながら、俺の目は駅舎の右手に、真新しい電話ボックスがあるのを見つけた。駅前広場というのも恥ずかしいような空き地は、一面の雪で真っ白だ。ガラス張りのボックスも、ほとんど全身を白くしている。ボックスに向かおうとして、俺は立ちすくんだ。

赤い札がぶら下がっている。札には『故障』と記されていた。

なんてこった！

俺はボックスに向かうのを諦めて、駅舎にはいった。

中には四人の客がいた。広場に点々とのこされた足跡を見て、無人ではないと思ったが、四人もいたのにはびっくりした。老人、若い娘、婆さん、中年男。

ただし駅そのものは無人だった。正面のガラス戸が改札口らしい。北海道では改札が終わるごとにいちいち戸を閉め切らないと、待合室が冷えきってしまうのだ。中央で威勢よく燃えるストーブをかこんで、ベンチが三方に置かれていた。改札の右手には、有人だったころ切符売り場に使ったとおぼしい窓口がある。それをのぞきこんでいる俺に向かって、老人が気の毒そうに教えてくれた。

「職員は誰もおらんよ」

2

うなずいた俺は、質問した。

「外の電話が故障してるんです。ほかに電話はないんですかね、このあたりに」

「さあて……」

老人はゆっくりとのこる三人を見回した。全員が顔馴染(なじ)みらしい。

「あったかな、そんなものが」

電話を『そんなもの』扱いした爺さんに、三人はめいめい首を振った。

「歩いてゆける距離にはありません」

断言したのは少女だった。抜けるように顔が白く、頰を火照らせている。学校帰りなのか大きな鞄を下げていた。

「しかし、警察に知らせたいんだ……事故っちまってね」

事故という言葉で全員が俺を見たので、手を振った。

「いや、大したことじゃないんだが、車が動かなくなって。知らせなきゃならないんです」

四人の誰にともなく説明すると、老人が代表格で聞いてきた。

「それであんた、どこから来なすった」

どこから……答えようとして、俺は言葉をくぐもらせた。

「よくわからないんです」

「おやおや」

老人がみじかいが純白な髭を、かすかに震わせた。人なつこい笑顔だ。なぜかこのとき、俺はこの爺さんに奇妙な懐かしさを感じた。

「これはどうも。本州から来たのか、北海道内から来たのか。それもわからんとおっしゃる？」

「はあ……」

俺は悄然としてベンチのひとつに腰を下ろした。

「なにもわかりません」

「まさか、あんた、自分の名前もわからんというんじゃないでしょうな」

「いえ、それが」

笑おうとした俺は、頰の肉をひきつらせるだけだ。

「名前もアドレスも職業も、一切記憶にないんです……」

「まあ、記憶喪失？」少女がカン高い声をあげた。

「……どうもそうらしい」

俺は頭をかかえた。そんなポーズをとると、ストーブの熱気が頭に伝わってきて、よけいに混乱した。顔を上げると、みんな俺を心配そうに見つめている。ローカルらしい、気のいい人たちなのだろう。

「そりゃあ、いかんな」

老人がつぶやいた。

「事故で頭を打ったのかな。どこも外傷はないようだが」

「頭がズキズキするんじゃないかえ」と、婆さんまでおろおろと声をかけてきた。

「いえ、どこも痛くないんです。でも車が……」

言いかけると、中年男が真剣な口調でさえぎった。

「車なんざ、どうだっていい！　それよか医者へ行かなきゃあ」

「このへんに病院なんかないわよ」少女が言うと、老人が口をはさんだ。

「体に異常がないのなら、汽車に乗って遠軽(えんがる)へ出るのが近道じゃないかね」

「エンガルですか？」聞いたこともない土地の名前なので、びっくりした。

「そうよ、遠軽よ！　このへんではいちばん大きな町だわ」

「いったい、そのお……」

俺は口をもがもがさせた。

「ここは、どこなんです」

「そんなことも……！」

言いかけた少女が、俺をあわれみの目で見た。

「そうか。なにもかも忘れちゃったんだね。ここは石北本線の元黒滝っていう駅よ」

「セキホク……」記憶の引き出しの底をかき回した俺は、やっとのことでその名前を思い出した。

「ＪＲ北海道ですね……旭川から網走まで……途中に上川という町があったっけ」

「ここは、上川と遠軽の中ほどなのよ。層雲峡なら知ってるでしょう」

「知ってる。大町桂月が名付けた名勝だね。うん、そこへ行く入口なんだ、上川というのは！」

俺は何度もうなずいた。やっと自分の現在地を確認できたのだ。

「それで、遠軽へ行く列車はじきに来るんですか」

「ああ、来るとも」老人が請け合うと、婆さんが頼もしげに言った。

「もうじきだよ。あと一時間もかからないよ」

「一時間ですか」

目をまるくした俺を、中年男がのぞきこんだ。

「あんた、やはり本州の人だね」

「どうしてわかったの？」少女の質問に、彼はすぐ答えた。

「汽車を一時間待つと聞いて、びっくりしたからさ。東京あたりじゃ、一分半も待てばもう次の電車が来るからな」

「信じられない！」

少女が笑った。肌も白いが、歯はもっと白い。すてきに健康的な印象だった。いいな、こんな女の子。もう恋人がいるんだろうか……そんなことを考えた俺の頭の片隅で、なにかが稲妻のように光った。なんだ？

それは誰かの顔に似ていた。

たしかに女性の顔だった。俺がいま、もっとも痛切に会いたいと念じている対象だった……だが彼女の顔も名前も、思い出されるのを拒絶するみたいに、一瞬間だけ輝いて、たちまち消えた。残念ながら俺は、その映像を記憶の襞(ひだ)にとらえておくことができなかった。

「なにを考えておられる？」

気がつくと老人が、皺(しわ)に埋もれた目で、俺を見つめていた。

「いや、……なんでもありません。ただ」

「ただ？」

「いまふっと、なにかを思い出しかけたものですから」

「ほう！」

全員が俺の顔を見つめている。せっかくだがみんなの期待に添えそうもないので、俺は曖昧(あいまい)に笑って立ち上がった。

「ダメです。まるで煙を摑んだようだ……すぐに消えてしまった」

立ったついでに俺は壁に張られた時刻表を見た。板に書かれた粗末なものだが、ダイヤが改正になって間がないとみえ、新しかった。それにしても呆(あき)れたのは、本線を名乗っていながら、運行本数のべらぼうに少ないことだ。一日に上下わずか二本ずつしか止まらないらしい。

下り遠軽・網走方面　6時59分発　18時16分発
上り上川・旭川方面　9時12分発　17時39分発

あとにも先にもこれっきりだった。

茫然(ぼうぜん)と見上げている俺の表情がおかしかったのだろう、少女がくすくす笑った。

「あまり本数が少ないので、びっくりしてるのね」

「そうらしい……」俺は苦笑した。

「人間より熊のほうが多いんだもの、このあたりは」

「北海道中の人間が札幌(さっぽろ)に集まってきますからな……その札幌でさえ、最初に地下鉄を敷いたときは、交通局長が大蔵省に呼び出されて、熊でも乗せる気かと文句をつけられたらしい。呼ばれた本人は、『金さえ払えば熊でも乗せる』と答えたといいますがな」

「大丈夫ですか」俺は思わず老人に聞いた。

「なにがです」

「本当に列車は来るんでしょうね」

「心配せんでも」と、老人は腕時計を見ながら言った。

「もうすぐ上りの来る時間だで、ちゃんと走っているかどうか、すぐわかります」

実際、上り列車は正確に来た。赤っぽいツートンカラーのうすよごれたディーゼルが一両だけ、全身を揺すりながら走ってきた。

一面しかないホームに下りたのは、意外なほど軽装の高校生たち数人だ。ここで育った者かれすれば、この程度の雪なぞ寒気のうちにはいらないらしい。改札口のガラス戸を開けた彼らは、ストーブをかこんでいるわれわれを見て、ぎょっとしたような表情になった。それでも老人が、

「やあ、お帰り」

気安く声をかけると、戸惑ったような顔をのこしながらも、ぺこりと頭を下げた。三々五々雪の駅前広場に散ってゆく高校生たちを見送って、婆さんが言った。

「大変だよ。ああしてみんな、学校へ通うんだから」

大変なのは、俺も同様だ。

「上川へ行ったほうが早かったですかね」

「いや、上川より遠軽のほうがいい病院がある。この分なら今日は定時運行しているよ。安心

なさい」

安心はできなかった。医者に会う以前に少しでも失われた記憶を取り戻しておきたい。あと、三十分ばかり時間はある。俺はもう一度ストーブの前に腰を下ろして、じっくり考えることにした。

ダルマストーブというのか、紡錘形をした鋳鉄の本体に小さな窓があり、めらめらと赤い舌をのばす炎が見えた。懸命に、俺は炎とにらめっこをつづけた。

俺は誰なんだ……なんだってここにいるんだ……俺はなにをしようとしていたんだ……いましがた、胸の奥から突き上げてきたものの正体はなんだ。

「なにか思い出せた？」

少女が擦り寄ってきた。間近に来た彼女は、はっとするほど成熟した女性の匂いをふりまいている。俺は思わずまじまじと相手の顔を見てしまった。視線が強すぎたか顔を赤らめた彼女は、鞄から魔法瓶を取り出した。なにがはいっているのかと思うと、コーヒーだった。カップに注いだそれを、俺にすすめてくれた。

「飲みませんか」

「ああ……ありがとう」

カップを口元へ運んだ俺は、改札口をへだてるガラス戸をなにげなく見て、もう少しでコーヒーをこぼすところだった。

いま見たものは、なんだ？

ポカンと口を開け放した俺は、さぞ滑稽な顔だったことだろう。

俺が見たものは——信じられないことだが、迷彩服を着た兵士らしい男だった。雪の北海道に、まるでアメリカ軍みたいな奴があらわれたのだ。そいつは顔の筋ひとつ動かさず、ゆっくりとホームを移動していった。

3

「どうしたんですか！」

おびえたような少女を見捨てて、俺は改札口へ飛んでいった。ガラス戸を開けようとしたが、立て付けがわるくてギコギコやっている間に、無駄な時間がすぎた。ホームへ出て左右を見回したときは、もうそれらしい姿はどこにもなかった。

「寒いじゃないか」

振りかえると、中年男がガラス戸の隙間から文句をつけていた。

「失礼……」

首をひねりながらもとのベンチにもどったが、少女はまだ青い顔をしている。

「なんだったの。なぜ出ていったの」

「それがね。なんとも妙なものを見たもんだから」

「妙なもの？」

中年男が顔を突き出した。きれいな髭の剃り跡だが、目つきが鋭い。ここが北海道の片田舎でなかったら、やくざかと早合点するほどタフな面構えであり、がっちりした体格だった。

俺は言っていいものかどうか迷ってから、口にした。

「兵隊がいたんですよ」

「なんだって？」

「ほら、映画なんかで見るでしょう。ジャングルの中をゲリラ討伐に行くような、迷彩服を着た兵士です。肩にライフルを吊るしていました」

ぽかんとしたのは、中年男だけではない。少女も老人も婆さんも、いちように狐につままれたような顔になった。

「見たかね？」

老人に聞かれた婆さんが、とんでもないというふうに、むやみとかぶりを振った。

「そんなわけのわからないもの、見るはずがありませんよ！　あんた、そんなものをどこで見たんだえ」

「たったいまですよ。その改札口の外……ホームを右から左へ歩いてゆきました」

気味わるそうに体をひく少女が、目の端にはいった。俺を狂人とでも思ったのだろうか。記憶喪失のつぎに幻覚を見た。そう考えたに違いない。実際、それ以外に解釈の方法がないことは、俺だって認める。だが記憶喪失はともかく、幻覚まで生ずるようになったとは、はっきりいって考えたくない気持ちだ。

途方に暮れている俺に、老人は気の毒そうに言った。

「あんたとしては気色わるいだろうが……どうも、まずいな」

四人の代表格といっていい老人も、やはり俺が幻覚を見たと思っているのだ。だからといって、俺にそれを否定する材料はない。

「本物の兵隊を見たのかね？」

俺はうなずいた。

「だが私もこのお婆さんも、あんたとおなじとき、おなじホームを見ておった。そんなおかしな服を着た者は、ひとりも通りはしなかった」

抗弁しようとしたが、できなかった。

俺は現に記憶喪失症の患者である。だが老人も婆さんも、いたって健全な精神の持ち主に見える。しかも俺が見たものは、冬の北海道に存在するはずのない代物であった。誰が考えたって、老人のほうがただしい。

「それにしても、突拍子もないものが見えたなあ」

老人がつくづくと俺を見つめた。皺の中から年寄りと思えぬほど強い目の光が放射されて、俺の額を貫通した。

「なにか思いあたることが、おありではないかな？」

「と言いますと」

「あんたが、ベトナムに従軍していたとかさ」

中年男が無茶苦茶なことを言いだしたので、少女が吹き出した。

「そんなあ、この人、いくつだと思ってるのよ。第一、どっから見ても日本人じゃない」

「たとえだよ、たとえ。ベトナムが古けりゃＰＫＯでもなんでもいい。とにかく戦地の経験があるんじゃないか、そう思ったんだ。だから――」

「だからそんな幻覚を見た。そう言うんだね？」

納得した老人は、俺に向き直った。

「という意見なんだが、どうだろうな」

「わかりません……」

俺は手の甲で額を拭いた。いつの間にか、汗が吹き出していたのだ。

その瞬間だった、豆を炒るような高い連続音が起こったのは。

銃声だ！

反射的にベンチから飛び上がって、怒鳴った。

「あの音！」

だが、俺をのぞく四人はさっぱり驚こうとしない。婆さんが言った。

「あの音はあんた、下り列車じゃないか」

「えっ？」

俺はきょとんとして、耳をすました。銃声はもう聞こえなかった。それに代わって聞こえるのは、近づく列車の警笛だった。

俺は、俺の顔が歪(ゆが)むのを自覚した。

なんてこった！　俺は目も耳も、どうかしちまったんだ！

「なにか気がついたの？」

少女が問いかける。俺は気力をふりしぼって返事した。

「俺は狂いかけているらしい。それにやっと気がついたんだ」

4

ふたたび警笛が吠えた。今度の音はずっと近くなっていた。ビリビリと窓ガラスの振動する気配が見て取れる。

さっきの列車ではこんなことはなかったのに、と俺は麻痺したような頭で考えていた。高校生たちを乗せてきた上りにくらべて、下りは何両も連結しているんだろうか。

「こうしてはいられない」

老人が腰を浮かせた。

「まごまごしていると、乗り遅れるよ」

「おっとと」

「お婆さん、早く！」

中年男も少女も、急ぎ足でホームへ出てゆく。冷たいことにみんな俺に声もかけない。ひと足おくれてガラス戸を抜けた俺は、真っ向から吹きつける雪に、首をちぢめた。ごおごおと列車は威勢よく走ってくる。その様子をひと目見て驚いた。

(なんだ、特急じゃないか)

あたりはすでにたそがれていたが、それでもこうこうたるヘッドライトが、俺の目を射た。ヘッドマークを掲(かか)げているらしい。あんな立派な列車が、元黒滝に止まるというのか……半信半疑だったが、止まるからこそあの人たちも待っていたのだ。

ホームを見渡した俺は、呆気(あっけ)にとられた。

いないのだ、たったいま出ていった四人がどこにも見えない！

(ど……どういうことだ)

ホームの雪は北海道独特のアスピリンスノーで、みんなの足跡をのこすこともなく、風下へ飛んでゆく。

猛烈な風と雪が、俺の頬をたたいた。

耳を突き刺すような警笛が吠え、列車は一瞬の緩(ゆる)みもなく、俺の顔の前を通過していった。いっそ痛快なほど、俺は——元黒滝駅は、徹底して無視されてしまった。みじかい間に、俺はヘッドマークに記された文字を読んだ。〝オホーツク〟とあった。おぼろげな俺の知識によれば、札幌・網走間を走る特急だ。とっさに数えたところ、四両連結だった。上りが一両で運転しているというのに、下りが四両連結の、それも特急列車のはずがない。それぐらいは、いくら俺が鉄道に無関心でも常識としてわかる。観光施設も町もなにもないこの小駅に、特急が止まるわけはなかった。

なにかの間違いだ、そう思って俺は身をひるがえした。待合室にかかっていた列車ダイヤを、もう一度確認しようとしたのだ。

またガラス戸をギコギコさせて駅舎にもどった俺は、壁を仰(あお)いで愕然とした。

時刻表が変わっていた。おなじように板に記されたダイヤだったが、上り下りとも一本ずつ列車が減っているのだ。

下り遠軽・網走方面　6時59分発
上り上川・旭川方面　17時39分発

俺は自分の目を疑った。

そんな無茶な……いくら北海道だからといってもローカル線ではないのだ。れっきとした本線上に、一日上下一本ずつしか停車しない駅があるなんて、常識的に考えられなかった。それでは万一乗り遅れたら、次の日のおなじ時刻まで、二十四時間待たなくてはならない！

俺はもう一度目を皿のようにして、壁の時刻表を見た。

よく見ると、さっきの時刻表より古ぼけている。それに、上下二本ずつのダイヤを記した時

刻表は、いま考えてみると壁からやや浮いていた。ところがこの時刻表は、壁に密着している。ということは、

（俺が見ていたのは、偽物の時刻表だった？）

本物の上にそっくりの偽物を、両面粘着のテープかなにかで仮留めしておいたのだ。俺がホームへ出た隙を狙(ねら)って、偽物をひっぺがす。たったそれだけの作業なのだから、三十秒もあればすんだことだろう。

してみると信じにくいことではあるが、この一日一本しかないダイヤのほうが本物であったのか。そのとき突然、俺は車の中で所持品を調べたときのことを思い出した。たしか俺は、時刻表らしい紙を持っていたぞ。

コートのポケットに、それは突っ込んであった。

丁寧(ていねい)に皺をのばして読む。薄暗い電灯なので目が痛くなった。だがとにかく、それが石北本線のページの一部であることがわかった。上下に仕切られていて、上半分が下り列車、下半分が上り列車の、ほぼ午後にあたる部分だった。それを読んであらためてわかった……元黒滝駅から遠軽に向かう列車は、このページを見るかぎりゼロであった。

つまりあの連中――ついさっきまで、ここでストーブを囲んでいた老人、少女、中年男、婆さんの四人は、そろって俺に嘘をついたのだ。それもわざわざ偽物の時刻表まで準備して。

いったい俺が、あの人たちにどんな悪事を働いたというんだ。なんだってこんな手のこんだ悪戯(いたずら)をされなきゃならないんだ。

元黒滝の住人に、俺がなにをしたというんだ！

いらだってベンチのひとつを蹴飛ばした俺は、ふと気がついた。

下車した高校生たちが、四人を見たときの戸惑った顔。あの子供たちにとっても、四人は初顔だったに違いない。だとすると、これはひどく不自然な話だ……四人のうちのひとりぐらい顔見知りがいて当然だろうに、なぜか高校生たちは誰にも挨拶(あいさつ)せずに、出ていってしまった。

「いかにも地元の者のような顔でいて、その実のこらずよそ者だったんだ」

俺は出た結論を口にしてみた。

そこまでは、いい。だがそうなると、当たり前のことだがつぎなる疑問は、

「なんのためにそんなことをしたのか」

さあ、わからなくなってきた。

俺はベンチのひとつに陣取って、窓の炎に目をやった。

老人……少女……中年男……婆さん。

あの中にひとりでも見知った顔があったろうか。

老人を見て、なぜか俺は（懐かしい）と感じたっけな。その理由は？

また俺は、あの女の子と口をきいたとき、ヘンに後ろめたい気持ちがこみあげた。一瞬であるが白い女らしい影を見た。それは誰だったのか？

まだあるぞ。そう、迷彩服の兵士だ。俺をひっかける悪戯としたら、あれはなんの真似(まね)だったんだろう？

迷彩服……迷彩服……。

俺は自分でも気がつかないうちに、ベンチから立ち上がっていた。檻の中の熊のように、せまい駅舎の中をぐるぐると回りはじめた。どこかで俺は、あの迷彩服を見た……それも通りすがりに見た程度のものではない。なにかしら俺と、深い縁つづき。そんな気がしてならなかった。

うろうろしていた俺の足が、ひょいと止まった。

俺の前に窓口がある。かつてこの駅にも、駅員のいた時代があったのだろう。そのころは、この窓口の向こうに駅員が座って、慣れた手さばきで乗車券を売っていたのだろう。窓口の前に小さなカウンターがのび、隅っこにぽつねんと大学ノートが置かれていた。旅の思い出を一節どうぞ、というやつだ。俺はそのノートを拝借して、なにも書いてない最後のページを使わせてもらった。添えてある鉛筆で、ためしにあの迷彩服を描いてみたのだ。自分で感心するほどの速筆だった。

迷彩服は印象にあっても、それを着ていたのがどんな顔でどんなスタイルだったか、なにひとつ覚えていない。

それでいて俺の鉛筆の動きに渋滞はなかった。

あっという間に出来上がった迷彩服の人物を熟視して、俺はうなった。

「たしかに、どこかで見た覚えがある！」

そう思った俺は、俺の描いたキャラクターに異様な愛着を感じた。なんなんだ、この気持ちは。まるで自分の子供に会っているような気分だった。

そうだ！

だしぬけに俺の頭にインスピレーションが湧いた。

ひょっとしたら！

俺は夢中になって、ノートの各ページに鉛筆を走らせた。結果は雄弁だった……俺の鉛筆が生み出すキャラクターは、自分でいうのもおかしいが、素人離れしたものだ。俺は自在にそのキャラクターを横向かせ、笑わせ、怒らせることができた。

それもそのはずだ……この迷彩服の兵士は、俺が作り上げたコミックのキャラクターだったのである。

5

頭の中にかかっていた闇が晴れて、ひと筋の明かりが差し込んだ。そんな気分だった。

(俺は劇画家だった！)

ひとつ思い出すことができたら、あとは芋蔓式に記憶を辿れるかもしれない。

ノートを持ったまま、俺はもとのベンチに座った。

緊張のあまり手が震える——と思ったが、それはにわかに増した寒気のせいもある。ストーブの窓に見える炎が、急速に弱まりだしてきた。燃料が底をついたのだ。

（まずいな）

だが正直なところ俺は、やっとほぐれだした自分の過去に夢中だった。

（劇画でメシを食っていたことは、たしからしい。……すると俺は、この北海道へなにをしに来たんだろう）

リアシートに置いてあったカメラが、ヒントになった。

（そうか、取材に来たんだ）

（新しい連載のネタを拾おうとして、北海道に渡った）

（だが――？）

すぐまた壁に突き当たった。

（それならなぜ、俺は手帳だの財布だのを持っていなかったんだ）

せいぜい時刻表の切れっ端しか持たずに、取材できるはずがない。

（第一、俺をだましたあの四人、いや迷彩服を着て歩いた男をくわえると、五人になる。あいつらの正体はなんだ）

炎がますます鈍くなってきた。やばいな。と、頭のどこかで感じながら、俺はさらに熱くなって考えにしずむ。

（ひとまず正体はこっちへ置いとくことにして、目的はおぼろげながら読めてきたぞ……俺がつくった劇画のヒーローを、俺の目につくように歩かせたことでわかる。奴らは俺の記憶を回復させたかったんだ！）

きっと、そうだ。

俺は膝の上にノートを広げていた。右手はまるで心霊術の自動書記みたいに、ひとりでになにやら書きつづけている。だが俺は見向きもせずに頭を回転させていた。

（俺はたぶん……事故る前から記憶をうしなっていた……さもなかったら、あんな手のこんだ悪戯を準備できるわけがない。そもそも俺があそこでスノーモービルにぶつかったというのも、怪しいもんだ）

俺は自分のおでこを指ではじいた。あのときのことを、おさらいしてみるぞ。

衝撃があった……目を覚ました……前方をスノーモービルが走ってゆく……俺の車はエンコしていた……しかも俺はなにひとつ自分のことを覚えていない……その一連の現象をつなぎあわせて、あの場所で事故を起こし記憶喪失症になったと思った。考えてみればおかしな話だ。それほどのショックを受けたにしては、俺の体も車もかすり傷ひとつ負っていない。

だが俺が俺の過去を覚えていない点は、厳然たる事実なのだ。

（してみれば……）

俺はもっと前から記憶喪失に陥っていたのだ。

そしてなんらかの理由で、あの五人は俺を正気にかえしたかった……俺にさまざまな刺激を与えて、それに反応する過程で、俺が過去を取り戻すんじゃないか、そんな期待をこめていたんだ。

(すると、あいつらは俺をここまで運んできたのか)

きっと、そうだ。俺を薬で眠らせるかどうかして、北海道のど真ん中まで連れてきた。置き去りにした俺を、車ごと揺すった。俺が覚醒する気配をたしかめてから、スノーモービルを走らせる。もちろんセドリックははじめから動かないよう仕掛けてある。スノーモービルに乗っていたのは、きっとあの迷彩服の兵士だろう。

まだわからない……俺は額に指をあてた。窓を風が鳴らした。寒気はますます厳しい。しっかりしろよ、おい。このままここで夜を過ごすつもりか。凍死したって知らないぜ。

だが俺はどこかで事態をみくびっていた。

あの五人が、俺を見捨てるわけがないと思うからだ。

奴らは、なんとしても俺の記憶を呼びもどしたい……それにはそれだけの、切実な理由があるんだ。ここで俺を見殺しにしたら、なんのためにあんな悪戯をしたのか、意味がなくなるじゃないか。

それにしても、まだのこされた大きな疑問は、

(奴らがここへ俺を連れてきたわけだ)

待てよ。現に俺は、時刻表の切れ端を持っていた。奴らが取り上げたであろう手帳も、当然のことだが俺は身につけていたはずだ。その中に、今日の日付と元黒滝駅の名がメモしてあったとすれば？　それ以外、俺は一切のヒントなしで記憶をなくしていたとしたら？

しかもあいつらは、俺の記憶に頼らないかぎり、どうしても探しあてることのできないなに

かを探していたとする——

(それにしても、寒い！)

ついに判断を停止した俺は、あたりを見回した。墨汁のような闇が、窓の外を満たしていた。その闇をバックに白いものが降りしきっている。

俺のかじかんだ指から、鉛筆が落ちた。その音でやっと、俺はノートに注意をはらうことができた。ノートには、まったく新しいひとりの女の姿が描かれていた。俺の潜在意識が描かせたものだ。ひと目見て直観的にわかった。

(この女だ)

少女の白い顔を見つめた俺が欲情したとき、だしぬけに俺の心象に立ち上がった女、それがいま俺の描いた相手だった。

(この女に惚れていたのか？)

そうよ。

とでも言いたげに、ノートの中の女が微笑(ほほえ)みかけている。

(お前の名前は——俺の名前は……)

喉まで出てきていながら、あと一息のところでつかえている。

(くそ)

頭のシンはぽっぽとしているのに、全身が冷えきっていた。やっとのことで俺は、助けを呼ばなくてはと考えた。だが、どうすればいい？　列車は明日までこの駅に止まらない。唯一、人家と連絡のつく電話は故障中だった……そこまで考えてから、俺は「あっ」と叫んだ。いままでなぜ気がつかなかったんだろう。ダイヤも迷彩服もみんな偽物だった。それなら「故障」の札も偽物じゃないか!

俺は防寒コートの襟を立てて、駅舎を飛びだした。シャーベット状の雪を踏んで、電話ボックスへ飛びつく。貼ってあった「故障中」の紙が吹っ飛んだ。

俺はかまわず受話器を耳にあてた。110番するつもりだった——だが、ダイヤルを回そうとした俺の手は、たちまち止まった。

どこへも発信していないというのに、受話器の中からひそやかな声が流れ出てきたのだ。ひとりは男、ひとりは女。男は、俺自身の声だった。

呆れたことに偽物だったのは「故障」の札だけじゃない。ボックスも、電話機そのものも偽だったのだ。俺が受話器を持ち上げると同時に、中に仕掛けたテープが回り出すようになっていた。

「もう我慢できない」

と、テープの中の俺は言った。

「あんたと俺では釣り合わないって? 馬鹿なこと言うな、あんたは女で、俺は男だ。それ以上なにをごちゃごちゃ言うってんだ、四谷商事の奴らが!」

四谷商事……聞いたことがある。日本有数の財閥は四谷だが、そのコンツェルンの一翼を担っているのが、そんな名前の商事会社だった。

「だって翔介さん……」

甘い声はたしかにあの女——俺が描いたばかりの彼女の声だ。

「だってもあさってもあるもんか。俺は俺の好きな女と結婚する。それとも鮎美、俺が嫌いか？」

俺の名は翔介。彼女の名は鮎美。やっとわかった！

と喜んでいる場合じゃない。あいつら五人は、俺がいずれこの電話に気がつくと見て、こんな声を仕掛けておいたんだ。会話の内容から容易に察することができた。俺と彼女の仲を割こうとしているのは、四谷商事なのだ。……ということは、鮎美という俺の恋人が、四谷の社長令嬢ででもあるんだろう。

なるほど……やっと話が見えてきて、俺は思わずにやりとした。一介の劇画家と、財閥令嬢というんでは、釣り合わないと向こうさまが考えたのは、無理もない。だが彼女と俺は突っ張った……その結果、俺たちは駆け落ちしようとした……受話器をつかんだまま、俺は溢れ出てきた記憶の洪水に収拾がつかなくなっていた。一方受話器からは容赦なく鮎美の声が飛び込んでくる。

「嫌いなもんですか！　翔介さん、好き。好きよ、好きよ。四谷が倒産したってかまわない、私、翔介さんについてどこまでも行きます！」

言ってくれる……さすが俺の恋人だ。むろん受話器の中の俺も負けていない。

「いいか、鮎美。四谷のことだ、どこにどんな網を張りめぐらしているか知れたもんじゃない。

ここから先はふたりバラバラに行動するんだ……万一のことがあったら、こないだ打ち合わせした場所へ、打ち合わせした時刻においで」

「はい。場所は……」

「それ以上言わないほうがいい。この電話が盗聴されている可能性だってあるんだからね。じゃあ、鮎美」

「翔介さん」

「愛してるぜ」

「私だって……」

電話が切れた。俺は戦慄した。まだいくつか闇が晴れない部分はあるが、これで大筋が飲み込めた。奴らは、あの五人は、四谷商事の息がかかった連中なんだ。俺の記憶を探って、社長令嬢？　の行方を突き止めよう。そう考えて俺にいろんな刺激をあたえたに違いない。

このころになってやっと、俺は鮎美との馴れ初めを思い出していた。

そうだ……彼女と俺は、道央のペンションではじめて知り合ったんだった。そのときは車だったから、いままで気づかなかったが、鉄道で行くならこのあたりの駅が最寄りとなる。別行動をとった場合は、元黒滝駅で落ち合って、それから思い出のペンションへ向かう予定を組んでいたんだ！

いけない。

俺は電話ボックスを走り出た。

鮎美がここへ来てはいけない。いまの電話でもわかるとおり、俺の回りには五人の奴らが監視の目を光らせている。こんなところへ鮎美がやって来たら、おしまいだ。俺は狂気のように、雪を蹴立てて道まで出た。俺が乗り捨てたセドリックが、ぽつんと止まっている。どこだ、どこにいるんだ、あいつらは。老人は――少女は――中年男は――婆さんは――迷彩服は。

だが俺が五人のかけらも発見できないうちに、林の中から揺れながらライトが現われた。カローラだった。……レンタカーのハンドルをとっているのは、まぎれもなく鮎美だった。笑顔といっしょに彼女は俺の前で車を止めた。

「よかった、翔介さん。ちゃんと来てくれたのね」

「話は後だ、鮎美」

俺は必死になって叫んだ。

「あいつらが来る、きみを取り返しにくる！」

「え」

「四谷の連中だよ、俺みたいな薄汚い男に、お嬢さんをくれてやるものかと、五人で追いかけてきてるんだ！」

俺はびっくりしている鮎美を押し退けて、運転席に座った。

「あの……お嬢さんて、だれのこと？」

「きみに決まってるだろう！」

あわてていたので、エンストしてしまった。必死にエンジンをかけながら、俺はなおも怒鳴った。

「俺はきみのような金持ちの娘に釣り合わないかもしれん、それでも俺は、きみが好きなんだ！　どこまでもきみを守ってみせるぞ！」

声の最後は排気音にかき消された。一気にダッシュしたカローラは、白い闇の彼方（かなた）へ駆け込んで行く。ほっとする気持ちと、

（あいつらなぜ彼女を奪い返さなかったのかな）

という不審の思いとが交錯して、助手席にはいった鮎美の言葉も、よく聞き取れなかった。

後に思えば、彼女はこう言っていた。

「お嬢さんて、だれのことよ！　あなたこそ、四谷商事社長の落とし種だったじゃない！」

6

「……行ってしまいましたな」

迷彩服の男が、カローラのテールランプを見送りながら、ぼそりと言った。四谷商事の秘書室長をつとめる中北恒夫（なかきたつねお）である。

「あれでよかったんですか、旦那さん」

婆さんが不安げに言った。妻を早く病気で亡くした四谷秋人（あきと）の屋敷で、長年つとめているメ

イドの長瀬佐和(ながせさわ)だ。

「坊ちゃんたら、最後まで自分が四谷の血筋だってこと、思い出さなかったみたいだけど……大丈夫かしら」

つぶやいた少女は、秋人の若い愛人諏訪恵利子(すわえりこ)だった。さらに彼女の不安を解消してくれた、中年男の正体は、四谷家の専属といってもいい医師照本欣也(てるもときんや)だ。

「社長には失礼ながら、隠し妻の息子として長年耐えてきた坊ちゃんです。意識下に、つねに四谷の傘から離れたいというお気持ちがあったのでしょう。心配はいりません。その一点をのぞけばほぼ百パーセント常態に復されていますから」

老人の名はいうまでもなく、四谷商事社長四谷秋人であった。

「あれでいいさ……あれで。翔介がはたちを過ぎるまで、会ってやることもできなんだ……私の顔を見ても思い出せんのは無理もない。そんな親の下で、いまさら帝王学を習わせるのは気の毒だ。せっかくふたりを別れさせようとした、中北たちにすまなんだが……」

「いえ」

迷彩服が面目(めんぼく)なさそうに、小声で言った。

「四谷家の名と、たかがひとりの女、それもペンションでアルバイトしているようなフーテン女とを、引き換えになさるとは思いませんでした。こんなことなら、はじめからもっと積極的に、おふたりの仲をとりもってあげればよかったと……」

「そうじゃないさ」

秋人が笑うと、白い息が吐き出される。

「四谷商事あげての妨害が、かえってあのふたりの結びつきを強固にしたといえる。あれが私から逃げようとして、車にぶつかったときはひやりとしたがな……後遺症があの程度ですんで本当によかった……よく記憶を回復してくれた」

「社長のお芝居もよかったわあ」恵利子に褒められて、秋人は苦笑いした。

「昔とった杵柄だよ。……私も四十年前は、四谷など継ぐものか、そう思っていた。本心は新劇の役者になりたくて仕方がなかった。劇団から連れ戻されてあきらめたが、今日ばかりはたっぷり芝居をさせてもらった。それだけでも、翔介に感謝しなきゃいかんようだな」

とっくに見えなくなったカローラのふたりが、まだ彼の目に焼きついているとみえる。寒気を忘れた四谷秋人は、いつまでも背を伸ばして、白い闇の彼方を見つめていた。


（作者注　舞台となった駅は架空ですが、石北本線には、実際に一日上下一本ずつしか列車の止まらない駅が、いくつも実在しております、念のため。）

オホーツク心中

・興浜北線

1

空は悲しいほど澄んでいた。ほんの少し車の窓を下ろすと、オホーツクを渡る冷涼の風が神坂遠音の頬を叩き、潮の匂いを運んできた。内地では晩春どころか初夏の陽気だというのに、北国はやっと冬将軍が去ったばかりだ。

レンタカーを駆る遠音は、ひとにぎりほどの浜頓別市街をよそに、国道２３８号線を南下していた。かつて天北線と興浜北線の鉄道分岐駅であった浜頓別。母によれば、ゆるい勾配の屋根が特徴的で、入口に北海道の駅独特の風避けの壁が立っていたそうだ。すべてのレールが剝がされたいま、駅は跡形もなく、堂々たるバスターミナルが建っている。母の話をたしかめる術はなかった。

まばらな家並を抜けると、左手に海が近づいてきた。西日を浴びたオホーツクの海は、人間の存在なぞ知らぬげに誇らしげに輝いていた。茫漠たる眺めの中で人工臭を覚えさせるのは、上下する路傍の電線と、坦々とつづく舗装と、それだけだ。一帯は湿原らしく、右手にきらり

興浜北線略図

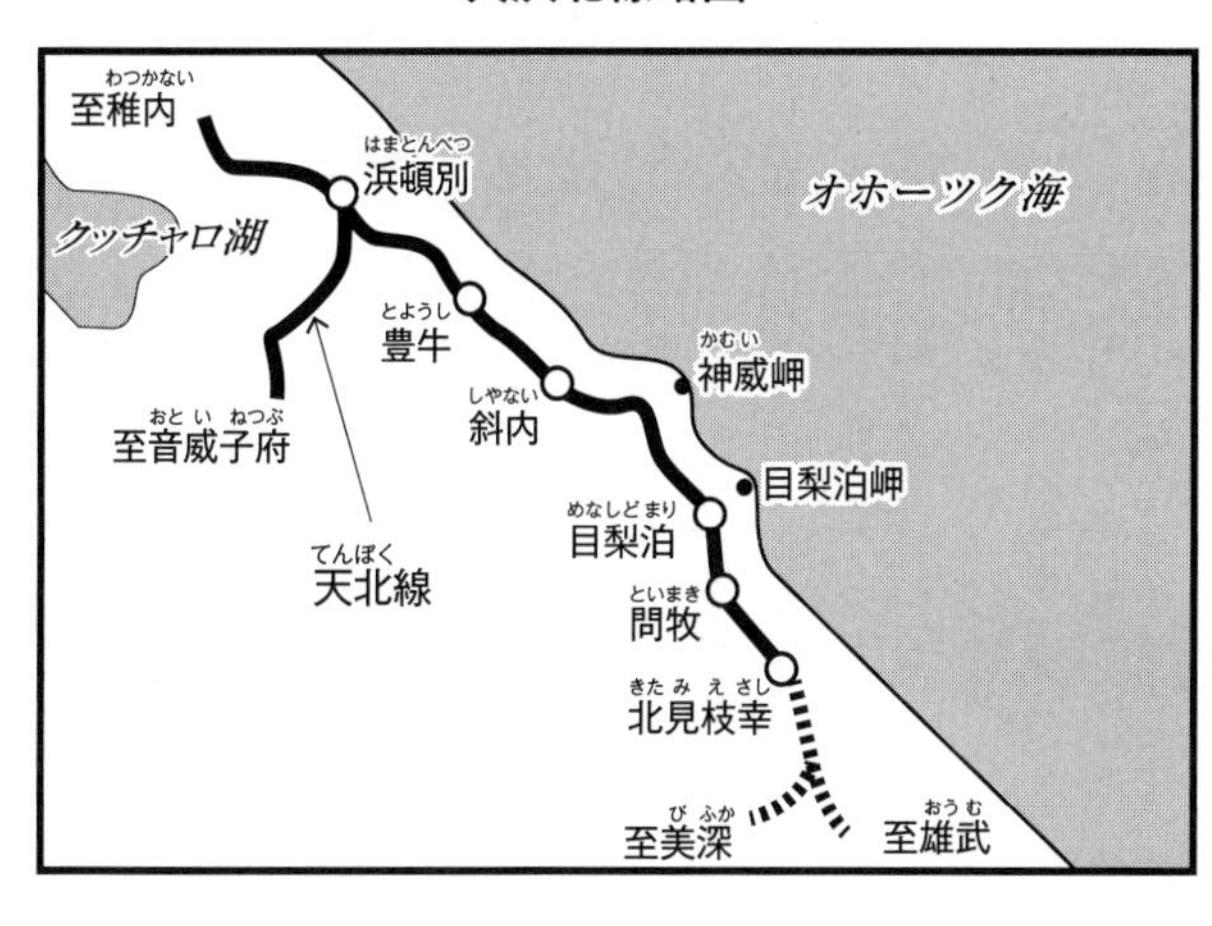

と光るのは沼であった。

鉄道はどこを走っていたものやら、はじめてこの土地を旅する遠音には見当もつかない。地盤がゆるく保守が困難だった興浜北線には、ろくな築堤もなかったのだろうか。なにもかもが内地の感覚でいう風景とは違っていた。摑みどころのない、べったりと水平に広がった原野と海、それらに覆いかぶさる空。海辺に立ち寄ればハマナスの群落が出迎えるにせよ、花の季節には間がある上、当の遠音は観光気分など微塵もなかった。

母のなごみは彼女の推測通り、神威岬にむかったものか。

遠音はマップをそらんじていた。母にくりかえし彼との出会いを聞かされたおかげだ。興浜北線の途中四駅はすべて無人駅であったとか。湿原が切れて右に山が迫ってきたあたりが豊牛駅のはずだが、それらしい姿は見られなかった。興浜北線が廃線となって十五年たつ。とうに駅舎は崩れ果てているに違いない。

時計に目をやる。二時を大きく回っていた。陽光に翳りを見たような気がして、いっそう心せいた。

対向車は極度に少ない。この時間帯にはバスもなかった。枝幸12時20分発につづく浜頓別行きは、16時発までないはずだ。

道がせりあがってきた。左にぐいとカーブする。前方に眉を圧する勢いで盛り上がったのは斜内山だ。標高わずか四百メートルに過ぎないのに、平坦な低地に慣れた目には、急峻で激烈な山容と映った。

右手に珍しく建造物がある。ちっぽけなプレハブ小屋だ。なごみが潮崎祭とふたりで最後に利用した斜内駅が、あれだったかと思う。いまだに崩れ去っていないのは、だれかが利用しているのかもしれない。走る列車を失っても保存されている駅舎は、北海道にいくつもある。いっとき恋人たちを集めた旧広尾線の幸福・愛国駅には、遠音も雨中に足をのばしたことがある。雨に降りこめられた駅舎の剝製は、なにやらしょげているように見えたものだ。

国道は山肌を巻くようにして高度を稼ぐ。

単調だったオホーツクの海岸線に変化が生じていた。かつて興浜北線随一の観光スポットだった神威岬である。斜内山が海に雪崩落ちる、その先端が舌のように岩礁をのばして、青黒い海にもぐっていた。

二十年前、なごみと潮崎は手に手をとって、斜内駅から神威岬を目指したのだ。当時の鉄道ファンにとって馴染(なじ)みのコースであった。岬を走る興浜北線の列車を撮影するのに、祭も何度か通った道らしい。

山腹にだんだら模様の塔が立っている。斜内灯台だ。列車はその直下を走っていたはずで、瞳を凝らすと電柱が並んでいる。あの柱列に沿って興浜北線のレールが敷かれていたのだろう。

「あ」

思わず声が出て、ブレーキを踏む。

路傍にわずかばかりの空き地があり、見覚えのある草色のクラウンが停まっていた。三方を囲むクマザサに、ボディカラーが同化しているようだ。遠音はその後ろにレンタカーを停めた。

車から一歩出ると、思いのほか強い潮風が彼女の髪をなぶりものにした。海はもう目と鼻の先だ。波が白々と岩礁の大部分を洗っている。

クラウンを覗(のぞ)きこむと、助手席に豚のぬいぐるみが納まっていた。幼児ほどの大きさでいつもニタニタ笑っているお人よしの豚だ。頭のてっぺんが黒ずんでいるのは、気に入らぬことがある度に、なごみに引っぱたかれるせいだ。彼女はぬいぐるみをピッくんと呼んでいた。

「ピッくんを乗せておけば、お父さんに助手席に座られずにすむからね。せいせいするわよ」

そんなことを父の泰史(やすし)の前で、平然といってのけるなごみであった。

よく見るとピッくんの開いた足の間に、破れた写真が捨ててある。大きめの切れ端に、父らしい顔が三分の二ほど写っていた。若々しい顔は十代のようだ。上半身裸で笑っている。背景が海だから海水浴の写真でもあろうか。

そんな写真がなぜクラウンに落ちていたのかわからないが、裂かれた父の顔に不吉なものを感じて、遠音はあたりを見回した。父の電話を受けてからの不安が、いまはとどめようもなく膨れ上がっていた。

クマザサを割って、頼りない道がのびている。海まで段差があるのではっきりわからないが、岩礁につづく道のように思われた。ぐずぐずしてはいられない。父の推測に間違いなければ、母は死ぬ覚悟を定めている。

風がおさまったいま、ミュー、ミューと啼くウミネコの影が頭上を掠めたきり、動くものとてない。

二台の車を背に、遠音は歩きだした。ヒールに向く道とは思えないが、やむを得ない。いざとなれば裸足で海辺に下りるつもりでいた。

2

十九歳で遠音を生んだなごみは、まだ三十代である。娘の目から見ても十分に若く美しかった。並んで歩いて母娘と思われたことは滅多にない。若々しい服装が似合うなごみに比べ、遠音はファッションに関心が薄いせいもあって、どうかすると娘の方が姉に見えたりする。それほど瓜二つ、ということでもあった。容貌といい性分といい。強いて違いをみつけるなら、なごみの感情のオクターブがひときわ高いところか。

「そんなんじゃ男の子に声をかけてもらえないわよ」というのが母の口癖であった。

「なんのために東京の大学へ通っているの」

「歴史のお勉強」

「ヤだヤだ。これが私の娘かしらね」

「上京してさっさと彼をこさえた母さんといっしょにしないでよ」

たまに家に帰った遠音を迎えて、なごみがじゃれ合って見せる。が、父の泰史はそんな会話を、ひとごとのように聞き流した。古風なほど端整な二枚目だが口が重い。幼いころを思い出しても、父親が興奮してまくしたてたり、怒鳴ったりするところを、遠音は見たことがなかった。

だから彼女は長い間、温顔ではあるがなにを考えているかわからない父を敬遠していた。そんな泰史の心境を思い遣ることができるようになったのは、遠音が高校三年に進級して間もなくである。

父母の間にいさかいがあった。もともと決して仲のいい夫婦ではなかったが、その夜の争いは特に深刻だった。母のカン高い声がダイニングキッチンから響き、遠音はやりきれない思いでベッドにもぐった。

うちはマンションといっても実質的な社宅なんですからね。お隣に聞こえたら、父の立場がないでしょうに。少しは母さんも考えて喧嘩してほしいよ。

やっとうとうとしはじめたら、ノック抜きでドアの音が聞こえ、遠音は驚いて目を開けた。母が勉強机の椅子に座るところだった。

その後ろに父が憮然として腕を組んで立っている。

「なんなのよ」突っかかろうとしたが、ふたりの異様な面持ちに押され、抗議の言葉が出なかった。

「遠音ちゃん、よく聞きなさい」

低い、沈んだ声にどきりとした。感情の激しい母は、なにかといえば声高になる。ボリュームでねじ伏せようとする態度に腹を立て、遠音もしばしば母とやりあっていた。それなのに今夜だけは違う。押し殺したような母の声が、かえって怖かった。おのずと遠音はベッドに正座してしまった。

視野の隅に、居心地わるげな父親の姿がはいった。札幌では知られた玉木乳業会長の三男坊である。長兄が社長、次兄が専務なのにくらべ、まだ取締役にもつかない企画部長であったのは、神坂姓を名乗っているためもある。なごみに惚れ込んだ泰史が当時の社長だった父に談判して、あえて彼女の家に婿入りした——という噂だった。家に出入りする若手社員の立ち話を耳にはさんで、遠音はヘエと思ったものだ。

そこまでいれこんで結婚しながら、あの味けなさはどうだ。お父さん、かわいそう——遠音はひそかに泰史に同情していた。

もっとも父は仕事の上では優秀らしい。評判が地元の経済誌『ホッカイドウ』のコラムに出ていた。そんなやり手も家にはいると、どことなくいじけ気味だ。いまもそうなので、遠音はおかしくなった。

嫌だなあ、お父さん。ひょっとして娘のパジャマ姿が気になる？

母にいい負かされた父が黙秘戦術をとり、その反応に飽き足りない母が、娘に不平不満をぶつけにきたんでしょう。子供はいい迷惑よ、ホント。

だが遠音の観測は的外れだった。

母はごく平板な調子で告げた。

「あなたは、この人の子供じゃないの」

この人というのがだれのことか、とっさに理解できなかった。

父が咳払いしたのでやっとわかった。理解はできても簡単に納得できる問題ではない。

「どういうこと」

反問した遠音は、自分の声がかすれていることに気づいた。

「だからあなたのお父さんは、べつな人なの」

「……そんな」

わるい冗談かと思ったが、父は母の言葉をまったく否定する気配を見せなかった。後で知ったことだが、遠音の大学進学をどうするかについて、父母の間で激論が戦わされ、積極的な関心を示さない父に、母が毒づいたことがきっかけとなったらしい。

「血を分けた娘でないから、あなたは気楽なのよ。適当なのよ」

「それは違う」

「違うもんですか！」

「私は実の娘のつもりで接してきたよ」

「なにをいってるの。ふた言目には会社が忙しい忙しい、それがあなたの隠れ蓑じゃないの。血がつながっていたら、もっと親身に相談に乗ってくれてるはずだわ」

毎度のことだが、一方的になごみがエスカレートしたあげく、どうせいつかわかることなら、今夜話してやりましょう、そんな話の順序であったらしい。

遠音にとっては寝耳に水だ。もつれる舌で問いかけた。

「じゃあ本当のお父さんはどこ」

「死んだわ。あなたが生まれる前にね」

「病気で？」

「いいえ……」

なごみが即答しようとすると、泰史が口を開いた。いつになくトゲのあるいい方で、

「それぐらいにしておけ」

「嫌よ！」

即座に反発したのは、なごみではなく遠音だった。

「そんな大事な話を途中でやめられたら、私、どうかなっちゃう。家出する、ぐれてやる！」

泰史は悲しそうに目を光らせただけで、なにもいわなくなった。得たりというようになごみが念を押した。

「遠音もああいってるし。この際みんな話してしまいますからね」

その一言を耳にしたとたん、遠音はおなかに氷の固まりができたような気がした。母は「みんな」話すといった。それほど奥深い因縁話があるというの、私の出生にからんで。思わず泰史を見ると、娘の視線を受け止めた父は、励ますつもりか翳のある微笑を湛えた。その表情が遠音を我に返らせた。

ああ、この人は私の養父でしかなかった、血縁関係ゼロの、いわば赤の他人だったのかと思い当たった。

ふだん家庭にいるときの、泰史の静かな温顔が蘇った。父は——この人は、どんな思いで私たちに接していたのだろう。それに気づいた遠音は、泰史に対して気の毒なような愛しいような、甘酸っぱい思いが胸にこみ上げてきた。なごみは娘と夫のひそかな交流に無関心で、おなじ調子の話をつづけた。

「遠音のお父さんは、自殺したの」

「……え」

「お母さんもいっしょに海へはいったわ」

「……」

「六月だというのに、オホーツクの水は冷たかったな。お母さん、昨日のことのように覚えてる。海の中からふり返ると、神威岬をトコトコと一両きりのディーゼルが走って行ったわ。逆光なのに、妙にその車両の樺色がはっきりと見えたのね」

「……」

「大学で一期上の潮崎祭というのが、あなたの本当のお父さん。私は祭くんと心中したわけ」

返す言葉が見つからない。遠音は絶句するほかなかった。

3

「……それなのに私だけ生き残ってしまった。だからあなたがここにいる」

「助けてもらったの？」やっと言葉を選ぶことができた。

「そうみたい。……」

「そうみたいって、命の恩人がだれなのかわからないの！」

「気がついたときは、軽トラックの荷台に寝かされていたわ……運転手の話だと、若い男がずぶ濡れの私を抱いて道に出てきたんだって。運転手と助手が荷台に毛布を敷いているうちに、いつの間にか消えてしまったそうよ」

「消えた――？」

「掛かり合いになるのが嫌だったんじゃないか、運転手さんはそういってたけど。目梨泊の民宿まで連れて行かれて、その晩のうちに両親が飛んできて、みんなわかってしまったわ。祭くんの遺体は、三日後に目梨泊の港付近へ流れ着いた。……私のおなかに赤ちゃんがいるとわかったのは、そのあとよ」

「なぜ、……」

泣き虫ではないつもりの遠音なのに、涙が止まらなくなった。

「なぜそんなことを、お母さん」

「祭くんが、ふいに大学をやめるといいだしたのね。驚いて事情を聞いてわかったの。彼、両親と早く死に別れてお姉さん夫婦に育ててもらったのよ。群馬の小さな町でスナックをやっているんだって。小さな子供が三人いるというから、弟までふえて容易じゃなかったでしょうにね。そのご夫婦がたちの悪い詐欺にひっかかって、店を潰しそうになったの。だから祭くん、大学をやめるといいだした」

「大学やめたって焼け石に水じゃない？　それに学費くらい、バイトでなんとかならなかったの？」

非難めいたニュアンスを感じたのか、なごみの声が厳しくなった。

「似たようなことを、私もいった。そのときの祭くんの答えが曖昧でね。私はこんな口のききようでしょう、どしどし突っ込んでやって白状させたわ。……姉夫婦のために、彼は死ぬ気でいた」

「まあ」

「死ねば生命保険金が下りる。纏まった金があれば急場を凌げる。そういったのよ、祭くんたら」

「それに同情して、お母さんつきあったっていうの？　信じられない」

「なにが信じられない？」

なごみが唇をまげると、美貌に意地悪な影がさし、年齢にふさわしい目尻の皺があらわになった。

「文化講座と美容院とジム通いにうつつを抜かしているオバサンに、心中するなんてロマンチックな時代があったことが？……ついでだけど、私の方にもそれなりの事情はあったのよね」

それまで無視していた泰史に、チラとではあったが視線を投げた。つり込まれて遠音も見た。

泰史は石のように表情を消したまま、壁にもたれていた。

「——そこに立っていられると、うっとうしいの。ずっと聞いてるつもりなら、腰を下ろしてくれない？」

「そうする」

遠音の部屋には来客用のお洒落なカウチがあった。腰かけた泰史を見た遠音が、ふと思う。

（あのカウチに男が座るの、はじめてだわ）

父も男の端くれとするなら。いや、まぎれもなく泰史は、遠音にとって血のつながりがない「男」である。

なごみは自分ひとりの世界にはいりきっていた。

「知ってるでしょ。うちは道東にある別海町(べつかいちょう)で指折りの酪農家だったって。人口より牛の頭数の方が多い、そんな町なの。あなたは一度も行ったことがないわねえ。お祖父(じい)さんが住んでた家、まだそのままのこってているんだけど。お祖父さんが道楽者で運転資金を使い込んで、取引先の玉木乳業に迷惑をかけるところだった」

ところがその玉木家から、願ってもない話が持ち込まれた。末っ子の泰史をなごみと結婚させたいというのである。借金を棒引きする代わり、牧場は玉木乳業の直営にして、経営建て直しのため泰史に牧場の面倒を見させる——というものであった。しぶしぶ家業を継いでいたなごみの父は、好条件であるにもかかわらず、体面を持ち出してごねた。

とうとう玉木家は、泰史に神坂姓を名乗らせようとまでいいだした。

それほど泰史が、なごみと家庭を持つことに執着したのだとは、後になって神坂側の知るところであったが。

なごみは板ばさみになった。親に潮崎祭の存在を話していなかったし、話してわかってもらえる父とも思っていなかった。むろん結婚なんてまだずっと先のことと、高(たか)をくっていたせいもある。

「……祭くんは、それは優しくて気のつくいい彼だった。その分決断力も生活力もなかったわね」

思い出にひたってなごみは、微笑した。ほのぼのと懐かしげな笑顔だった。自分の母親ながら遠音は、魅力的な女の表情を垣間見(かいまみ)た、と思った。

たぶん自分の本当の父親は、いまカウチに横座りしている泰史と、対照的な人物だったのだろう。『ホッカイドウ』誌によれば、泰史は決断力豊かなビジネスマンの鑑（かがみ）だというし、娘を金のかかる私立高校へ通わせているのだから、生活力の点も及第のはずだ。

「だけど仕方ないでしょ。私はそんな優柔不断の祭くんが好きになったんだから」

悪びれもせず、なごみはいいきった。

「だから心中の覚悟をしたわ。惰性で長い人生を送るより、一瞬でもいい充実した暮らしができるならってね」

「……同棲（どうせい）したのか、母さん」

「ひと月だけだった」

「充実してたんだ、その間」

「そうよ」

コロコロとなにかが回転する音がした。見るとなごみは机上にあったボールペンを、指の腹で転がしていた。

「祭くんは、前から散文詩を勉強していたの。とても商売にならない、きみを食わせてゆけやしない、そういいながらね。筆圧が強いものだからすぐにペンダコができて」

コトン、コトンとペンが机の縁にぶつかる。

無心にボールペンをおもちゃにしている母に、きつい調子で遠音がいった。

「そうか。母さん、後悔していないんだ」

「なにをよ」

「心中したことを」

ボールペンが机から落ちた。

「後悔しているわ。あのとき、死に損ねたことを」

一言ずつが釘を打つようだった。

間髪をいれず遠音が切り返す。

「私を心中の巻き添えにして？」

「それは、お前——」

「おなかに私がいるとは知らなかった、そういいたいんでしょう。でも母さんは潮崎って人に抱かれていた、その充実したひと月の間ずっと……子供ができるなんて想像もしていなかったの？　だとしたらあんまり無責任じゃなくて。私、もう少しで殺されるところだったんだわ、お父さんとお母さんに！」

やにわに遠音は頭から毛布をかぶった。

「用はすんだんでしょ、出て行って！」

束の間の甘い回想から覚めて、なごみは火が消えたように悄気ていた。椅子を鳴らすこともなく立ち上がり、そっと娘の部屋を出て行った。遠音が毛布の蔭から窺うと、泰史の幅広な背中がなごみにつづくのが見えた。肩を落とした姿が彼女の視界をよぎったとき、遠音はようやく泰史の鬱屈を察することができた。

（あの人は、お母さんが心中の片割れということを、いつから知っていたんだろう？）

4

その後の遠音の家庭生活は索漠としていた。

父も母もあの夜の話題について、極力触れないように振る舞っており、たまに遠音の友人が訪ねてくると平凡で温かなホームドラマを演じてくれた。その点では両親は共に優れた俳優であった。

友達が帰ると父は無言に、母は多弁に、それぞれの流儀で不和を剝き出しにした。なんだってこんな夫婦が離婚しないのかと、遠音は理解に苦しむ。

大学はもちろん東京に決めた。一刻も早く、形骸となった家庭を脱出したかったからだ。進学した後は、できるだけ北海道に帰るまいとした。たまに札幌へ顔を見せるときは、大学の友人を連れてゆく。両親は競って、良い父良い母の役どころを好演してくれた。それがいっそう偽善の匂い芬々で、遠音をうんざりさせた。だから母とじゃれあうふりをして、チクリチクリといってやるのだ。

「上京してさっさと彼をこさえた母さんといっしょにしないでよ」

なごみは平気でいい返す。

「悔しかったら、お前も男の子に声をかけてもらいなさい」

そんな母と子の会話を、泰史はひとごとのように聞き流していた。

一家で綱渡りをやっているみたいだと、遠音は思う。いつかだれかが綱から落ちて、大怪我するのではあるまいか。こんな不毛なサーカスを興行するくらいなら、早く別れた方がいい。むしろ別れるべきだと考えていた。

世俗的には父も母も離婚はデメリットに違いない。母は生活費の問題があろうし、父は会社の手前、世間の手前というところか。だがそんなものは、若い遠音の目には不純きわまりない大人の打算としか映らない。

思えば実の父——潮崎祭は、純粋であった。

純粋なだけに子供だったともいえる。

(ひとりぼっちで寂しいだろうね。天国でお母さんをずっと探しているのかしら。私という人間が、この世に生れたことさえ知らないんだね)

コンパで知り合った男にキスをせがまれ、ほうほうの態で逃げ帰った深夜のアパート。むしように孤独感に苛まれたことがあった。いっそだれかに抱かれてしまえ、アルコールに濁った頭でそう思う度に、頭の隅を掠めるのは父の面影であったのだが。

……遠音は祭の顔を一枚の写真でのみ知っている。なごみにせがんで、彼女が後生大事に持っていた古びた写真を複写したからだ。詩人志望と聞いていたので、繊細なマスクを想像していたのに、祭は意外に精悍で筋肉質だった。

正直なところ体育会系の男性は遠音の趣味ではない。好みでいうなら泰史の方がずっと上だ。整った顔だちに比例してスリムな体つきは優男の印象が深い。運動音痴でゴルフもろくにやらず、球技も水泳もできないといっていた。

あの父なら、バツイチになっても引く手あまただろうに。だからさっさと別れればいいのよ、無責任だがそう思った。泰史にそれをさせないのは、体面？　見栄？　くだらない！

考えるにつれ、腹が立つ。

この春休み、遠音はバイトを口実にまったく家に帰らなかった。いずれ母から催促があると思っていたが、今朝早く電話のベルを鳴らしたのは泰史だった。

「……お母さんが死ぬかもしれん」

沈痛な声に、遠音は唾を飲み込んだ。

「どうして……病気だったの！」

「そうじゃない。自殺をほのめかした」

「自殺？　理由は！」

「……理由はあとでゆっくり話す」泰史は辛そうだった。

「私は出張で名古屋にいる。ついさっき、ホテルへお母さんから電話がはいった。……みんなわかったといった」

「なにがわかったというの？」

「私の隠していたことだ」

父の秘密？

「なごみは自分で調べ出したといった」

母が探偵？

その内容を聞き返す暇もなかった。いつもの落ちつきをかなぐり捨てて、泰史が怒鳴った。

「とにかく急いでくれ！　私も急行するが、東京のお前の方が早く着けるだろう」

遠音も負けずにわめいた。「どこへ行けばいいのよ！」

彼女の狼狽が、かえって泰史の苛立ちを静めたようだ。

「お母さんは心中するといった……」

「心中ですって」

「二十年遅れた心中ともいった。なごみたちが海に入ったのは、二十年前の今日だったんだ！　それなら場所はあそこだ。神威岬だ！」

電話が切れたあとも、遠音はしばらく呆然としていた。東京からそんな僻遠の地まで、どうやったら急ぐことができるだろう。だがとにかく、名古屋にいる父よりは自分の方が北海道に近いことは間違いない。

あわててガイドブックを繰った。友人を北海道へ案内したときの冊子が、手元にのこっていたのだ。だがガイドにある神威岬は、記憶していた神威岬とまるで場所が異なっていた。北海道の西に角のように飛び出している積丹半島、その突端に神威岬と記されていたのだ。

（ここじゃない）

それだけは確実であった。カムイはアイヌ語で神の意味だ。だから漢字で神威と書くのは理に適(かな)っている。アイヌ語による地名は全道に類似のものが極めて多い。神威岬があちこちにあっても不思議はないのだ。

オホーツク海の名を頼りに、遠音の指がやっと浜頓別を探り当てた。みごとなまでに鉄道の空白地帯である。母の話に出た興浜北線はおろか、天北線もない。どうやって行けばいいのよ。愚痴がまた口を突いて出る。

大学の友人は、遠音が北海道の出身と聞くといちように目を輝かして、

「いいわねえ」

という。彼女には信じられなかった。だだっ広いだけで、一年のうち半分は震えて暮らさねばならない土地の、どこがいいのか。旭川にいたっては、夏と冬で七十度も気温が違うのだ。食べ物がおいしいのは事実だが、加工の魅力ではなく原料が新鮮というにとどまる。それだってたかだかカニと鮭(さけ)とトウモロコシ程度だ。世界の珍味が集まる東京に比べれば、なにほどのことがあるだろう。北海道で名が通った農家のアスパラガスは、道民の頭を越えて東京の有名店に空輸されてゆく。「いいわね」と感嘆した当の友人たちにせよ、パリやローマは季節毎(ごと)に詣(もう)でるのに、知床(しれとこ)も襟裳(えりも)も行ったことがない。テレビや写真で見たイメージだけが先行しているのだ。

もちろん遠音だって人のことはいえやしない。彼女の知識にあるのは、道央の札幌から旭川までだ。小樽と函館ならわかっても、帯広と釧路は怪しかった。マップで浜頓別を発見するの

に手間がかかるはずだ。北海道の広さが身に染みた。実際にこの土地は、九州と四国、それに山口・広島の両県を加えたよりなお大きいのである。

一刻も早く神威岬に立つために、まず空港を探そうと思いたった。が、それもない。鉄道の空白地帯は人口希薄な場所に決まっており、空港を建設してペイするわけがなかった。範囲をひろげてやっとオホーツク紋別空港を発見した。こんなカタカナ名前のエアポートがあるなんて知らなかった。最寄りというには遠すぎるが、ネーミングにひかれて東京からの便を調べようとした。

本棚をかきまわすと『時刻表』の5月号がみつかった。急いで広げてわかった。東京からオホーツク紋別への直行便はなく、新千歳か丘珠（おかだま）で乗り継がねばならないのだ。

幼いころ母親に紋別まで流氷見物に連れて行かれた記憶がある。そのときはちゃんと電車で行った。だがいま見ると紋別はまったく鉄道が通っていない。ああ、ここもレールを剝がされていたのか、そう思うと思い出までべりべりと剝ぎ取られるような気がした。

（電車か）

苦笑いが浮かんだ。北海道の鉄道で電化されているのは、札幌を中心としたごく一部である。幼時に紋別へ向かった列車が「電車」のわけがない。それでもみんなは電車と呼んでいた。その言葉に都会的なニュアンスを感じていたからだろう。

なくなったものにこだわっていても仕方がない。それに紋別へ着いたとしても、神威岬まで車を飛ばして二時間あまりかかることが、バスの時刻から想像できた。そこまで範囲をひろげるなら、まだほかに空港がありはしないか。目を皿にして、やっとみつけた。

「稚内（わっかない）！」

思わず声が出てしまった。そうか、稚内なら紋別より町が大きい。東京からの直行便もあるだろう。懸命に『時刻表』をめくった。指の先が紙で切れて血がにじんだが、予想通りあった。

羽田11時15分発→稚内13時着

念のため名古屋空港発のフライトをチェックした。こちらはダメだ、稚内に直行する便はない。私が行かねば、少しでも早く。枕元の凝った置時計を見た。母が寝坊助（ねぼすけ）の遠音のために奮発してくれたものだ。ガラスのドームの中でバレリーナがポーズをとっており、掃除の都度（つど）壊しそうになってハラハラしたものだ。純白の衣装の足元で針は八時を指そうとしている。池上（いけがみ）のアパートから羽田までの時間を暗算した。なんとかなる！

最悪の場合、満席の可能性はある。だがそんなことを確認するのは、空港へ行ってからでい い。必死に旅の支度をととのえる遠音は、血相を変えていたことだろう。

さいわい努力は報われた。

彼女を乗せたボーイング767は、呆気（あっけ）ないほどスムーズに海を渡った。稚内空港はローカルのエアポート特有の、あっけらかんとした空気に包まれていた。羽田の喧騒（けんそう）が嘘みたいにのんびりした春先の風が吹き渡って、苛立つ遠音はからかわれているような気分になった。

そしていま、彼女は神威岬にいる。

5

ヒールの高さを後悔しながら、つんのめるように遠音は歩いた。気がせいているときは、上りより下りの方が足元が危うい。二度ほど、あぶなく足首をひねりそうになった。それでも彼女は急ぎつづけた。

視界は広がっている。クマザサの斜面が尽き、せまい磯をへだてて岩礁がのびていた。期待した人影はない。

(お母さん、どこ)

無駄足だったのか、とは遠音は考えなかった。それより早く彼女の胸を突き上げた思いは、

(遅かった……?)

二十年前の今日、心中の舞台となったここを再度自殺の場所に選んだ母なら、おそらく死のタイミングもおなじ時刻を選ぶだろう。

なごみが祭と共に入水した時刻は、ほぼ特定されていた。ふたりは、浜頓別から北見枝幸に向かう興浜北線の列車が神威岬を回るのを見納めに、オホーツクの波間に足を踏み入れたからだ。列車番号927Dのディーゼルが斜内を15時40分に出ており、神威岬を通過したのはその

十分ほど後と考えていい。だから遠音は、なごみが海にはいるのが16時わずか前と予想していた。現在の時刻は15時30分だから、母の決行に間に合うと思ったのだが……。

(楽観的すぎたのかしら?)

あるいは母はとっくに死んでいるのかもしれない。二十年もの間待たせた彼を、これ以上五分でも十分でも待たせることに耐えられなかったのだろうか。萎(な)えそうになる足を励まして、遠音は磯に降り立った。

ひとしきり風が、空で高鳴った。それにまじって、車のエンジン音が聞こえたような気がして、遠音は国道をふり仰いだが空耳だった。父が――泰史が駆けつけたのかと思ったのは虚(むな)しかったようだ。泰史はいまどのあたりまできているのか。

急速に、ひとりでいる心細さがこみあげてきた。

遠音の耳朶(じだ)を波の音がたたく。

荒涼たる北国の海は、とめどない広さで彼女の前に横たわっていた。単調な光景にアクセントをつけるのは、錆(さび)色に濡れた岩礁だ。上から見たときはさほどでもなかったが、近くで見る岩は、そのひとつひとつが荒々しく天然の墓標を成している。

ヒョウと音を発して天頂から冷たい風が駆け降りてきた。顎(あご)の線で切りそろえられた遠音の髪が、横に流れた。

「お母さん!」

反射的に遠音は叫んでいた。声が震えた。

お母さん、死んじゃったの？　そんなの嘘！　いまにも岩のひとつから母が顔を出すのではないかと思い、彼女はもう一度声を限りに呼ばわった。

「お母さん！」

「……遠音」

糸のように細い声。一瞬、幻聴かと思った遠音の目に、白く揺れるものが映った。いちばん近くの岩の蔭から手が出て、招いている。母だ、生きてた！

「わあっ」と叫んだような気がする。靴を磯に脱ぎ捨てた遠音は、夢中で岩礁へ駆けて行った。濡れようが傷つこうが知ったことではない、一気に岩蔭まで突っ走った。

母は——なごみはぺたりと座りこんでいた。生気のない白茶けた顔でオホーツクに目を向けていた。

「なによ、どうしたのよ！」

そんなつもりはなかったのに、生きている母を確認したとたん、遠音の口調がきつくなる。

「なんだって、こんな心配かけるのよ！　いまごろになって心中もへったくれもないでしょう！」

「……やっと……わかったから……死ぬ気になったのよ」

切れ切れな母の言葉の意味が、のみこめなかった。

「わかったって、なにが」

「犯人が」

「ハンニン?」

ポカンとしてから、泰史が電話で話したことを思い出した。そうだ、なごみは探偵の真似事をしたらしいのだ。

「お母さん、私がわかるように説明して。なにがいったい犯人なのよ。だれかがだれかを殺したというの?」

「殺したんじゃない。助けたんだよ」

「だれを」

「私を!」

そんなこともわからないのかとばかり、なごみは遠音を睨みつけた。四十歳近くなって娘と見違えられるのだから、彼女は童顔である。その愛くるしいマスクに亀裂が走ったような、激烈な変貌であった。

「私の命を救った犯人を、ですよ」

「なにをいってるの、お母さん。命拾いさせてくれたんだから恩人でしょう」

「とんでもない。私は彼と心中したんですよ。一時の気の迷いだ、死んで花実が咲くものか、当事者でない人はそんな勝手をいうけどね。二十年後になっても、私はあの日をまざまざと思い出す。月日がたったいまだから、はっきりいえるんだわ……あの日あのときこそが、私の死ぬべきときだった」

「お母さんてば！　こんなところでぐずぐずしてたら、風邪をひいてしまうわよ。さ、早く帰りましょう」

腕をとろうとした娘を、母は邪険にふりはらった。面食らう遠音に、なごみが笑いかけた。どこか精神のバランスが崩れたような笑顔だった。

「マンガだね。死ぬのに風邪の心配してもナンセンスでしょ」

「まだ死ぬつもり？」

遠音はほとんど悲鳴をあげている。ああもォ、お父さん早くきてくれないかな。私ひとりでこんなヒステリックな女、連れ帰るなんてできっこない！

「探偵の仕事というのは、テレビで見るより面倒臭いんだね……」

ぶつぶついっているなごみを、遠音は相手する気さえ起きなかった。

「当たり前だわ。二十年前、自分を助けてくれた人を探す？　それも、恨みをぶちまけるために探すなんて、正気じゃない」

「そうね。半分おかしくなっていたんだろうね……でもさ。あんたが大学に入った後、だんだん疑いの気持ちが膨れ上がってきてね……たまりかねて、興信所を頼んで、私もあちこち聞いて回って……幸いだったのは、列車を運転していたもと国鉄の職員さんがお元気だったことよ」

遠音が大きく目を見開いた。本当にこの母親は、探偵をやってのけたんだ。それも自分の命を救った「犯人」探しを。それにしても、母が抱いた疑いの気持ちとはなんのことだろう。

「遠音はまだふしぎそうだね。そんな昔のことと、それも通りすがりの人を、どうやって探せばいいのかって。これでも私は、テレビのミステリードラマを丁寧に見てるんですよ。ほら、ミステリーでいうじゃないの、密室密室ってね。出入りできない空間で犯罪が起きた、その謎を解くってアレの応用ですよ。交通手段に乏しい点で、ここは自然が作った巨(おお)きな準密室ね。では二十年前のあのとき、私を助けた男はどんな方法を使って、神威岬から去ったんだろう。そう考えたわけ。軽トラの人たちには、警察が聞いているの。付近に車らしいものは、バイクや自転車を含めて一台もいなかったって。あの前後の時間帯はバスもない。歩く？　それはないわ。あれからトラックは北見枝幸方面に走ったし、警察の車は浜頓別から駆けつけた。国道２３８号線はほとんど一本道でしょ。それなのにどちらの車も男らしい姿を見ていない。エエむろん、その男に後ろ暗いところがあって逃げ隠れしているなら別だけど、常識的に考えればそいつは斜内駅から興浜北線に乗ったと考えるべきよねえ。だから私は、あのころの国鉄の職員さんを、興信所に探させた。列車——といっても単行だし、客なんてひとりかふたりですもの。きっと手掛かりがあると思ったわ」

母のおしゃべりを茫然(ぼうぜん)と聞いていた遠音が、ようやく口をはさんだ。

「なんなの、その単行って」

「おや、知らないの。列車といえば都会の人は、なん両もつながって走ると思うでしょうけど、単行列車というのはたった一両でトコトコ走る場合をいうの。この線には、樺色のキハ20系車両が走ってたわね。……あら、目をぱちくりしてる。祭くんが鉄道大好き人間だったから、彼につきあって全国の鉄道を乗りまくったもの。自然に頭にはいってきたわよ」

「全国の……」

　そこまでなごみが、鉄道に乗り慣れていたとは知らなかった。彼女は得意気に、だがいくらか寂しげにうなずいた。

「そうよ。熱塩といえば喜多方から出る日中線の終点ね。凄いオンボロ駅で、興浜北線より早く廃止になった。おなじころだったかしら、九州の山の中を走っていた宮原線が廃止になったのは。有名な小国杉の間をかきわけて走っていたんだけど。そう、やはり昭和五十九年だよ、清水港線がダメになったのは。一日一往復しか列車が走らないことで有名だったわ。みんな祭くんといっしょに乗った鉄道。ひとつまたひとつと、祭くんの思い出まで消えてゆくみたいで、悲しかった。そしてとうとう、興浜線の番。祭くんが死んだ五年後になって、跡形もなくなってしまった。もともと興浜北線は、五十キロ隔てて建設された南線と、結ばれる計画だったの。全国にたくさんあった南北線で、このときまだ別れ別れになっていたのは、越美線と興浜線だけだった。いつかこの線も一本になる、私たちだってきっと結ばれるわ、それまでもそれからも、いっしょに歩きましょう、レールのように寄り添って。……それが祭くんとの約束だった。なのに私は、その約束を反故にさせられてしまった。助けたあいつを憎む気持ち、わかってくれる？　エゴだっていうなら、勝手にいえばいい。人を愛するなんて、エゴ丸出しにしなけりゃできるもんですか」

　なごみの長広舌を、遠音が阻んだ。

「それで国鉄の人に会って、わかったの。お母さんの恩人は」

「犯人」ぴしゃりとなごみが訂正した。

「わかったわ。私が軽トラで運ばれた後——16時38分に斜内駅を出る浜頓別行きがあったの。そこまでのお客はお年寄りが三人だけ。すると斜内から、二十代の男が乗った……北海道でよく見る商標をつけたザックを担（かつ）いで。それは玉木乳業のロゴマークだったというの、運転士さんが」

「……玉木？」

母は、「犯人」の正体が泰史ではないかと疑っていたのだ。

だが、玉木乳業のロゴがついたザックを担いでいたからといって、その男と泰史を結びつけるのは強引すぎる。

娘の顔に浮かんだ疑念に、母はすぐに気がついた。

「いっとくけどザックは、非売品よ。玉木乳業の三十周年記念に社員の希望者に配る予定だったの。あの日の三日後になってね」

「……じゃあ」

遠音が唾をのみこみ、なごみはうなずいてみせた。

「わかったでしょ。まだだれも手にしていないザックを旅に担いでゆけたのは、ごく内輪の人だけよ。泰史は最初にそれを使える立場にいた」

「……」

「それがわかって、私はカッとなったわ。あの男は、遠音を生んで間もない私を訪ねてきた。

ええ、まるでいまはじめて会うみたいな顔をしてね。彼の口上が憎いじゃない。あなたの写真を拝見して、雷に撃たれたような気持ちになった。私の妻はあなただけ、そう決心した。ご両親からあなたの事情は聞かされました、だが私の覚悟は鈍らない。赤ちゃんは私の娘として育てさせてください……」

岩にもたれたポーズで、なごみはくすくすと笑った。

「そのときの私は、半分死んでいたんでしょうね。結婚なんかどうだっていい……どの道私の大切な人はもういないんだから……自棄(やけ)半分でハイといってしまったわ」

「無責任よ」

「そう、無責任。……ま、そんなことというなら、たいていの男と女は無責任にくっついてるわね。でも泰史が漏らした言葉は、まんざら嘘じゃなかったわ。写真を見て雷に撃たれた、それも本当。その直後から、ストーカーみたいに私を付け回していたことだけは、きれいに省略してしゃべったけど。さすがに、長い結婚生活の間になん度かボロを出しそうになった。あれ、この人どうしてそんなことまで知ってるの。私、いつ話したっけ。変だ変だと思うようになった。運転士の証言をもらって、確信したの。それをじかにあいつにぶつけた……あいつが一言も抗弁しなかったのは、事実だったからよ。恩人どころか犯人だといって憎みつづけた私を知ってるから、泰史はグウの音も出せなかったんだわ!」

遠音は、父が運動音痴だったことを思い出した。父が反論できなかったなら、私が代わって主張してあげなくては。泰史をあいつ呼ばわりされて、遠音は頭にきていたようだ。

「でも、お母さん。お父さんは運動がまるでダメよ。泳ぎもできないといってたでしょう。金槌のお父さんに、助けられるはずがないわ！」

「そうね。たしかにね。だから私も疑いきれなかった……ふと思いついて、あの男の実家へ行ったのよ。口実をこさえて義姉さんに、玉木家のむかしのアルバムを見せてもらった。そこにちゃんと張ってあったじゃない、あいつが兄さんたちと海水浴に行って、元気に競泳している写真が」

「あ……」

それでわかった。母の車の助手席に散っていた見慣れない写真の断片。

「用意がいいというか、臆病というか……あいつは私の命の犯人ということを隠すために、二度と泳ぐまいと決心してたのね」

「写真、見た」

遠音が力なく応じた。

「車の中で、バラバラにされてた」

「ピッくんの傍でしょ」

なごみが薄笑いした。

「あいつの目の前で、引き裂いてやったのよ。騙してたのねって」

「……え?」遠音が聞き返した。

「あいつの目の前って」

「だから泰史の！　あんたの養い親の！」

「待ってよお母さん」

　遠音が急いで手をふった。

「お父さんが、ここへきたっていうこと？」

6

　なごみは当然とばかりに答えた。

「ええ、そういってるのよ、私は」

　思わず遠音は、母の顔を見直した。ふいに、靴を脱いだ足の冷たさが感じられてきた。潮はまだ満ちてくるのだろうか。

「そんなはずないわ！」

　はげしくかぶりをふると、左右に揺れた髪の先端が顔を打った。

「だってお父さんは、今朝、名古屋にいたのよ。名古屋空港から稚内や紋別に直行便はないんだもの」

「……馬鹿」

　なごみは口を曲げた。

「直行便がないなら乗り継げばいい。ＪＡＬで名古屋から新千歳へ出て、エアーニッポンの稚内行きに乗ったんだって。そこから先はタクシーを飛ばしたそうよ。帰りは私の車を使うつもりでいたらしいわ。あいつとしては必死に工夫したんだろうね……可哀相に」

そんなことだったのか。ダイヤに暗い遠音は乗り継ぎは時間がかかる、頭からそう思い込んでいたのだ。

「だけどお父さん……どこにもいない」

きょろきょろ見回す遠音に向かって、なごみが白い指をあげた。

「あいつなら、そこにいるわ」

「えっ」

指は盛り上がった岩のひとつを指していた。

「……まだ息はあると思うよ」

「なんですって」

「海にはいろうとした私を、あいつが止めたんだよ。死に切れなかったら自分で胸を刺すつもりで、ナイフを持ってきてたの、私」

「母さん！」

遠音は戦慄（せんりつ）した。母の言葉の内容というよりも、そんな話を淡々とする母その人に。

「揉（も）み合ってるうちに、あいつ、急におとなしくなってさ。……よく見たら、ナイフが刺さってた」

「そんな！」

身を翻した遠音は、なごみが示した岩のひとつに突進した。くるぶしまで海水に漬かった。あきらかに海はなお満ちつつあったが、そんなことより遠音の頭は、泰史の身の心配ではち切れそうになっている。

どうしていままで気がつかなかったのだろう？　その岩蔭から突き出された片方の革靴。靴の主はぴくりとも動いていなかった。

「お父さん！」

岩を回った遠音の目に、血と潮に濡れた泰史の姿が飛び込んできた。

スーツを脱ぐゆとりもなく、妻を止めようとしたに違いない。ベージュの上着の裾までみじめなほど濡れそぼっている。べったりと腰を落とした彼の右胸に、ナイフの柄が覗いていた。

「……遠音か」

「よかった」全身が脱力して、彼女までその場に座り込んでしまった。ばしゃっと水が跳ね、遠音もずぶ濡れになった。それでも寒さは感じなかった。

「なごみはどうした」

力ない泰史の質問が彼女の胸を熱くさせる。

（そんなに母さんを好きだったの、父さん。ううん、泰史さん）

すぐ首をふり、声をはげました。

「私が借りた車、上に置いてあるの。病院へ行こう」

「ああ」

ゆらゆらと風に吹かれるみたいに、泰史はうなずいた。

「……刃先は肺をそれたらしい……すぐには死なないさ」

岩にもたれながら膝に力をこめようとして、大きくよろめく。腕と体の間に手をさしいれて、遠音が支えた。

「……知らなかった」

「なんだ？」

「お父さんが、お母さんを……おなかの私を助けてくれたなんて」

立ち上がった泰史は息苦しいのか、少しの間黙っていた。やがて、風が漏れるようにつぶやいた。

「私じゃないんだ」

「え、でもお母さんは」

「なごみはカン違いしている……私がなごみに一目惚れして、つけまわしたのは本当だ。だがあのとき……二十年前の今日、お母さんを海から救い上げたのは私じゃない」

遠音は驚愕した。あわや泰史を支える手を滑らせるところだった。

「じゃあ、だれが！」

「潮崎祭さんだ」

「……！」

彼女は自失した。なごみの気持ちを知る泰史は、最後まで「犯人」の正体を隠し通したのか。

「ふたりの姿が見えないので、私が急いで岩礁まで下りたときだ。ずぶ濡れの潮崎さんが、失神したなごみを抱いて海から上がってきた……私を見て、ホッとしながら苦笑いしたよ……強情な女の子で、いっしょに死ぬといって聞かなかった……いくら好きな相手でも、人の未来を抹殺する権利なんか俺にはない……いいのこして海に帰っていった」

「……」

「私はただ……茫然と見送るばかりだった……力ずくでも彼を止めるべきだったか？　いや……私は内心ホッとしていたのだよ。ライバルがいなくなった、これでなごみは私のものだ……そんな安易な考えだった私に、結婚という罰が与えられたのさ」

ひとり言じみた述懐をつづける泰史を抱くようにして、遠音は一足ごとに岩礁を後にしていた。磯まで上がれば足もとはもう濡れていない。オホーツクの波はふたりに忍び寄ろうとして果たせず、悔しげに引いていった。

遠音は背後の岩礁を見ようとしなかったし、泰史にも見せまいとした。

呪文に似た彼のつぶやきは終わらない。

「なごみは探偵として落第だね……せっかく運転士に会いながら、どうして気づかなかったのか。なごみを海から助けたのなら、私は全身ずぶ濡れのはずだろう……」

「あ！」

遠音は声を上げてしまった。確かにそうだ。泰史が「犯人」でない有力な証拠だった。

「バッグのロゴを覚えていた運転士が、濡れ鼠の私を見逃すものか……彼がなにもいわなかったのは、私の髪も体も乾いていた……つまり私は海に入らなかったことになる……なごみに疑われるのが嫌で、ずっと金槌を装っていたがね」

泰史は肩を震わせ、ひと息ついた。

「私はなごみを妻にしたつもりでいた……だが彼女は二十年たったいまも……潮崎祭の妻だった……これを純愛というのかね？　私の片思いをふくめて……だとすると、愛とはずいぶんはた迷惑なものだなあ」

「愛はエゴだって、母さんいってたわ」

遠音の小声は、苦痛に耐えている泰史の耳に届かなかったようだ。

「なごみは……車で待っているのかな」

「……」

今度は遠音が聞こえないふりをする番だった。必死に正面のクマザサをみつめていた。

母はやっと……念願の心中を果したに……違いあるまい。私は泰史さんとおなじだ、そう思った。

高校三年のあのときから。

私と泰史さんの間に、血のつながりがないと知った日から。

遠音は泰史を愛しはじめていた。酔う度に、「アルコールに濁った頭」に浮かぶ「父の面影」は、決して潮崎祭のそれではなかった。遠音は繰り返し父――泰史の端整なマスクを心の内奥に浮かべていたのだ。

だが。

たとえ母の思いは泰史の上になかったにせよ、戸籍上なごみは彼の妻である。その意味で、彼女は遠音の最大のライバルであった。

泰史さんがライバルだった私の父を見殺しにしたように、私も母を見殺しにするの。お母さん、オホーツクの彼方(かなた)でお父さんと結ばれてね。だれも邪魔しやしないから。

私はきっと……お母さんに取りつかれた泰史さんの心を……私のものにしてみせる。だって私とお母さん、顔も気性もそっくりだもの。泰史さんの目を若い私に向けさせるぐらい、できなくてどうする？

恋敵を見殺しにしたことで、いっしょのスタート台に立った泰史さんと私。おなじ罪を背負って、これからずっと生きて行くのよ……ね？

ついに遠音は、オホーツクを振り返らなかった。

空の高みでごうと風が泣く。

それが列車のエンジン音のように聞こえて、彼女は斜内の山腹を見上げた。あの日、祭となごみが仰いだであろう樺色のキハ20系単行列車が、幻となって神威岬を駆け去ってゆく。

後にだんだら模様の灯台が、残照を纏(まと)ってぽつねんと佇(たたず)んでいるばかりだった。

遠い日、遠いレール

・東海道本線
・大垣夜行
・羽越本線ほか

1

——東京駅の一日が終ろうとしていた。

息せききって東京駅10番線に上がった冬川和則は、茫然とした。閑散としたホームに人の気配がない。新年が明けたばかりだから、吹き抜ける風の冷たさは、肌を突き刺すようだ。あわてて列車表示板を仰いだ。

〝快速ムーンライトながら　23：43　大垣〟とある。

ここに間違いない……思わず吐息を漏らした。

今夜の旅はビジネスでも観光でもなかった。息子を強引に連れ戻すのが目的である。久々の鉄道旅行に酔いたい心地が相殺されて、彼を重苦しい気分にさせていた。

三日間の有給休暇を会社に申し入れ、いったん船橋のわが家にとって返し——といっても無人のマンションの一室だけれど、簡単な旅支度をすませて、発車時刻よりかなり早く東京駅に着くことができた。ふと昔の混雑を思い出して急いだのだが、見事なほどの肩すかしを食わされてしまった。

五年前までおなじ時刻を走っていたのは、東海道本線きっての人気列車、大垣夜行であった。11両編成の普通列車は、帰宅がおくれたのんべえや、安上がりを狙う学生に重宝され、いつも混みあうことで有名な列車だ。

当の和則も、しばしば大垣夜行の世話になった。中堅の広告代理店放洋社に就職して名古屋出張所に配属されたので、東京・名古屋間を往復する機会が多かったのである。座席車が連結されただけのドン行であったが、時たまグリーン車を奮発して、係長になった夢を見ながら揺られたものだ。

それが五年前の春ダイヤが改正されて、大垣夜行は全席指定の快速列車に様変わりした。指定券さえ買っておけばホームにならぶ必要はないし、途中駅から乗っても確実に座ることができる。明朝名古屋で乗り継ぐ予定の〝ワイドビュー南紀1号〟は、8時15分発だから、始発の〝のぞみ〟か〝ひかり〟に乗れば間に合うのだが、早朝6時の東京駅に向かうのは辛い。妻と別居中の冬川をたたき起こしてくれるのは、故障しがちな目覚まし時計だけだ。それよりは大垣夜行の後継列車に乗って、夜汽車の雰囲気にひたりたかった。妻の穂奈美(ほなみ)が耳にしたら腹を立てるだろう。

「勤めだって趣味だって、あなたはいつも自分中心。一度でも家族といっしょになにかしようと思ったことがある?」

彼女のカン高い声が聞こえるようで、冬川は苦笑した。

なるほど好き勝手な真似をしてきたかもしれないが、世間さまから見ればそこそこできた亭主のつもりだ。大悪党みたいに罵倒するなよ。

……と、反論したときのタイミングが悪かったらしい。いっそう感情的に食ってかかる妻を、理屈でねじ伏せようとしたのが二重の誤りだった。争いは泥沼になった。

数敏が高校から帰ってきたので、冬川は彼の意見を求めた。ひとり息子なら父親の味方をしてくれる――そんな甘い心積もりを粉砕された。

「親父のために家族があるんじゃないぜ。家族を幸せにするのが親父の役目だろう? だいたいあんた、結婚したのが間違いだよ。ろくなポリシーもない癖に子供を作るんだからな」

穂奈美がいつもしゃべる言葉のコピーみたいに聞こえた。

「そうよ、私はあなたのおかげで一生を棒にふったのよ!」

息子と妻に代わる代わる嚙みつかれて、冬川は頭の中が真っ白になった。

「出てゆけ!」

まさか本当に出て行くと思わなかったのに、穂奈美はなんのためらいも見せなかった。迂闊な話だが、故郷の土地を売って八王子に家作を持った妻の実家の存在を忘れていた。息子を促した穂奈美は八王子に去った。

それが去年の夏の話である。

「間もなく大垣行き快速〝ムーンライトながら〟号がはいりまーす」

アナウンスを聞いて、冬川ははっと我に返った。

ステンレスボディに窓枠回りをグレー、窓下にオレンジの帯を締めた電車が、有楽町方向からしずしずと入線してくる。ヘッドサインは長良川の鵜飼がモティーフだ。深夜の東京駅に光り輝くような明るい車体と明るいデザイン。冬川は少なからぬズレを覚えた。彼の記憶にある夜行列車は、もう少し野暮ったくて、もう少し侘しかったからだ。

指定券のおかげで往年の混雑は爪の垢にしたくもない。といって活気がないわけではなかった。かつての大垣夜行には、酔いどれやくたびれたビジネスマンがなんパーセントか混じっていたが、今夜の〃ムーンライトながら〃はみごとなまで旅する若者たちで占められていた。

入線から発車まで正味十分しかないのに、大半の乗客はその短い間に悠々と乗りこんできた。手に手にコンビニで仕入れたペットボトルや食料を持っている。

俺の時代に夜行列車の旅といえば、ワクワクして早くから詰めかけたものだがな。いまの若い客は、夜汽車をただの移動手段としか考えていないのか。

やや憮然としながら、冬川は暖房のきいた車内を見回した。

彼の席は2号車車端のセミコンパートメントである。大部分の席がふたりがけのリクライニングシートなのに対し、この一角だけがテーブルを挟んだボックスシートとなっていた。家族連れが買えば便利だが、初対面の乗客同士では気が重い。荷物を足元に置き、窓に寄りかかって眠る態勢にはいりながら、冬川はのこる三つの座席にどんな客が現れるか、期待というより危惧を覚えながら待った。

2

正面に揃いのベージュのセーターを着た若いカップルが腰を下ろした。まだ高校生だろうが、ふたりとも品のいい顔立ちであったし、微笑を含む黙礼を送ってきたので、冬川は内心カップルに高得点を献じた。

つづいて隣に座り込んだのは、貧相で皺の目立つ老人だった。酒の匂いがプンと鼻を衝いた。革のジャンパーに太めのコーデュロイのパンツ姿だが、お世辞にも似合わない。恰幅のいい男が着れば貫禄を感じさせても、爺さんは見るからにしょぼくれた印象なのだ。

発車まで二分あったが、もう車掌がやってきた。検札が遅れると乗客の睡眠時間が削られるからだろう。車掌の反応でわかった。ボックスシートの四人の行き先は、すべて名古屋だった。

「旦那さんも名古屋まで……そりゃどうも。ちょっとお話をさせてもろてええやろか」

関西訛りの老人が顔を寄せてきた。アルコール臭が鼻を衝いて、あまり呑めない冬川は辟易した。第一初対面の人間になんの話があるというのか。顔をしかめた冬川の様子がわかって親爺は恐縮した。

「堪忍や、もう声はかけんさかい、わいに構わず寝てください」

思いのほか悪気のない言いぐさに、冬川はつい笑いだしてしまった。「ではお言葉に甘えて」

目を閉ざそうとしたとき、カップルの動きが見えた。笑いをこらえる少女の頰を、少年が人指し指でチョンとつつく。蕩けそうな笑顔になった少女が少年の肩にもたれる。その安心しきった顔に淡い羨望と嫉妬を感じながら、冬川は瞑目した。

彼は奇妙な既視感にとらえられている。

少年の顔——というより姿全体から発散される雰囲気——に、なぜか見覚えがあったからだ。少年をどこで見かけたのだろう?

彼が数敏に似ているからか。そういえば年恰好はおなじくらいだ。

……いや。

冬川は目を瞑ったまま否定した。数敏ではない。だが似通ったところはある。少女に向かって指をのばした、そのわざとらしく無表情を装った顔。少女が笑顔でもたれかかると、とたんに無邪気で子供っぽい笑みに包まれた少年。たしかに数敏に一脈似た点はあるのだが、しかし……やはり違う。

列車はいつの間にか発車していた。

都心とはいえ、やがて日付が変わる時刻である。そっと目を開けると、窓ガラスに中年ビジネスマンの憂鬱そうな顔が漂っていた。背景のネオンの灯が減じているので、ガラスの像は鮮明であった。横皺の彫りの深さは自分の顔と思えないほど老け込んで見えた。

ゴトン……ゴトン……単調な轍の音が、ささくれた彼の神経を愛撫している。

長い間、出張以外の鉄道に乗ったことがなかった。

「いつか穂奈美が気に入りそうな路線に案内するからな。そのときは俺の趣味にも、つきあってくれよ」

そんな話を妻にしたこともあったが、自分ひとりでさえレールを楽しむ機会が稀になっては——まして妻との関係が壊れてしまっては——、約束を実現できるチャンスはもはやあるまい。

車内放送が始まっていた。深夜は放送しないのが建前だから、その分煮詰まった内容をえんえんとアナウンスする。左の耳から右の耳へ車掌の説明を素通りさせながら、ぼんやりとカップルに視線を送った。

若いふたりは折り重なるようにして、早くも健康的な寝息をたてていた。

少年たちの姿が、冬川に、否応なく息子と息子の恋人を連想させた。


「数敏が家出したのよ!」

今朝早く、マンションにかかってきた穂奈美からの電話。今年になってはじめて聞いた妻の声だ。嬉しいにつけ悲しいにつけ、すぐ感情的に高ぶるのが穂奈美の癖であったが、今朝の彼女は最初から涙ぐんでいた。

「私がヒスったからだわ。いくらなんでも頭ごなしに叱りすぎたの、私がいけなかった」

おまえが自分の非を認めることもあるんだな。冬川は新鮮な驚きで、妻の後悔の言葉を聞いた。

争いの原因はつねに夫にある。だから解決の責任も当然夫にある。それが彼女の論法であっようだ。

たが、夫婦間のトラブルでなく親子間の問題とあれば、解答はいつもと違う公式から導かれる

「どういうことだ。ちゃんと説明してくれないか」

ふだんなら、その冷静で評論家的な口のきき方が嫌なのよ、と八つ当たりする彼女だったが、今朝は神妙な口調で事情をしゃべった。

数敏に恋人ができたというのだ。

息子に彼女が……そう聞いただけで、冬川はなんとも形容し難い違和感を抱いた。十数年前、彼の腕の中で夜泣きしていた赤ん坊が。自転車が転倒したはずみに足から大出血した小学生が。プールであわや溺死しかけた強情者の中学生が。手間ばかりかけさせられた数敏に、恋人ができたって?

男親としてはよくやったと褒めてやりたかったが、息子のおむつ姿をありあり記憶しているだけに、いっそ笑いだしたくなる気分でもあった。

だが穂奈美は、泣きながら語っていた。

パソコンに夢中だった数敏にメル友ができた。西条千佳という神戸の女高生だ。中国古代史を勉強するフォーラムで知り合ったのが一年前のこと。『黄河組』と名乗るサイトのオフ会ではじめて逢ったときから、互いに魅かれるものがあったらしい。

去年の夏休み、ふたりはそれぞれの親に内緒で京都で逢っている。そのあともふた月に一度、東京と神戸の間でデートを重ねていた。たまたま千佳の父親が仕事で上京したとき、新幹線の

車内から浜松のホームにいるふたりを発見して、神戸に帰ってから娘を問い詰めた。

その結果、バイト代を旅費につぎ込みデートしていたことが露顕した。千佳の父親が穂奈美に電話をかけて怒鳴っている間に、千佳は消えていた。

穂奈美の叱責をうけた数敏も、家を出た。

メールで逢う場所を打ち合わせた上で、失踪したに違いない。

「どうしよう、あなた」

受話器の中の穂奈美の声は震えていた。

「私もだけど、西条さんのお父さんもこっぴどく娘さんを叱ったらしいの。もしふたりが……そんな馬鹿なと思うけど……いっしょに死ぬなんてことを考えたら」

聞いているうちに、冬川の喉の奥にどろりと苦い固まりが溜まってきた。数敏は母親に優しい男だ。だが決して弱い男ではない。そう信じたかった。あいつなら安易に死ぬ前に、全力で生きる道を探そうとするはずだ。

冬川は懸命に考えをめぐらせた。

「中国の古代史研究で知り合ったんだね。ふたりの行き先は新宮じゃないのか」

「新宮って、どこなの」

海外に留学したこともある穂奈美だが、国内の地理には弱い。

「和歌山県と三重県の境界にある街だよ。熊野川の河口といってもいい」

「なぜそこに行ったというの」

「新宮駅の近くに、徐福の墓がある。中学のころ、数敏が行きたがっていた」

秦の始皇帝の命により、東北蓬萊の国へ不老不死の霊薬をもとめて旅立ったのが徐福である。かつては伝説上の存在と考えられたが、最近の研究で実在の人物であることが証明された。日本全国に伝説がのこっているが、中でも新宮の徐福公園は名高い。

「……待って！　和歌山県の新宮市なら、たしかに見たわ。……あの子のアドレスブックで」

穂奈美も息子の行き先を必死に探ろうとしていたのだ。待つほどもなく、穂奈美の声が伝えてきた。新宮市に住んでいるのは、『黄河組』を主宰している高梨という男だった。「きっとそこよ」穂奈美が声を弾ませた。

「電話してみるか」

「だめ！」

「なぜ」

「高梨って人が数敏に味方して、白を切るかもしれないわよ」

「親の気持ちを考えろと、説得してくれるかもしれん」

「そうなったら、数敏たちまたそこを飛び出すんじゃなくて」

「じゃあどうしたらいいんだ」

「連れてきて頂戴」

「俺が？」

仕事が……といおうとして、口をつぐんだ。妻が家を出るにいたったいさかいを思い出したからだ。

「あなた、あの子の父親でしょ」

穂奈美の口ぶりは、しかし、夫を責める口調ではなかった。

「がみがみ叱ったこと、後悔してるの。いま思うと先方のお父さんに怒鳴られて、あなたのおかげで恥をかいた、そんな気持ちがあったのかもね。……数敏にしてみれば、母親にまで裏切られたと思ったでしょう。だから今度は」

(俺の出番か)

感情に走ったことを悔やむ妻の思いがわかると、冬川は素直な気持ちになった。

「わかった。新宮へ行く。行ってあいつを連れてくる」

「数敏だけじゃないのよ。西条さんのお嬢さんも」

「もちろんだ。まかしておけ」

いつになく頼もしそうな台詞(せりふ)を吐(は)いた夫に、妻がかすかな笑みを漏らしたようだ。

「お願いね。……こんなときは、あなたのクールさが頼みだもの」

そしていま、冬川は〝ムーンライトながら〟にいる。

3

九両のうち六両までが小田原から自由席になる。そのせいで小田原駅では若干の客の入れ代わりがあったが、指定席車両はほとんど動きがなかった。この列車には独立したデッキがなく、わずかな仕切りがあるだけで不安だったが、ドアが開閉しても思ったより外の冷気は流れ込まない。

小田原を発車すると夜汽車の雰囲気が高まったが、蛍光灯は減光されず、白々とした光景の中で大勢が寝静まっている。空っぽになった缶ビールが金属的な音をたてて床をころげ回り、クスクスという笑い声が漏れたがすぐにやんだ。

安定した走行音を伴奏に〝ムーンライトながら〟は走りつづける。昼間であればこのあたりは東海道本線でもっとも海景の秀でた区間だけれど、いまは一面塗りこめられた闇だ。熱海を出るとき軽いショックがあった。ＪＲ東日本からＪＲ東海の区間へ会社が変わったとき、車掌や運転士も交代したのだろうか。

もたれ合っていた正面のふたりの体が動いた。少女の上半身があわや少年の膝に落ちそうになった。目を覚ました少年が、急いで肩を抱いてもとの姿勢にもどしてやった。眠ったままの少女に微笑を送った少年は、大人ふたりを気にして狼狽気味に目をつむった。

うっすら目を開けていた冬川は、見ないふりをすることにした。

だがおかげでデジャヴュの正体がわかった。少年に似ていたのは——

(俺だった)

抑えようとしても、苦笑が浮かんでくる。

あれからもう、四分の一世紀近くが経過したのか。


そのころ冬川和則と葦田穂奈美は、まだ高校生であった。

山形県の日本海沿いに鶴岡という城下町がある。小学校のころからずっとクラスメートだったふたりは、中学三年のとき冬川が生徒会長を、穂奈美が副会長を務めて好評を得た。冷静だが気の小さい冬川を、癇癪持ちで行動的な穂奈美が支える構図に、安定感があったらしい。周囲が勝手に名コンビと持ち上げるものだから、いつの間にか本人たちもその気になっていた。高校進学の時期になって、葦田家が父親の転勤で柏崎に越したため、唐突にふたりの仲が割かれた。あとで思えば冬川たちが本気になって熱をあげたのは、それが原因だったような気がする。

幼いころから鉄道に関心があった冬川は、穂奈美と相談して、空いた時間を見計らっては列車利用のデートをするようになった。鶴岡は羽越本線にあり、柏崎は信越本線と越後線のジャンクションである。互いの持ち時間によって、あるときは新潟で、あるときは新津や新発田で待ち合わせた。少しでもふたりが顔を合わす時間を長く持てるよう、冬川は時刻表と首っ引きで考え抜いた。

　まだ上越新幹線は存在しなかったし、かりに開通していたところで、当時のふたりに高い料金は荷が重かったに違いない。むろん〝日本海〟だの〝いなほ〟といった特急群、〝きたぐに〟〝鳥海〟〝羽越〟といった急行列車も敬遠した。在来列車のドン行を使って逢う時間を捻(ひね)り出そうというのである。たぶんそのころの冬川は、受験以上のエネルギーをこめて、デートのダイヤを組んだのではないか。

　むろんふたりとも進学の希望を持ちつづけていた。それもできることなら東京へ、おなじ大学へ。

　それまでは親に内緒というのが、暗黙の約束であった。

　冬川家も葦田家も、若者の恋を頭から否定するほど旧弊(きゅうへい)ではなかったが、大学受験を控えて異性にうつつを抜かす子供を喜ぶ親はいない。逢うのは大学にはいってからだと、強権をふるうに決まっている。われながら情けない話だが、そんなときの冬川は、しぶしぶながら親の命令に従う人間であった。

　それがわかっているだけに、冬川は懸命にふたりの間の秘密を守った。彼の家は鉄工所を経営していたので、留守にする理由は簡単にでっちあげられた。「静かなところで受験勉強してくる」……葵(あおい)の印籠(いんろう)なみに効果のある言葉だった。

　デートは高校一年の夏にはじまったが、冬はさすがに中断した。山形から新潟にかけて全国有数の豪雪地帯だからだ。いつ不通になるかわからない列車利用では、秘密を守るにも限度がある。そう判断したふたりだったが、三学期になって我慢できなくなった。手紙で相談したあげく、春まだ浅い新潟で逢った。

久々の逢う瀬が若いふたりを興奮させた。歓楽街古町の名は全国に喧伝されている。当然のことだが、ラブホテルを探す手間は不必要であった。心身共に結ばれて、きずなはいっそう強まった。

用心深く綿密な冬川の性格のおかげで、親に気づかれないまま、高校最後の学年を迎えることができた。そしてその冬であった、ふたりがあの殺人事件に巻き込まれてしまったのは。殺人事件といっても、当初は自殺としか思われなかったが、ともかくふたりは死体とおなじ車両で居眠りしていたのである。

その日は日曜だったから、午後早くに新潟で逢うことができた。思い出のホテルで体と心を重ねて、満ち足りた気持ちでいた。それでいてこのまま左右に別れを告げるのは、なんとも心残りであった。

新潟近辺は線路が輻輳しているのでわかりにくいが、新潟から柏崎へ帰るには越後線が最短距離だし、おなじく鶴岡へもどるためには白新線で新発田に出るのが順当だった。だが一分でも一秒でも長くいっしょにいるためには、ふたり連れ立って信越本線で新津に向かい、そこで別れればいい。冬川はそう考えた。

「新津から穂奈美は信越本線の長岡回りで柏崎へ帰る。俺は羽越本線で新発田を通って鶴岡へもどる。それなら新潟から新津までの間、二十分よけいに傍にいられる」

鉄道路線図を書いて説明してやったが、穂奈美は目をぱちぱちさせるばかりだった。

「なんでもいいわ。和則のいう通りにする」

わずか十五キロのために、事件の巻き添えを食うとは、ふたりとも夢にも思っていない。ホテルを出た16時ころ降りだした雪が、新潟駅に着いたときは横殴りになっていた。それでもふたりは帰り道の心配をしていなかった。雪は例年に比べて少なかったし、豪雪に慣れた国鉄がこの程度の雪で難渋するはずはないからだ。

ところが伏兵は意外なところにいた。雪でスリップした軽トラが新津近郊の踏切に突入したため、信越本線そのものが不通になったのである。

ふたりで乗っていたドン行は、越後石山(いしやま)駅と亀田(かめだ)駅の間で動かなくなった。

そのうち走りだすだろうと高をくくっていたし、十分後にはのろのろ運転が始まって、亀田駅に到着したのだが……それっきり、なんの音沙汰もなくなった。新潟・新津の短区間を走る二両連結だ。昭和三十七年に電化されているが、上野(うえの)・新潟間の優等列車が多いこのあたりでは、ごく平凡なローカル列車といっていい。通学時間には遅く通勤時間には早いせいか、乗客はまばらだ。ふたりが乗った2号車なぞ、最後尾のクロスシートに女性らしい乗客の頭がひとつ、ぽつんと見えるだけだ。

2ドアでデッキつきだから、ふたりが席を占めたあたりまで、風はまったくはいってこない。それでも端に座った婦人客は寒かったのか、通りかかった車掌が呼び止められた様子で、腰をかがめた。

ひと言ふた言話したあとで体を起こした車掌は、後部デッキからホームに下りた。寒いだけでなく、復旧はいつか教えてくれといわれたようだ。自動販売機のならぶホームを突っ切り駅務室にはいっていった。

亀田駅の付近は梨畑と製菓工場で有名である。乗降客の数も新潟・新津間ではいちばん多いと聞いていた。しばらくして車掌の姿に気づいた。脱いだ帽子を抱くようにして、落ちつきなく列車にやってくる。

2号車に乗り込み、婦人客に報告する様子が見えた。それが終わると、ふたりの席にきた。ひとりずつ口頭で報告するつもりか。

若いのに叱られ役を買って出るとは、ご苦労なことだ——とは後で考えたことで、そのときのふたりはうろたえきっていた。

一月の半ばで、まだ日はみじかい。窓の外はとうに暗くなっている。このまま列車が動かず帰宅の時間が大幅に狂ったら、弁解の方法がない。図書館の帰りに友達の家がやっているラーメン屋に寄る、という言い訳のパターンにも限界がある。

さすがに冬川も落ちついていられず、状況を根掘り葉掘りして聞き出した。さいわい踏切をふさいだ軽トラはすでに片付けられたそうで、親切な車掌は新津到着後の乗継ぎ列車を教えてくれた。

十五分後、車掌の言葉通り列車が動きだして、ふたりは胸を撫(な)で下ろした。

とたんに気がゆるんで、眠くなった。

「もたれていい？」

穂奈美が小声で聞いたので、冬川は笑ってうなずいた。彼女がもたれかかると後ろの客が気にかかって首を回したが、女性の頭はまったく動かなかった。居眠りしているのかなと思った。車内の暖房が効きすぎるくらいで、早春の日溜まりに座りこんだみたいだ。

穂奈美はよく寝入っている。頬のあたりをチョンと突ついてやったが、目を覚ます気配はない。

荻川(おぎかわ)駅に着いたが、ホームに人影はなかった。新津まであとひと駅だ。起きていようと思いながら、冬川はうとうとしてしまった。

「新津駅だ、穂奈美、目を覚ませよ！」

大慌(おおあわ)てで前部デッキから転げ出るようにホームに立った――その直後であった、いま下りたばかりの2号車で騒ぎが起こったのは。

「死んでる！」

清掃のため後部デッキから車内にはいった男が、窓から首を突き出してわめいていた。

死んでる……いったい誰が。考えるまでもなかった。自分たちの他に乗っていた客は、あの女性ひとりだ。その客が死んだって？　冬川は思わず足を止めたが、寝ぼけ眼(まなこ)の穂奈美にはピンとこなかったようだ。

「和則、早く！　あと五分で酒田(さかた)行きが出てしまうわよ！」

そういう彼女も、柏崎行きに急ぐ必要があった。我に返った冬川は、手を取り合って陸橋の階段を駆け上がって行った。

明くる日の新聞に小さく、名古屋の繁華街栄でクラブ勤めだった女性が、列車内で睡眠薬自殺した——という記事が載っていた。

4

それっきり、冬川は事件のことは忘れていた。ひと月ほどして、大塚俊夫という母方の叔父が鶴岡に現れた。

名古屋で警察回りの新聞記者をやっており、冬川の父とは年齢は十ほど違うが飲み助同士で話が合う。父親も冬川も彼のおしゃべりが楽しみだった。

やかましい工場の騒音も絶えて、二月の夜はしんしんと冷える。さすがに日本海側は寒い、熱燗でも暖まらないとこぼしながら、叔父は母の燗が間に合わないほどのテンポで呑んだ。その彼に、父が自殺した女性の話を持ち出した。

「クラブに勤めていたそうだが、トシちゃん、案外知ってたんじゃないか？」

「高級クラブだからね、生前の彼女を存じ上げるほど給料をもらってないよ」

赤い顔になった叔父が手をふった。

「自殺の動機は金かな、男かな。……ホレ呑め、和則も」

これも親孝行かと、仕方なく杯に口をつけてみた。好奇心が彼に座を外させないのだ。おなじ車両に乗り合わせたのも、なにかの縁だろう。

「それが可笑しいんだ。まったく動機がみつからない。彼女の母親は荻川に住んでいてね。特急が停まらないから、新潟で普通に乗り換えて荻川下車の予定だった。ところがその直前に死んでしまった。母親は半狂乱さ。娘が自殺するものか、だれかに殺されたんだと言い張ってる」

「睡眠薬を飲んだんだろ」冬川の父親はけっこう野次馬だった。

「ああ、コーヒーの缶に混ぜてね。自殺とすると動機がないが、殺人と仮定するには犯人がいない……」

「どうして」

「被害者が乗っていたのは2号車の後ろだった。ところが車掌と1号車の客の双方の証言で、2号車はほかに客がふたりしかいなかったとわかっている」

もう少しで冬川は、杯の酒をこぼすところだった。

「じゃあそいつらが犯人だろう。寒いですねえ、コーヒーでもどうです。とかなんとか」

「どうもそれが違うらしい。まだ高校生くらいの若いカップルだったそうだ」

「高校生が逢い引きだって？　近頃のガキときたら……」

父親の視線が冬川を射止めたみたいだったが、さいわい話をそらしてくれた。

「じゃあ新潟だ。乗り換える前に犯人が騙してコーヒーを持たせたんだ」

「しかしその缶はホット専用だった。温かい缶をみすみす冷めるまでとっとくか？　新潟を発車してすぐ飲んだとすれば、車掌と言葉を交わす前に死んでいるしね」

「ふむ……で、けっきょく自殺と断定されたわけか」

父親はぐいと杯を干した。

「なんだ、つまらん」彼は古手のミステリファンである。

「……ねえ」

迷ったあげく冬川は叔父に声をかけた。

「なんだい」

「犯人が車掌、という線はないの」

「車掌？」叔父が目を丸くすると、父がポンと手をたたいた。

「それだ。見えない人のトリックだな」

「なんです、そりゃあ」まだキョトンとしている。

トシちゃんが読むのは官能小説ばかり、と冬川の母が嘆いていた。少なくともミステリは読んでいないようで、父がじれったそうに解説した。

「そこにいても気がつかない……いるのがあまりに自然なので、つい捜査側の意識からはみ出てしまう。そんな人物を犯人にした推理小説のパターンだ」

「ははあ……たしかに車掌なら可能性はあるかな」

「亀田駅で下りてるんだよ、ドン行のその車掌は」

口にしてからしまったと思い、急いで誤魔化（ごまか）した。

「列車が事故で止まったのなら、駅員に状況を聞きに行くはずだろ。その帰りに自販機でコーヒーを買って、薬を溶かす……」

亀田駅ホームに自販機があったことをはっきり覚えている。冬川の無理な弁解に、叔父は気がつかないようだ。

「コーヒーを勧めたということは、車掌と女性は顔見知りだったのか。……調べてみる値打ちはあるな。和則くん、もし当たりだったら奢ってやるぜ」

大塚記者がにやりとしても、父親がにこりともしないのが、冬川には不安だった。

だがその後も父親は息子になにもいわず、一週間後の夜、名古屋の叔父から電話がかかってきた。

「……車掌は日比野というんだが、一筋縄でゆかない男でね。去年の師走に栄で起きた殺人事件の容疑者なんだ」

話が派手になったので、冬川もびっくりした。

「それは間違いなく殺人事件なの」

「ああ。日比野の腹違いの姉になるクラブのママが殺されてる。もともと不仲だった上、遺産は日比野が独り占めできるから、れっきとした動機がある……ところが困ったことに立派なアリバイまであるんだな、これが」

「それで、ドン行で死んでいた女性は？」

「以前、そのクラブに勤めていた」

「じゃあ車掌を知ってたんだね？」

「ところが日比野は否定している。姉の店にどんなホステスがいたか、私は知りませんというんだ。死人に口なしで確かめようがない」

「その日比野のアリバイというのは？」

「列車をバックに撮った写真なんだ」

「ほう！」という父親の声が、冬川の背後から聞こえた。

「写真のトリックときたか。面白い」

大まじめな顔を受話器に寄せてくる。プンと酒の匂いがして、冬川は鼻をつまみたくなったが、ミステリ好きな父親にサービスのつもりで、声を張った。

「どんな写真？　大きな声で説明してよ」

「ははん」叔父にもわかったらしい。

「そこにいるのか、義兄さんが」

「いいから、さっさとしゃべりなさい。電話代がもったいない」

耳元で父親が怒鳴るので、冬川は鼓膜が破れそうになった。

「わかったわかった。アリバイというのは簡単さ。ママが殺されたのは、もちろん名古屋だ。おなじ夜、日比野は非番で東京で女と遊んでいた。酔った勢いで、寝台特急をバックに写真を撮っている。ご丁寧にその日の夕刊を手にしてね。ところがその特急の発車時刻は19時25分。犯行時刻に間に合うためには、新幹線を遅くとも18時に乗る必要がある。写真を撮った後どんなに急いでも、殺人を犯すことはできないんだ」

「ふーん」

気が抜けたように相槌を打つ冬川を、父親がじろりと睨んだ。

「だけどさ。想像を逞しくするならそのアリバイはインチキで、ちゃんと日比野は名古屋へ行っていた。その姿をたまたまもとクラブにいた女性に見られた、とすれば？ 彼女の方ではそれがどんな意味を持つか、日比野に勧められたコーヒーを、何気なく飲んでしまった。日比野にしてみれば、彼女が一言しゃべれば致命傷になる恐れがあったんだ」

「和則くん、和則くん」

受話器の中から叔父が笑いかけてきた。

「想像はけっこうだが、アリバイが破れなくては無意味な頭の体操だよ」

「アリバイなんて、ないよ」

高校生に冷静な口調でいわれて、大塚俊夫記者は絶句した。

「な、なんだって」

「叔父さんが話した寝台特急の名前、当ててみようか。〝瀬戸〟だろ」

「どうしてそれがわかるんだい！」

「写真のアングルは、日比野が〝瀬戸〟のテールマークを背景に立っている。そうでしょう？」

「そうだ。……しかしなぜ」

「だから、その〝瀬戸〟は偽物だって」

「偽物……？」

「本当は16時45分発の〝はやぶさ〟だと思う。客車がおなじ25系のブルートレインだから、テールマークに細工すれば〝瀬戸〟に化けさせられるもの」

「25系?」

「そう。ベッドの幅は七〇センチでせまいけど、それまで詰め込みの三段寝台だったのが、二段式になってね。下段に腰かけても頭がつかえなくなったんだ」

「ああ、それなら俺も乗ったことがあるぞ、たぶん」

叔父が理解を示したので、冬川は勢いづいた。

「昔の特急のテールマークはプレートを掛けたけど、いまのブルトレは電照灯式だし、おなじ車両が〝はやぶさ〟や〝瀬戸〟に使い回されるから、手動でマークを替えてゆけるようになってるのさ、電車の方向幕みたいに。二十分も前に入線している〝はやぶさ〟だから、乗務員のいない間にマークを移動させて写真を撮ればすむ。これが夏なら空の色が違うからばれるけど、師走はいちばん日がみじかい季節だもんね。〝はやぶさ〟のバックの空はもう暗くなってる。……でしょ?」

「……」

しばらくの間、受話器は言葉を吐かなかった。冬川が話しかけようとすると、ようやく叔父が声をあげた。

「ありがとう、和則くん。春休みには名古屋にご招待するよ。みそカツを奢ろう!」

電話が切れると、父親がふとい声でねぎらった。

「鉄道ファンもたまには役に立つな」

「そうだろ」威張ろうとすると、先回りされた。

「アリバイ工作にも逢い引きにも」

「……ど」

どういうことだと反問したかったが、小心者の馬脚（ばきゃく）が出た。肩幅が広く胸板の厚い鉄工所の親爺のひと睨（にら）みで、彼はあっさりとビビらされた。

「亀田駅ホームに車掌が下りた……おまえはその目で見ていたんだろう？」

「違うよ、あれはただの空想で」

すると父がダメ押しした。「ドン行といったな、事件の現場を。だが新聞には、そんなことはひと言も書いていなかったぞ。テレビでもしゃべらなかった。俺はちゃんと図書館とビデオで確認したんだ」

「……」

「エラリー・クイーン以来の犯人当てのパターンだろうが。あ？　その場にいた者でなくては知らないことを知っていた……」

お手上げだった。探偵から一足飛びに犯人になった気分で、冬川は沈黙した。

「なぜあの日、あの列車に乗っていた？」

「……」

「新潟だの新津だのに、どんな用件があった」

「……」

　これ以上口をきくわけにゆかない。冬川は思い詰めていた。しゃべれば穂奈美に迷惑がかかる。たとえ家を追い出されても、話すことはできない！

　すると父がカッカッと声をたてて笑った。

「気の小さい癖に強情な奴だ。……安心しろ、穂奈美さんは自分の親にも俺にも、堂々といってのけたぞ」

「え、穂奈美が！」これには仰天させられた。

「穂奈美が、ときたか」父親はそっとため息をついたようだ。

「親を嘗めるんじゃない。俺なりに推理したんだよ。新潟県におまえの知ってるだれがいる？葦田さんに決まってるだろうが。だから見込み捜査で、彼女んちへ電話をかけた。泣かせるぜ、あのお嬢さんは……和則を勘当するかも知れんと俺が吹くと、はっきりいってのけたよ。和則さんが好きです、だから一所懸命逢っていましたってな。和則さんが追い出されるのなら、私もいっしょに追い出されますときた。後ろで聞いていた親がおろおろしてたぜ」

　そこで父親は、またカッカッと大声で笑った。

「気の毒にな。間違いなくおまえはあの子の尻に敷かれるぞ」

5

「……間もなく名古屋、名古屋でございます」

アナウンスで起こされたのか、窓から差し込む朝日の光で目覚めたのか。冬川は目をこすった。身支度していたカップルが、爽(さわ)やかな挨拶(あいさつ)をハモった。

「おはようございます!」

「あ、おはよう」

心地よい朝だ。窓の向こうに広がる空が、洗濯したての青さに見える。なぜか自分がひどく寛容な人間になっているのが、ふしぎな気だった。

カッカッと、それが特徴だった父親の笑い声が、耳の中でこだましている。……そうか。私はいまあのときの父とおなじ立場にいる、と思い知った。

残念なことに、冬川は息子の欺瞞(ぎまん)を見破れなかった。だが私は私だと考え直す。鉄工所の親爺と私では、スタイルも考えも違うし、それ以上に母と穂奈美はタイプが違う。親爺が見抜いたように、私は妻に鼻面を引きずり回されている。だからつい、角(つの)を突き合わせることになる。

だが大本のところで私は穂奈美を受け入れたいし、穂奈美も肝心なところでは私を頼りにしてくれた。

私たちは、やり直すことができるのじゃないか。

陽光に輝く青空を見て、そんな高揚した気分になった。なぞといえば、穂奈美は笑うだろうか、よく泣く代わりによく笑う女でもあった。開けっ広げな妻の笑顔を、冬川は久々に見たくなった。

だがそれ以前に……。

網棚からバッグを下ろしながら、自分にいい聞かせる。

数敏を連れ帰る問題がある。そう、それさえうまくゆくのなら……親の権柄ずくでなく、数敏が心から納得できる方向で収まりがつくなら、次は私と穂奈美の問題を解決する番だ。

列車が減速している。カップルが通路に出るのを追って、冬川も歩き出した。隣の老人がいないことに気づいたが、金山あたりで下りたかと気にも止めなかった。

ホームへ下りると、冷たい風が吹き下りてきた。朝の光はどこへ行ったかとキョトキョトしてしまった。ホームの屋根に遮られて気づかなかったが、名古屋駅は二本の超高層ビルに見下ろされていた。いや、駅ビル自体が巨大化しているのだ。これまでの名古屋に比べて桁外れの威容がそそり立っていた。

そうか、これがJRセントラルタワーズか。テレビや雑誌で名前だけは耳にしていたが、自分の目で見上げるとやはり映像と実態は違う。

「……おやじ」

遠慮がちに若い声が聞こえ、冬川は一瞬耳を疑った。

「……数敏？」

〝ムーンライトながら〟が吐き出す客の流れに逆らって、息子が小走りにやってくる。どういうことだ？　思わず冬川も足を急がせた。

「……ごめん」

目の前で立ち止まった数敏が、頭を下げた。

「おふくろに聞いた。この電車でくるというから……」

それでもまだ冬川が、ぼんやりしていたからだろう。急いでつけくわえた。

「千佳のお父さんが事故ったんだ」

「なんだって」

驚いたがそれで事情がわかった。ぐずぐずしてはいられず、高梨という男のもとに電話を入れたのだろう。

「車で得意先を回ってる間に……命に別状ないというからホッとしたんだけど、俺たちのことが頭にあって、それでミスったんだと思う……」

しょげきった口調の息子を前に、こいつ私より背が高くなったなと、冬川は別な感慨に囚われていた。

「……」

「ふたりで相談して、ひとまず帰ることにしたんだ。東京と神戸とべつべつの家に、だけど
悔しそうな語気は隠せない。それが正直な気持ちだろう。ひと昔前の父親ならこのあたりで

「バカモン」と怒鳴って殴り倒しているに違いない。だが私にはできん、冬川はそう思う。いまの父親は骨なしだ、外野席の声が聞こえるようだ。

それでも冬川は、素直に喜びたかった。理性で矛を収める息子を、心の奥でむかしの自分に比べながら。

「……お父さまでいらっしゃいますか」

キンと澄んだ声が流れて、楚々という形容がぴったりくる、見るからに清潔そうな少女が立っていた。ひと目見て、数敏が惚れるはずだと納得した。少女は物おじしなかった。

「西条千佳といいます。この度はご迷惑をおかけして申し訳ありません」

深々と頭を下げられ冬川の方がうろたえた。優しげだが気丈なタイプだ。内心で数敏に悔やみをいう。

「尻に敷かれるぞ……可哀相にな」

「おう、やはり旦那はんだったか」

呼びかけられて、もう一度たまげた。ややもするとよたつく足どりで、隣席に座り込んでいた老爺が現れたのだ。

「そやろ思うて声をかけたんやが、なんやお疲れのようだったもんで、遠慮してしもうたがな」

「いまは東京で暮らしておりますが、私の祖父です」

あらためて千佳が紹介した。

「病身の母に代わって、私を迎えにきてくれましたの」

「この馬鹿娘が！」

パシンと小気味よい音がして、千佳が頬を抑えた。夜行快速から最後に下りた乗客たちが、ぎょっとしたように急いで通り過ぎていった。

「偉そうな口をききよって……父さんが怪我せなんだら、ここへきてお前をイの一番にぶつに決まっとるがな。だからわいが代わりに殴ってやったんじゃい！」

言葉の荒さにもかかわらず、老人は涙ぐんでおり、肩で息をしていた。

「はい。わかっています」

反抗しない千佳の横に数敏が並んだ。低いがはっきりした声で、ふたりはそれぞれの父親と祖父にむかって、もう一度頭を垂れた。

「ごめんなさい……」

冬川はなにもいえなかった。

黙劇を演じているような四人の姿を、タワーの間から顔を見せた朝日が照らした。四つの影が音もなくホームに流れた。

――名古屋駅の一日がはじまろうとしていた。

終電車の囚人

・外房線
・横須賀線

現　実

納谷克人は今夜も終電車に揺られている。

窓の外には首都圏近郊らしく瀟洒な家が立ち並んでいるはずだが、夜も十時近くなったいま、家並みや庭は塗りつぶしたように暗く、わずかに団欒の灯が庭樹の枝をぼんやり明るませているきりだ。

（少しでも眠っておこう）

自分に言い聞かせた克人は、眼を閉じた。

千葉から連結されたグリーン車の二階部分は、彼を除いてほとんど無人だ。いつもの克人なら、たとえデータイム回数券使用でも贅沢はしないのだが、今週はほとほと疲れ果てた。せめて週末の今夜くらいグリーンを奢ってもバチは当たらないだろう、そう考えて崩れるようにシートに埋まったのだ。

疲労の原因は仕事ではない。毎日の流れ作業だから、いまさら神経を使うこともなかった。

彼を打ちのめしているのは、五日前の夜に納谷家を——というより妻のマホを襲った黒い影の存在であった。

それ以上に克人を苦しませているのは、その突発事にまったく対応できなかった彼自身だったのだが。

長大な編成の快速電車は機械的に轍の音を響かせて、疲れを知らずに走りつづける。乗っている彼は、こんなにも疲れているというのに。

列車番号2052Fの電車は、外房線から横須賀線に直通する最終列車だ。克人は腰を浮かせて、車両の後部を見渡した。ふたつみっつ、背もたれの間に乗客の頭が覗いていた。どれもぴくりとも動かない。みんな熟睡しているのだろう。突然彼は、むしょうに大声で絶叫したくなった。

「俺の女房が強盗に犯されたんだぞおっ……俺は女房の声をこの耳で聞いたんだぞおっ……」

心中にシミュレートして、その滑稽さに頭を抱えたくなった。彼はぎらつく眼で前の隔壁をにらみつけていた。克人は車両の前端部に座を占める癖がある。非常のとき脱出に便利だからと理屈をつけているが、実際は、前後を見知らぬ他人にはさまれることが苦痛なのかもしれない。

彼の乗車区間は外房線の土気から、横須賀線の逗子まで——距離になおせば一五一・四キロである。乗車時間は正味二時間と十五分。片道の運賃はおよそ二千五百円になる。ローン完済までまだ十八年かかるわが家は逗子駅を南下した葉山にあり、勤め先が土気駅からバス十五分の住宅団地サウザンズ・ヒルであってみれば、彼はこの長丁場を毎日の終電車で帰宅しなくてはならない。ついでながらネーミングの由来は、千葉の千からとった安易なものだ。

もともと克人の職場だった民間放送の雄ＴＢＲは、赤坂に本拠を置いていた。だから彼が葉山のマンションを二十五年ローンで購入したのは、少しもふしぎではない。それどころか、御用邸がある土地にマイホームを買い込むなんてと、同僚から羨ましがられたほどである。

問題は勤務先の変動であった。バブル期に社運を賭けると豪語して、ゴルフ場造成のため千葉県に大規模な土地を買い込んだＴＢＲは、ご多分に漏れず債務超過に陥り、取引銀行から見放されそうになった。

狼狽した経営陣は壮絶といって憚らぬリストラに狂奔した。リストラ＝人員整理と短絡する向きは多いが、事業内容の見直しや債務の再編成がリストラクチュアリングの本来の意味である。

赤坂の社屋を証券化して得た資金で負債の一部を返し、首都圏各所にあった支局の大半を売却した。熱海の寮や鬼怒川の研修所も閉鎖した。なりふり構わぬ再建計画の中には、造成計画を中止した土気のゴルフ場も含まれていた。はっきりいって不動産屋の口車に乗せられた半端な場所であったから、処分しようにも買い手がみつからない。

半ばやけくそでボーリングしたところ、地下千五百メートルで湯温二十八度の温泉掘削に成功した。火山国日本で千五百メートルもほじくれば、温泉はたいていの場所で発見できる。温泉というには湯温が低すぎたが、一部をのぞいて温泉に恵まれない千葉県だけに、経営者は将来有望とソロバンを弾いたようだ。

　ゴルフ場は温泉付き住宅地に変身した。首都圏千二百万の人口をあてにして、ビッグセールを開始した。今度こそマジで社運を賭けたのである。

　自社が保有するテレビチャンネルを動員して、大々的な宣伝を試みたにもかかわらず、売れ行きは芳しくなかった。黒褐色の冴えない温泉の色であったし（若い女客のひとりが『コールタールみたい』と呟いてセールスマンを腐らせた）、ボイラーで加熱しなければ夏の行水にも使えない有り様で、決定的な売り物とはいいにくい。

　ＴＢＲとしては他の宅地と差別化するため、ノウハウを持つ放送技術でサウザンズ・ヒルの付帯価値を高めようともくろんだ。地元の情報をきめ細かく伝えながら、数チャンネルのＢＧＭを流す有線放送、地形の都合で難視聴家庭が多い衛星放送をケーブルテレビでサポートし、さらにインターネットを常時接続できるというメニューで若いカップルのご機嫌を伺った。

　この作戦は的中したが、放送実施に際してアルバイト程度の人材では運営が難しく、プログラム充実のためにも本社から出向が必要となった。その結果、克人に白羽の矢が立ったのである。

　リストラの一環として希望退職者が大々的に募られたけれど、ローンで身動きできない克人が応じるはずはなかった。ところが上層部では、内々克人を放出したがっていた――らしい。制作局企画部に所属しながら安全パイの企画ばかりで、オリジナリティもセンスもなく、ゆくゆくはＴＢＲのお荷物になると定評があった――らしい。地方の大学出身者で人脈もなく、積極性に乏しいのでタレントとの交流も少なく、年功序列で上昇する給料に見合う活躍を期待されなかった――らしい。

TBRサウザンズ・ヒル支所長と肩書だけは立派でも、体よく本社を放り出された克人はさすがにむくれたが、交通費全額支給にくわえ雀の涙ほどの交際費が認められ、しぶしぶ都内港区からサウザンズ・ヒルに勤務先を変更したわけだ。

積極性がなくタレントとのつきあいも通り一遍とはいえ、たった一度例外がある。結婚におよぶまでの経緯だ。ひと昔前のアイドル歌手であった湊マホにぞっこんとなって、強引に既成事実をつくり結婚に持ち込んだ。

アイドルと呼ぶにはとっくにとうの立ったマホは、一時AV女優で食っていた時代さえある。懐メロの企画でTBRに現れた彼女を、克人が見初めた。三十代後半のマホと、四十を越した克人であったが、恋に年齢の上下はなかったようだ。

克人に大した財産はなく、その代わり係累もない。財務内容を知らない一般の人から見ればTBRは天下のテレビ・ラジオ局であった。そのプロデューサーに輿入れするのだから、マホも悪い気分ではなかったろう。

惚れた弱みで克人はマホによく尽くした。日向水みたいに優柔不断の性格は、すれっからしの集団であるテレビマンの中ではいかにも頼りなかったが、愛妻家としての資格に欠けるところはなかった。

有名住宅地に居をかまえたかったマホの虚栄心を満足させようと、無理算段して頭金をかき集め、ハヤマ・ブリリアント・タワー（といってもやっと八階建ての塔屋であったけれど）と名乗るマンションを買った。

そこまではよかったが、半年前にサウザンズ・ヒルへ転勤してから、夫妻の間にうすら寒い影がさすようになった。

出向が決まった夜、克人はおずおずとマホに申し出た。

「マンションを売って、サウザンズ・ヒルに引っ越そうか」

マホは激怒した。

理由は簡単で、葉山の名はだれでも知っているが、サウザンズ・ヒルはそこの居住者以外だれも知らない、というものであった。克人は仰天した。そこまで世間体にこだわる愛妻とは知らなかったのだ。

「住人だけじゃないと思うよ……郵便局や宅配便の業者も知っているだろう」

「当たり前のことをいわないでね、あなた」

豊満な肉体にたおやかな笑顔を載せて、マホは白い歯をきらめかせた。アイドル時代の躾（しつけ）が行き届いているのか、日常の彼女は笑みを欠かしたことがない。野犬に襲われたときでも感動的な映画を見たときでも、表情の片隅に笑いを漂わせている。人類と他の哺乳類との違いは笑いにあるそうだが、してみると俺の妻はもっとも人間的存在だ。克人は本気でそう思っていた。

だからその晩、マホが怒り心頭に発していることに、克人はおいそれと気づけなかった。彼女はにこやかに、だが徹底的に反対した。

「どうしても引っ越したいのなら、あなたおひとりでどうぞ」

冗談と思っていたのだが、その夜マホははじめて夫婦の営みを拒否した。絶望的に鈍い克人も、ようやく愛妻の真剣な反対を納得させられた。アイドル時代の友人を家に招いてパーティを催したときの、マホの幸福そうな姿を思い出した。

明くる日、克人は実際に通勤のコースを踏破してみた。

なんとかなる。安易に結論を出したのは、行く前から愛妻の意志を尊重しようという心づもりがあったからだ。

「大丈夫だ。俺はこの家から通う」

「嬉しい」

その夜のマホの微笑みは本物だった。抜けるように白い肌が、克人を迎え入れてくれた。新婚さながらに克人は燃えた。

彼が燃え尽きるまで、半年とかからなかった。

回想

ゴトゴトと電車が身震いした。轍の音がはっきりと違う。千葉県から都内を経て高架で走りつづけた電車が、錦糸町(きんしちょう)を過ぎて地下区間にはいったのだ。輻輳(ふくそう)する首都圏の路線は、いま東京に住んでいる人でさえ容易に思い浮かべることができまい。おそらく大部分の都民や周辺都市の住民は、自分が日頃通勤あるいは通学するレール以外、ほとんど無知に違いない。

まして地方の居住者が用を抱えて、あるいは観光のために上京した場合、JRや私鉄、地下鉄路線の乱戦模様に、呆然と佇むほかはないだろう。それでいて肝心の東京駅に通じる地下鉄が、いまだに丸ノ内線ただ一本というのも、他の大都市の市民から見れば想像を絶している。大阪駅前の地下には梅田・東梅田・西梅田の三線三駅がひしめき、名古屋駅前の地下では東山線・桜通線の二本が直交しているというのに。

本来の地下鉄路線が不足している分、東京駅周辺の地下にはいくつかJR線が乗り入れている。駅前広場の地下とはお世辞にもいえない、離れ小島の京葉線〝東京駅〟(大型時刻表の注記には新幹線の乗換え時間二十分とある。おなじ東京駅の中で、である)を含めれば、総武線・横須賀線の合わせて三本だ。

克人を乗せた終電車は、地下一番線ホームに滑り込んでゆく。彼以外のグリーン車の客はすべて下車し、代わって大勢が乗り込んできた。総武線の上り列車であった終電車は、東京駅を境に下り列車に変身するのだ。時刻は22時25分。終電車といってもそれは土気から逗子への直通の場合なので、横須賀線単独の終車ならむろんずっと遅い。夜がゴールデンタイムの盛り場の酔客には宵の口でも、疲れている克人には深夜同然であった。

シフトをどう工夫しても、終電車に乗らずにすむのは、週一日か二日しかない。放送の業務がピークとなるのは、家庭で夕食が終わるころ――一九時から二〇時台と決まっている。ささやかでもサウザンズ・ヒル放送のゴールデンアワーであった。バイトの若者たちが集めた地域のホットな情報を原稿にして、一時退職していたアナウンサーに渡す。彼または彼女がマイクに向かっている間に飛び込みの情報があれば、即座に原稿を作ってしゃべらせる。たったこれだけの作業が、人任せにできない。風邪で高熱を発した日、アナウンサーのアドリブに期待して、早引けした。そんなときに限って、サウザンズ・ヒルの一角でボヤが起き、ストーカーが逮捕された。バイトが書きなぐった原稿を手に、初老の元アナはこんにゃくみたいに震えて収拾がつかなかった。

住民のひとりがTBR本社に投書したため、支所長の克人は猛烈な叱責(しっせき)をうけた。今年の六月一日現在、完工した建売住宅の四分の一にまだ入居者がない。責任がすべて自分の肩にのしかかる錯覚を覚えて、克人までこんにゃくなみに震え上がった。

人並みの帰宅をあきらめた彼は、横須賀線直通の終電車を愛用するほかなくなったのである。

克人にとって、肉体よりも神経のダメージが大きかった。

ただし五日前のあの夜まで、疲労は致命的とはいえなかった。今夜こそと、心のどこかで自分を奮いたたせる気持ちがあったからだ。

マホを喜ばせられなくなって何ヵ月になるだろう?

それでも彼女は、克人にむかってアイドルの笑みを絶やすことがなかった。

「疲れているのね……ゆっくり休んで頂戴、あなた」

面目ない毎夜の不始末に、克人は顔もあげられない。いっそマホに口汚く罵倒された方がましだ、そんな気持ちになるほどだ。それなのにマホは、慈母と呼びたいほど余裕ある笑顔で、ささくれだった克人の胸のうちを真綿のようにくるんでくれる。

「明日があるんだもの、早く眠らなくてはね？」

やさしく亭主を見つめて、大まじめで子守歌代わりに歌ってくれたりした。克人の企画でTBRに出演したときの歌だ。それがきっかけでふたりは結ばれたのだから、思い出の調べに違いない。そうかと思うと、寝物語で今日一日の話をしてくれることもあった。

「葉山は高級住宅地でしょ、紳士淑女ばかりかと思っていたら違うんだわ。この間っから、なんかイヤな気がするのよ……」

「どういうことだい」

「ストーカーっていうのかしら、買い物に出る度につけ回すみたいな男に出会うの」

「気をつけろよ、マホ」

そのときの克人は、半ば冗談として受け取っていた。いつものように、彼女がにこにこ顔で話したせいもある。

「春爛漫（らんまん）だからな。きみを見てむらむらとくる男だっているさ。あまり挑発的なスタイルで街をのし歩いてはいかんぜ」

「うん、気をつける」

たわいもない世間話だった、そのときには。マホのことだ、見栄をまじえて大げさに話を創っていると思ったのだ。

それがあの晩。五日前の夜！

克人は電車の中で、にわかに腹痛に襲われた。神経性のものと思うが、夕食にとった出前の丼ものが原因だろうか。一時は脂汗がにじむほど痛かったが、逗子の駅前でタクシーを拾ったころにはほぼ収まっていた。痛みがぶり返したのは、ブリリアント・タワーのエレベーターに乗ってからだ。居室のある八階に到着するまで、克人は悪戦苦闘した。失禁するのではないかと、本気で心配した。小ならまだしも大が絞り出ようものなら、ケージ内に籠(こ)もる悪臭の処理をどうするか。

死に物狂いで我慢して、やっと八階に到着した。いまにも漏れ出しそうな尻をだましだまし、必死に穴をすぼめてドアの前に立つ。鍵束を出すのがもどかしい。畜生！　思わず怒鳴りたくなったが、そんなことをすれば確実に堤は決壊する。ようやく鍵を差し込み、ドアを開けた。逗子に着いたのが定刻23時34分であったから、そろそろ五十分になるころだろうか。

やっとの思いで靴を脱ぎ摺り足で廊下を前進して、トイレに入った。いつもなら起きて待っているマホが声をかけてくるのだが、今夜に限って眠っているとみえ気配がない。それで良かった。応対する暇も気力もなかったのだから。

便器に腰を下ろして、出るものを出すと覿面(てきめん)にホッとした。

つい一分前までのあの醜態は、いったいなんだったのだろう。心なしか中年太りしてきたおなかをさすって、克人はペーパーを破ろうとした——そのときであった、マホにしては稀(まれ)な切羽詰まった声が聞こえたのは。

「……だれなの！」

ドキリとした。

火事になっても笑顔を消さないような彼女が、なぜ。

ぎしッと音がした。マホがベッドを下りたのか、それとも……

「こんばんは」

おそろしく人を馬鹿にしたような声。それも男の声（！）がベッドの軋みにつづいた。

「た……助けて！　命、だけは」

ヒステリックに音量をあげかかったマホの声が、ナイフで断ち切ったみたいに途絶えた。ギシッ、ギシッ、ギシッ。ああ、ベッドが揺れている。

克人は、半ばまでパンツをずり上げた姿勢のまま、固まっていた。

マホが話していたストーカーが、俺の家に押し入ったのか？

だが、どうやって。そこまで考えてから、克人は脳天をバットで殴られた気分になってた。家にたどり着いた俺は、果してドアをロックしただろうか？

考えてみたが思い出せない。泥棒の用心よりなにより、克人には火急の用件があったのだもの。

ギシッ、ギシッ。ベッドの軋みは雄弁につづいた。泣き声とも呻き声ともつかない女の苦鳴が、合いの手にはいった。

その間克人はなにをしていたか。

なにもしていなかった。だらしなく床に垂れたベルトの端が、スリッパの片方を弄んでいた。後から考えるとひどく不自然なポーズのまま、克人は両手をトイレの壁に突っ張って、ただもう阿呆のように震えていた。

こんなところで震えていていいのか、俺は。

自問自答する程度のゆとりはあったようだが、そこまでだ。

血が滲むほど唇に前歯を突き刺して、克人の思考は堂々めぐりを演じていた。服装を整えたら一分でも一秒でも早く飛び出さなくては！

なにをしているんだ、克人、お前の愛妻がストーカーの毒牙にかかっているんだぞ、さっさと出てゆけ、犯人に飛びかかるんだ、マホを救え、おい克人、わかっているのか。

克人はちゃんとわかっていたらしい。妻が叫んだ「命だけは」という言葉の内容を。犯人は凶器を持っているに違いない。いま俺が出て行けば、挑発された犯人は俺を殺すに決まってる。

そしてこんなときでも、人間はみごとな自己弁護の法を発見する。

俺が殺されるのはかまわないが、マホまで殺されたら可哀相だ……

左右の壁に突いた腕が、地震にあったプリンのように震えつづける。明かりの角度のせいか、腕の産毛までよく見えた。情けなく哀れっぽく産毛が光って震えている。ドアノブを見下ろしたとき、思わず安堵の息を吐いてしまった。玄関のロックは忘れたようだが、トイレのドアは施錠していた。

これなら安心、と彼は思った。

犯人が拳銃でも持っていない限り、トイレに籠城した克人を殺すことはできない。なにが安心だ！　こうしている間も、マホは犯人にやられているんだぞ！

猛烈な自己嫌悪に襲われた克人は、また便器に腰を落としてしまった。ガシャという軽い音が上がって彼を青くさせた。自分勝手といわばいえ、俺は命が惜しいんだ……

優柔不断な性質を自覚していたにせよ、これほど自分が卑怯な男とは思っていなかった……つまり俺は、マホを愛してなんかいなかったのか。彼女より自分の方がずっとずっと大切なのか。

あ、当たり前じゃないか！

声にならぬ声で、克人は吠え狂った。

だれだって自分の命が惜しいんだ。俺ばかりじゃない、おなじシチュエーションに追い込まれて、どんなヒーローが悪漢退治に登場するというんだ……それもトイレのドアを開けて！

……気がつくと、ドアの外は静かになっていた。

いや、あの男の声がもう一度だけ聞こえた。

「奥サン、おやすみナ」

ナという語尾におかしなアクセントがついて、妙に卑猥なニュアンスを漂わせた。ドアに耳をこすりつけると、足音が遠くなるのがわかった。玄関の扉が閉じられる様子まで、察することができた。

犯人は去った。

だがマホはどうしたのか。

去り際の言葉を聞いた限りでは、マホは生きているとしか思えない。

しかし……しかし。

この臆病で軟弱で卑劣な夫は、最悪のケースまで想像していた。

犯人の「おやすみ」という言葉が、もしも愛妻の死体に告げたのだとしたら。

わあっ。叫びだしたくなった口を、克人は懸命に両の手で抑えた。それから慌ただしく身繕いして、そっと音をたてないようにロックを外し、ドアを引いた。

寝室は眼と鼻の先だ。声や軋みが筒抜けになったはずで、寝室のドアが三分の一ばかり開いていた。廊下の照明はぼんやりと灯っているが、ベッドルームの中は暗い。足音を忍ばせた克人が、寝室を覗き見した。自分の家で行動するのに、どうして抜き足差し足の必要があったか、彼にもよくわからない。なぜか、自分の家がまるで違った家のように思われたのだ。

古井戸を覗いたように、ベッドルームは暗かった。

瞳を凝らすと、スタンドの豆球が小さな桜色の光を投げていた。そのおかげでやっと、ベッドに横たわるマホを見ることができた。淡いベージュのネグリジェの裾が大きくはだけている。裾から溢れ出た白い股を直視して、克人は唾を呑み込んだ。犯された直後の妻の姿態が、不可解な刺激をもたらしたとみえ、彼はいつもの疲労を忘れ去った。

「……あら」

井戸の底で白い人魚が身じろぎした。

困惑したように眼をぱちぱちさせてから、マホは持ち前の明るい声で克人を迎えたのだ——

「あなたでしたの。お帰りなさい」

その声が磁石のように、克人を吸引する役割を果たした。

「マホ!」

叫ぶようにむせぶように、夫は妻に武者ぶりついていった。

幻　想

電車は大船駅に着いたようだ。

背後の席を占めていた客が、もたもたと立ち上がった。かなりきこし召しているようで、摑んだ鞄の角を克人の頭にぶつけた。

「や……失敬」

呂律のまわらぬ舌で謝って、またもたもたと階段を下りていった。二階建てのグリーン車は両車端に螺旋状の階段を設けている。

大船駅は横須賀線と東海道本線の分岐駅なので、いつもかなりな数の客が下車する。昼間なら右手の窓に、木々の緑に包まれた白衣の観音像を見ることができるが、二三時を大きく回った時刻では、白々とした尊顔を拝するのも容易ではない。たとえ見られても、眼にはいるのは胸から上だ。葉山に転居して間がないころ、マホが大船で途中下車したことがある。なんの用かと思ったら、山の裏手に回って観音さまの全身像を見るつもりだったという。

「なによオ。あの観音様、上半身だけじゃないの……がっかりしたア」

頰を膨らませて笑うマホが、とてつもなく可愛く見えたものだ。

可愛いといえば……。

克人の空想は再度五日前の夜にさかのぼる。

久々の夫の愛撫に狂喜したマホの、可愛さったらなかった。持ち前の愛嬌さえふり捨てて、精かぎり根かぎり克人の腕の中でのけぞり、咆哮した。

「あなた、嬉しい！　私いっちゃう……いっちゃう、モウ駄目えっ」

もちろん克人にはわかっている。妻の媚態の正体は、直前に受けた暴行から夫の目をそらせるための渾身の努力であることが。

マホは俺がたったいま帰宅したばかりと誤解している。それならそれでいい……誤解されたままにしておこうと、克人は考えた。

それ以前に帰った俺は、妻が犯された一部始終を聞いていた——そんなことがわかったら、マホはどうなる。いや、暴行を受けるマホを座視した克人こそどうなる。忸怩たる思いを押し殺して、狂的に妻を愛し貫くほかない夫であった。

あの夜の悲劇は、存在しなかったことにしよう。完璧な暗黙のうちに、夫妻は知らず知らず合意に達していたのである。

不可解だ、とうつらうつらしながら克人は思う。

それまでの努力はすべて水泡であったのに、あの一夜の衝撃が、夫婦の交わりを復活させたなんて。

北鎌倉(きたかまくら)駅に着き、すぐに発車した。

男の声が足元から流れてきた。階段下のデッキでだれかがケータイを使っていた。

「奥サン、こんばんは」

その声が、刷り込まれていた記憶の一部と重なり合った。

「こんばんは」馬鹿にしたようなニュアンス、

「奥サン、おやすみナ」最後にいい捨てた台詞(せりふ)。

ギョクン、と体が震えた。

どちらの言葉にも似ていた。言葉を聞くことでは、克人はプロであった。鳴かず飛ばずの企画者暮らしであったとはいえ、役者の台詞を吟味(ぎんみ)することで長い間給料をもらってきたのだ。めったなことで聞き違えるはずはない。

まさか、あの男だというのか。マホを犯したあいつが、おなじ終電車に乗っている?

偶然すぎると、脳のどこかが警報を発していたが、克人は確かめないわけにゆかなかった。

全身を耳にしたきり、彼は座席に膠着(こうちゃく)した。階段を下りることはできない。せまいデッキだ、否応なしに男と顔を合わせてしまう。それ以前に、あのときのあいつであることを確認する必要があった。

男はだれと話しているのだろう……リラックスしきった声が、階段沿いに這い上がってくる。彼はくすくす笑っていた。

「……わかったよ、奥サン。駅前のコンビニだね。もちろん行きますとも、俺の好みのつまみをオーダーしなくちゃナ」

語尾のナがはっきりと、あの夜のあいつであることを証拠付けていた。

電車にブレーキのかかる感覚。鎌倉駅が近づいたのだ。車掌のアナウンスが遠い世界から届いたが、克人の聴神経は男の応答を聞き取ることに、全エネルギーを費消している。

「連ドラの打ち上げがあったけど、自分の奥サンと呑む方がリラックスできるもんナ……おっと、鎌倉だ。五分待っててくれ」

連ドラだって？

すると芸能関係の男だろうか。

考えるのは後にして、鞄を摑んだ克人は慌ただしく立ち上がった。男はこの駅で下り、女房とコンビニで待ち合わせするらしい。

いい気なもんだ、怒鳴りつけようとした。

「俺の妻を汚しゃがって、てめえは女房と一杯やるんだと？　それなら俺も、てめえの奥さんに突っ込んでやる。おあいこってもんじゃないか！」

例によって、おなかの中だけで毒づいた。

電車が止まった。

さすがに鎌倉駅の下車客は多い。後ろからくる客に押されるように階段を下りた。ケータイをポケットにねじこんだ男が、一番にホームへ出るところだった。体つきに特徴はないが、ガンチェックのジャケットが夜目にも派手で、業界の人間と察しがついた。

克人もマスコミの一端をになう職業に違いないのだが、堅苦しいスーツ姿は冴えない窓際族の風情である。見栄っぱりのマホだから、自分が同行するときは口うるさく服装を指定するが、仕事で出かける夫はほったらかしだ。おかげでこんなとき役に立つ。男の後を追っても、まったく目立たずにすんだ。

ガンチェックのジャケットが、大股に駅前広場を渡ってゆく。街灯と車のライトが忙しく交差して、深夜の雰囲気はないにひとしい。電車が吐きだした客も多く、タクシーを待つ人々の姿もあって、尾行にもってこいの賑わいだった。

湿気を帯びた風に頬をなぶられた克人は、人ごみにまぎれて横断歩道を渡った。唯一不安なのは、相手が克人の顔を知っているかどうか判断がつかないことだ。できるだけ目を合わせないに限る。そう思ったとき雨が降りはじめた。梅雨(つゆ)の走りでもあろうか、舗道を湿らせる程度の降りだが、克人はこれ幸いと鞄を顔の前にかざした。ラップトップパソコンがはいっている。たとえ男がふりかえっても、簡単に看破されることはない。

電話で話していた通り、男は正面のコンビニへ足を向けた。

ガラス越しに相手を発見したとみえ、ひょいと片手をあげる。店内で品物を物色していた女が、ニッと笑って手をふってみせた。もう若くはないがプロポーション出色の女性だった。

どこかで見たことがある？

ハッとした。知人かと思ったのだが、そうではなかった。最近ヤマトテレビでオンエアしたドラマに、わき役で出ていたタレントだ。TBRには出演していないので、彼女は克人のことを知らないだろう。

するとあの女性——鳥羽エミといった——が、男の連れ合いなのだろうか。

いよいよ事情がわからなくなってきた。

タレントを女房にしていながら、なぜあいつは俺のマホに手を出したのだ？　それもマホの言葉によればストーカーまがいまで演じて。

コンビニへはいった男は、鳥羽エミになにか囁き、肩をならべて惣菜売り場に立った。パソコンケースで顔を隠したまま、克人も店内に滑り込んだ。カウンターの近くに雑誌の棚が置かれていた。ケースを小わきに抱えてマンガ雑誌の一冊を抜いた。

斜め前に店内監視用のミラーがある。エミと男を観察するのに、絶好のポジションだった。

あ、ふたりがこちらへやってくる……。思わず体を固くしていると、エミは克人と背中合わせに立ち止まった。

「この化粧品、新しく売り出したの」

声が聞こえた。雑誌の立ち読みを装っている手前、ふりかえることもならず、克人は全神経を背と尻に集めた。

「またかよ」

苦笑しているらしい男の声。

「新しいものが好きだな、うちの奥サン」

「これ出してる化粧品会社ね、マホのお気に入りだったわ」

マホ！

だしぬけに飛びだした愛妻の名に、克人はもう少しで雑誌を落とすところだ。

この女優は、マホの友人なのか？

「彼女は化粧上手だったな、そういえば」

この男もマホを知っていた……？

どういうことだ、いったい。体を回転させてふたりを詰問したくなった。

「そうよ。先輩にいろいろ教えてもらったわ」

そこでエミは声を低めた。——といっても背中を接しているのだから、十分に克人の耳には届く。

「うまくいったんでしょ、あのこと」

どのことだ？

「……今日彼女に、電話するといってたじゃない。どうだったの」

なにがどうだというんだ？

男はあっさり答えた。

「めでたしめでたし、だってさ」

「そうお……よかった……」

しみじみとした調子が一転して、男をからかう口調になった。

「残念だったわね。あなた、彼女に気があったんでしょ」

「馬鹿」

歯切れよく否定されて、エミは話をもどした。

「ご主人はぜんぜん気がつかなかったのね」

まだ克人は、会話の内容を読みきれていない。それでも朧気ながら推察した。ご主人というのは、俺のことらしいぞ。

手が滑って、とうとう雑誌を落としてしまった。拾い上げるついでに、背後のふたりへ視線を送った。エミと亭主は仲良く手をつないでいた。後ろの立ち読み男なぞ、空気なみに思っているらしい。

「大丈夫だ。噂では鈍いヒトらしいよ」

鈍いヒトというのが、俺のことか。

「トイレから出る勇気もなかった……」

「いい人だけど臆病なのね」

エミがほおっとため息をつく。

雑誌のヌード写真に没頭するふりをしながら、克人は顔を赤らめた。

「仕方がないさ。そんな殿方を好きになったのは、マホだ」

男は力説したが、克人の胸は晴れようもない。するとエミがそっと聞いた。

「だけどさ。そうするとご主人は、マホ先輩が強盗犯に暴行されたと思ってるんでしょう？

お芝居だなんて夢にも思わず」

「もちろんだ」

「しこりがのこるんじゃなくて？　男の心理はわからないけど、どんなに理解のあるご主人でも、見知らぬ男に体を汚された妻なんて、絶対に歓迎したくないでしょうね」

「俺だってそう思うから、マホに念を押したんだ。いいのか、それでって」

「先輩、なんといったの」

「賭けだといった」

「賭け？」

賭け？

克人もいっしょに反問したい気分だが、たまたま化粧品の棚をべつな客が覗いたので、会話は中断した。

「……じゃあマホを記念して買っておくか？」

「うん、買って買って」

声のボリュームを元にもどして、エミと亭主は移動していった。

突然背後に大穴が開いたような気分だ。いや、穴が開いたのは克人の胸の内であったろう。

いくら鈍いヒトでも、ここまで聞かされれば真相はわかる。ついでに男の名前も見当がついた。

女優稼業だったころのマホ付きのマネージャーは、鳥羽と名乗っていた。当時のアルバムを見ているから確かだ。そうか、それで女房も鳥羽エミなんだ……。

それなりに納得した克人はコンビニを後にした。あまりぼやっとしていたので、危うく雑誌を手にしたまま店を出るところだった。

雨が本降りになっていた。パソコンケースに常備した傘を使うという発想が出なかった。濡れそぼった克人は、横断歩道の信号を待ちつづけた。会社の備品であるパソコンだけは濡らすまいと、ケースを後生大事に抱き込んでいたが。

……そうか、みんな芝居だったのか。

トイレの中で聞いた男の声と女の呻き、ベッドの軋み、そんな音響効果から、俺は幻想を紡ぎ出していたのだ……。

空　想

克人は、妻が強姦されたと早合点した。

自分がもっと強ければ、マホをそんな目に遭わせることはなかった。自身を責めながら、闇のベッドルームに蠢く白い肢体を認めて、衝き上げる激情に我を忘れた。不可解な心と体の動きであった。

あのときの克人は、マホに詫（わ）びたいと思ったのか。マホを慰（なぐさ）めたいと思ったのか。それともまともな愛情ではなく、屈伏させられた直後の女体に、未知で新鮮な情欲をそそられたものか。車の警笛にあわてさせられた。

信号が赤になっているのに、彼はまだ横断しきっていなかった。

狼狽した克人は水飛沫（しぶき）をあげて走った。よくまあ足を滑らせなかったものだ。鎌倉駅のコンコースに駆け込んで、やっと人心地がついた。今夜下車したのが、ふだんの逗子駅ではないことも思い出した。

マホが心配しているに違いない……電車はまだあるだろうか。掲示された時刻表を仰ぐ。ほんの数分前に、0時02分発が発車したばかりだ。それでも後一本、22分発の文字通りの終電車がのこっていた。コンコースにいると乗り損ねそうだったので、ホームへ上がった。この時刻に電車を待つ者はさすがに少ない。雨がホームの屋根をたたいていた。梅雨寒というのだろう、夜が更けるにしたがいおなかの底から冷えてきた。駅へたどり着くまで雨に濡れっ放しだったせいもある。

ベンチに腰を下ろしてケータイを取り出したが、バッテリーがあがっていた。公衆電話をかけて安心させようと思ったが、やめた。

マホは俺を騙（だま）した女じゃないか、そんな気持ちがどこかにあった。

どうせ眠っているだろうと考えた。寝入りばなを起こしては可哀相だ……とまで考えたところで、ほろ苦い笑みが克人の顔をいろどった。

騙した女に、俺はまだ本気で腹を立てていない。

臆病で卑怯で優柔不断な俺。

ベンチに載せた尻がいよいよ冷えてくる。

気をまぎらわそうとして、さっきの鳥羽夫婦の会話を思い浮かべた。

賭けと、マホはいったそうだ。

どういう意味だったのか……うちひしがれたマホを見た克人が、どんな態度に出るか。汚いものを見る目で見るか、壊れた人形をいつくしむように愛撫するか、それを賭けといったのでは?

あるいはマホは、トイレに籠もって息を潜めた克人が、危険を冒(おか)して飛び出してくるかどうか、それを賭けと称したものか。

はっとした。

あの夜の克人は、急な腹痛に襲われていた。だから帰宅したとたんマホに声もかけずに、トイレへ駆け込んだのだ。克人がトイレへ行くことは、だれにも予測できなかったはずだ。ではもし彼が、いつものようにベッドにもぐり込んだら、鳥羽はどうやって納谷家に押し入るつもりだったろう。

そこで克人は、自分が思い違いしていることに気づいた。

いままで彼は、玄関の施錠を忘れたものと考えていた。克人の頭は便意に占領されていたのだから。

マホや鳥羽に、そんな偶然を期待できるはずがない。

してみると……鳥羽ははじめから克人の家にいたことになる。

暗い納谷家の中のどこか。

ベッドルームで克人の帰りを待つ、ネグリジェ姿のマホ。彼女の合意の上で、鳥羽もとマネージャーはそのそばにいた？

あらためて、エミのからかいの言葉が耳の中でエコーした。

「残念だったわね。あなた、彼女に気があったんでしょ」

おい、よせよ。

せっかく消えていた疑いの影が、ニューッと鎌首を持ち上げたような。

マホの立場になってみる。

役に立たない亭主を奮い起こさせる手段として、荒療治を思いついたとする。

克人が情けなくもトイレに立てこもったおかげで、正面衝突は避けられた。だがひとつ間違えば、鳥羽は克人と大立回りを演ずる可能性があった。

そんな危険な役どころを、彼はなぜ引き受けたのだ？

克人は空想せざるを得なかった。

見返りとして、マホは自分の体を提供したのではないか、と。役立たずの亭主のおかげで、閨(ねや)が寂しかった彼女としてはいわば一石二鳥でもある。

時間はたっぷりあった。ベッドもちゃんと置かれていた。そう思うならあのときのマホの姿態は、あまりにリアリティに満ちていた！

わあっ。

またまた克人は身悶(みもだ)えして、声をかぎりにわめきたくなった。

久里浜(くりはま)行きの終電が到着しなかったら、彼は本当に、暗い梅雨空めがけて怒鳴り散らしていたかもしれない。

妄　想

鎌倉から逗子までわずか一区間だが、距離は四キロ近く時間も十分足らずかかる。ガラガラの車内だというのに、克人は座る気になれなかった。逗子駅に着くとタクシー乗り場へ全力疾走した。雨もよいの深夜である。タクシーが出払っている懸念は大いにあった。

さいわい車はすぐに拾えた。

「うっとうしい天気ですね」

運転手はおしゃべりだったが、克人はろくに返事もできなかった。

愛妻の顔を見たら、俺はどう切りだせばいいだろう。そればかりを考えていたのだ。

鎌倉のコンビニで、鳥羽さんに会ったよ。

あの晩のきみは名演技だったね。さすがもとＡＶ女優だね。

……どう口火を切っても、克人の優柔不断な性格で、マホに真実を白状させられるとは思えない。

くそ、どうすればいいんだ、どうすれば。

窓ガラスを拳で叩きつづける客をミラーで見て、運転手は次第に不安顔になっていった。ブリリアント・タワーの前で克人を下ろすと、タクシーは逃げるように去った。八階まで昇る間にも、克人はケージの中であれこれ思い募っていた。

わが家のドアの前に着いてもまだ思考は纏(まと)まらない。鍵束を出して鍵穴にあてがおうとした。とたんに異常が起こった。開くはずのないドアが開いたのだ。

「ヒ……」

微(かす)かな声はマホのものだ。

ただひと声が途方もない緊迫感を伴って、克人の足を玄関の土間に釘付けした。彼は張り裂けんばかりの目で床を見下ろした。

泥靴の跡が廊下につづき、左手のベッドルームに消えていた。

「助けて……」

か細い声にかぶさって、「こ、声を出すなっ」

うわずり、いまにもうらがえりそうな男の命令。

畜生!

一瞬にして理解した。

マホが話していたストーカーだ！

鳥羽もとマネージャーと関係なく、マホがつけ狙われていたのは、本当のことであったのだ。もしかしたらその体験をヒントに鳥羽と語らって、亭主刺激のひと幕の演出を試みたのかもしれない。

畜生め畜生め畜生めーっ。

例によって怒鳴ろうと思った。

すると今度こそ本当に声が迸（ほとばし）った。

「うおおーっ！」

顔中が口になった感じで、自分でもたまげた。想像でなく実際に大音声を張り上げることが、どれほどストレス解消になるか。克人は身をもって知ることができた。

どどどど……っ。

克人も靴のまま駆け上がっている。

廊下を踏み鳴らしてベッドルームへ躍（おど）り込む！

マホの上にのしかかって、妄想を現実にとりこもうと努力していたストーカー——克人に比べてまだしもお洒落（しゃれ）な服装の主であった——が、ベッドから転げ落ちようとした。その脳天めがけて、パソコンケースが叩きつけられた。

「ぎゃっ」

だらしない声と共に白い目を剥（む）いた相手は、その場にへたりこんでしまった。

「あなた！」

マホがすがりついてきた。

「この男、あなたの声色で鍵を落とした、開けてくれって、それで騙されたの。でもよかった……あなたが間に合ってくれて！」

「しまった！」

なんの脈絡もなく叫んだのはストーカーではない。天誅を下した当の納谷克人だ。

「会社の備品なんだ……どうしよう……」

ケースから投げ出されたパソコンのキーボードは、キーの配列がみごとに歪んでいた。

理　想

サウザンズ・ヒルの分譲は不況下にもかかわらず、順調に進んでいる。

理由は簡単。愛妻を守って奮戦したTBR支所長の話題がテレビで取り上げられ（もちろんTBR関連に限ってだが）、さらに当の納谷夫妻が団地の一角に転居したという、それだけのことだ。

婦人方の発言権が増大しているいま、その〝それだけのこと〟が他の住宅地との差別化に大きく貢献した。

夫の老化の主たる原因が長時間通勤にあると知って、涙ながらにサウザンズ・ヒルへ越してきたマホは、たちまち有線放送の花形ジョッキーとなった。年より十五は若く聞こえる甘い美声が、なによりの武器である。

職住近接、夫唱婦随で理想的な共稼ぎと、文英社発行の婦人雑誌『エレガンス』に紹介されたのが今月号だから、さらに評判は広がるはずだ。うまくゆけばサウザンズ・ヒル完売も夢ではないと、TBR本社ではそろばんを弾いているに違いない。

現　実

それでも小心者の克人は、ときどき現実に立ち返るのだ。

彼の胸にひっかかったままのピンク色をしたトゲが一本。

マホと鳥羽の関係は、いつかきっと確かめなくては。いつかきっと……。

だが、今夜もおなじベッドの中から、マホが売り物の甘い声で呼びかける。

「あなた、もっとそばへきて頂戴」

声の甘さだけではない。得意の笑みを満面に漲(みなぎ)らせた愛妻を見る度に、克人は抵抗しがたい魅力のとりことなる。

——いやいや、これではいかん。

夫婦の間に秘密があってはならないんだ。やはり俺は、真実を知る必要があるぞ。

「あなた、そんなところでは私の手が届かないじゃありませんか」

わかったよ。

いわれるままに克人はずりずりと白い女体に肉薄する。

——うぬぬ。それでも俺は、必ず聞いてみせる。

(マホ。俺たちがブリリアント・タワーにいたころのことだが、ほら、俺を騙してひと芝居打っただろう、きみたちが……)

「あなた……なにを考えていらっしゃるの」

「え。いや、別に」

「だったらもっと近くにいらしてン」

「近くって、ホラ、もう手を取り合ってるじゃないか」

「だめよ。だってまだ唇が届かないんですもの」

優柔不断な夫は、きまってここで現実を忘却するのである。

鉄路が錆びてゆく

・羽幌線
・山陰本線

1

丈高い草が私の視界の大半にかぶさっていた。薄紅色の花の多くは見る影もなく萎たれている。エゾカワラナデシコの花期は九月までだ。そしていまは冷涼の風が、秋というより初冬の気配を日本海から運んでいた。花のはるか彼方には、いやになるほど青い道北の空が、際限なく広がる。飽きもせず雲の行方を眼で追っていた私は、おなじ角度で頭を支えるのに疲れて、首を動かした。ゴリッという音が聞こえて、レールに載せていた首筋が痛んだ。ほんの少々錆の鉄粉を落としたに違いない。

足音が聞こえた。慌ただしい足音がレールに響き、私の首筋にまで影響した。唐突にエゾカワラナデシコの葉を割って、若者の顔が出現した。線路に仰臥している私の眼に、最初に映ったものは、顎の不精髭と形のいい鼻の穴と呆れたように開閉する唇だった。

「そこでなにをしてるんだ？」

「見た通りよ」

「自殺するつもりなら、無駄だぞ」

「知ってる」

留萌(るもい)から日本海沿いに国道232号線と平行していた国鉄羽幌(はぼろ)線は、この春——昭和六十二年三月三十日に、一四一・一キロの全線が廃止されていた。全通後三十年の寿命であった。石炭産業の衰退と沿線人口の過少を思えば、よくもったと評価すべきだろうか。レール沿いにはかつての栄華を物語るニシンの番屋が点々としてのこり、国の重要文化財に指定されたニシン御殿もある。敷設に際しては御殿をよけ、山側に迂回したほど絶大であった権威もいまは虚しい。

「おい」

苛立った声が落ちてきた。

「聞こえてる」

「なら返事しろよ。なにをしてるんだ?」

不精髭の顔が近づいた。しゃがんだ姿は大型のザックを背負っていた。北海道独特のカニ族だろう。同年配ではたちそこそこに見える。私はゆっくりと答えた。

「自殺、の、リハーサル」

「なんだって」

「本番に備えて度胸をつけてる」

「馬鹿いえ」

「本当だってば……ふーん」

鼻を鳴らし、体を起こした私を、復活した轢死体とでも思ったのか、若者はあわてて体を引いた。姿勢が崩れて、ストンと尻餅をつく。その鼻先に私は指を向けた。しばしば父親に「白魚のようだ」と褒められた指を。

「髭を剃った方がいいな」

「な、なんだって」

「せっかくのハンサムが勿体ないじゃん」

錆びた線路に腰を下ろした私は、思いっきり伸びをした。レールを枕に、枕木を褥に見立てている間に、全身が強張って炬燵板みたいになっていた。

「カミソリ、持ってないの」

「持ってるけど……」

つり込まれて返事した若者は、顔をしかめた。「持っていたらどうだっていうんだ」

「いますぐ剃りなさいよ」

「……?」

「私、いやなの。髭面にキスするのが……ワイヤブラシみたいにチクチクするじゃない」

「俺にキスするってぇ?」

声を裏返している。私は吹き出しそうになった。

「セックスするのに当然の手続きでしょ」

「セ」

若者は私をまじまじと見た。そしてやっと、私という女性を正当に評価できたようだ。着衣越しにスリーサイズを見抜くキャリアはなくとも、バラの花柄を散らした黒が基調のワンピースに、レースのカーディガン。およそ旅のイメージから遠いいでたちだけれど、彼の描く女のイメージにきわめて近かったに違いない。若者の唾を呑み込む様子がよくわかった。

「からかってるのか、俺を！」

すごんでみせたが、怖くもなんともない。どう見ても相手は育ちのいい純情学生くんだった。使い勝手のいいポケット沢山のベストも、機能性が高そうなザックも、安物に見えないから。

私は彼のプライドを傷つけまいとして、静かに首をふった。

「本気でいってる。……死ぬ前に、ちゃんとした男の子とセックスしたかったもの」

「死ぬ前？」

「そう。羽幌線は廃線になったけど、留萌本線へ行けば列車はまだ走ってるわ」

「……どうして死ぬ死ぬっていうんだよ！」

腹を立てた若者に、私は好意を抱いた。真面目に話を聞いている証拠だ。私はほんの少し肩をそびやかした。

「警察に捕まるよりマシだもん」

「警察に？　なにをやったというんだ」

「お父さんを殺したの、お母さんと協力して」

私は歌うようにいった。「そのあと頼まれて、お母さんを海へ突き落とした……」

若者は茫然と私を見つめていた。

「ね、抱いてよ」

彼を見返していった私は、それから下を向き小声になった。

「だって私、お父さんとしか寝たことないもん。こんなんじゃ死ぬ気になれやしない。そうでしょう？　死ぬ前に一度くらいまともなセックスしたって、神様が許してくれると思ってる」

枕木の間に敷きつめられた錆色の砂利の間から、容赦なく野草が延びていた。密生した人の背丈ほどあるオオイタドリが、このときさわさわと潮風に揺れた。

2

車窓に流れる日本海の朝の輝きに、俺は十四年前の彼女との邂逅を思い出していた。それはめぐり会いどころか、一瞬の触れ合いでしかなかったが。互いに名を名乗ることもなく、肌を合わせた。それっきり二度と会っていない。あれから彼女はどうしたのか……覚悟通り自殺したのか、それとも俺が懸命に勧めたように自首したのか。明くる日、その次の日、そのまた次の日、北海道を旅している間ずっと新聞やテレビに注意していたが、とうとう彼女が主役らしい事件は報じられずに終わった。いま考えるとすべてがタチの悪い冗談であったかと思う。

俺の乗った列車は、いつの間にか餘部の鉄橋を過ぎていた。山陰本線でも出色の見どころであったのに見逃すとは、俺の鉄道熱も冷めてきたらしい。

おなじ季節のおなじ日本海でも、ここは北海道から一五〇〇キロの距離を隔てた山陰である。日本一長大なローカル線とだれかが評していたが、この夏のダイヤ改正で高速化工事の成果をうけた新型特急が投入され、改善の一歩を踏み出している。ただし俺の列車は誕生したばかりの〝スーパーくにびき〟でも〝スーパーおき〟でもない。東京からはるばる寝台特急を利用してやってきたのだ。

鉄道の知識のある人なら当然〝サンライズ出雲〟と思うだろうが、それも違う。餘部の鉄橋を渡ったことで知れるように、俺がいま揺られているのは古めかしい十一両編成の〝出雲〟であった。ロビーもシャワーもなく、食堂車はとっくに廃止されてまるごと売店に化けている。たった一両、出雲市方面に連結されたA個室の一室に、俺は納まっていた。独房とあだ名された鰻の寝床みたいに細長い部屋で、黙然と壁を睨んで座っているだけだから、おなじ個室寝台でも〝北斗星〟などとは比較にならない。

それでもいい、ひとりきりになりたかったし、目的地の米子到着まであえて時間をかけたかった。だから変わり者と笑われても、俺は〝出雲〟を選んだのだ。

実際イヤなものだ……女房の浮気の証拠を摑みに行くなんて。

次の停車駅は浜坂だった。このあたり、チラホラ見える海景ははっとするほど美しい。あまり知られていないが、山陰海岸は国立公園なのである。

だが餘部の鉄橋を見落とすほど鬱屈した俺に、国立公園がなんの慰めになるだろう。顔をあげると、洗面台越しに鏡が設けられており、疲れたサラリーマンの顔が漂っている。

眼をそむけると、窓外を松林が走っていた。茶色く変色した枝が多いのは、松食い虫が跳梁しているのか。そういえばこの季節、いたるところでススキが銀色の穂を輝かせているはずなのに、草むらといい川原といい意気盛んに群生しているのはセイタカアワダチソウだった。猛々しい姿も挑戦的な黄色も、俺は嫌いだ。喉の渇きをおぼえて、ゆうべ買ったウーロン茶のペットボトルから、じかに口をつけて飲んだ。

そういえば。

「……よかった」

あのときの彼女がポツンと呟いたのも、ウーロン茶をひと口飲んだ後だった。場所は留萌のホテルだったが、いくら首をふっても名前が出てこない。恐ろしく殺風景で恐ろしく清掃の行き届かない部屋であったが、キングサイズのベッドだけは堂々としており、俺たちの営みをソフトに受け止めてくれた。

「そんなに美味しいのか、ウーロン茶が」

トンチンカンな質問にまともな答えが返ってきた。

「そうじゃなくて。……あなたに抱かれたこと」

「え……そ、そうなの？」

経験の浅い俺は、無我夢中でことを済ませたに過ぎず、彼女の反応を観察する余裕もなかった。率直な喜びの表現を聞いて意外でさえあった。しばらく黙っていた相手は、やがて顔に両手をあてて、ひっそりと泣きはじめた。うろたえる俺を無視してひとしきり泣いてから、彼女はさばさばした顔をあげた。

「ありがと。……いくらか落ちついたわ。生きていればいいことがあるかも知れない、そんな気分になってきた。死ぬの、やめる。お母さんだって、あんたは生きろ、そういってくれたんだし……」

それから俺は途中で声をかけることもできぬまま、しばらくの間彼女の話の聞き手になった。ひよっ子だった俺には刺激が強すぎる内容であった。

父を心筋梗塞で失った幼い彼女と、水商売の母のもとへ、押しかけ亭主として姿を現した養父。中学生になった娘の可憐さに眼が眩(くら)んだ彼は、母親が仕事に出かけるのを見すまして押し倒した。事情を知った母親は半狂乱になるが、男の力の前に呆気(あっけ)なく屈する。

「それだけ父は、女にとって魅力があったのね」

薄く笑った彼女は歪んだ家庭生活を淡々と語った。だがやがて養父がアル中の獣と化し、見境なく暴力をふるうようになって、とうとう……

「母に馬乗りになって首を締めている父親に、観音さまの石像で殴りつけてやったの。十一面の観音の顔がのこらず血だらけになったわ。それがゆうべ」

彼女の家は留萌の町外れであったそうな。泣き疲れて父の遺体を前にうつらうつらしていた彼女は、ふと眼を覚ますと母親がいないことに気づいた。

「海へ飛び込もうとしていたわ。『せめてあんただけは生きていて』だって！　勝手なことをいわないでよ、私を置いて詰む（なじ）と、母さんいった。『そんなに腹が立つのならさっさと殺しなさいよ』って。その顔見てはじめてわかったの、あんな畜生みたいな男でも、母さん好きだったのね。娘を捨てて後追い心中するつもりなんだ、そう思ったとき、私、母さんを海に向かって突き飛ばしていた……」

彼女はしばらくの間、手を空中に突き出したポーズで微動もしなかったそうだ。その間に胸のうちを薄ら寒い風が吹き過ぎたという。私はいま、なにをしたの？　母親を殺したの？　それとも恋敵を殺したの？

答のない疑問を発したきり、彼女は沈黙した。と思うと、なにやら両手を動かしている。その手元をのぞいた俺は可笑しくなった。電話のそばに備えられたメモの一枚を使って、折り鶴を折っていたからだ。視線を感じたのかふりむいた彼女は、くすっと笑った。

「母さんに教えてもらって癖になったの。折り紙してる間だけは、なにも考えずにすむからって。いまごろはうちの獣が母さんを組み伏せている……そう思う度に私、鶴を折ったわ……千羽鶴が出来るくらいに」

「そうか」

同情顔で耳をかたむけながら、俺は少しばかりずれたことを考えていた。そんな破滅的な家庭でも、はた目には仲のいい家庭に見えたのだそうだ。父親も母親も見えっぱりの演技派だったに違いない――俺はため息をついた。

いったい家庭とは——結婚とはなんだろう。

俺の父親は丸の内通いのエリート社員であったし、母親は玉の輿に乗るつもりで嫁にきた。感動もなく破綻もなく無難で無意味に流れてゆく家庭生活に、俺は若者らしい反発を覚えた。北海道へ渡って長いひとり旅を試みたのも、とめどなく流されてゆくわが家に嫌気がさしたからであった。

あれから十四年、俺は紛れもなく親父の足跡を辿っている。

大学を出て、就職して、ビジネスマンになった。中堅の製薬会社が俺の職場だった。部長から遠縁の女性を紹介された俺は、流れに浮かぶあぶくのように無抵抗に結婚した。五年前のことだ。いっときあれほど疑問を抱いた〝結婚〟と〝家庭〟を、俺はなんの抵抗もなく現実として受け入れた。

いまでも俺は、結婚披露宴のときの部長の祝辞を思い出す。型通りに社内での俺の仕事ぶりを持ち上げてから、

「聞くところによると新郎速水雄太くんは、頗る付きの鉄道ファンだそうであります。しかして鉄道の線路とは、みなさまご案内の通り一本では決して役に立ちません。常に二本の鉄路が仲睦まじく寄り添ってこそ、本来の用をなすものでございます。聡明な雄太くん、また新婦の理々さんではありますが、その前途には山あり谷あり。目も眩む高さにかかる鉄橋があるかと思えば、いつ明けるとも知れぬトンネルの闇に立ちすくむときもありましょう。さりながらこのおふたりの前途は洋々たるものでございます。数ある試練を乗り越えて、二本の鉄路はどこ

までもどこまでも、未来に向かって延びてゆくであろうことを信じてやみません。速水雄太くん、理々さん、おめでとう！」

拍手のうちに俺はそっと理々の横顔を見た。興奮のかけらもない冷静な眼が俺を見返した。美貌――には違いない。はじめてホテルへ誘ったときの、理々の大胆な行動を思い浮かべる。ドレス姿の彼女は俺に視線をあてたまま、かすかに唇の端に皺を寄せた。部長の大仰なスピーチを笑ったらしい。

あらためて俺は、自分の選択に不安をおぼえていた。

3

あのときの不安は、正確な前兆であった。

五日前のことだ。理々は高校の同窓会に出席した。それまで勤めていた会社は二年前に辞めていたが、子供は授からない。暇をもてあまし気味だった理々には、羽をのばす絶好の機会だったろう。大学は東京だが高校は実家のある米子だ。すでに両親は亡く、義兄が家業の民芸と和紙の店を継いでいた。

行きは空の便であったが、飛行機嫌いの理々は、俺の指示で帰路を岡山乗換えの〝スーパーやくも〟〝のぞみ〟利用に決めていた。鉄道に無関心だがせっかちな妻のために、新幹線は

〝のぞみ〟を選んでやったのだ。ところが当日の午前中、米子ははげしい雷雨に見舞われ、大規模な停電事故が発生した。

「電車が動かないのよ」

米子から会社へ電話がかかってきた。

「もうひと晩泊まりますからね、いいでしょ」

停電の責任が俺にあるような言いぐさだったが、その方が俺も気楽だ。「いいよ」と請け合い、翌日の夕刻理々はもどってきた。

そこまではよかったのだが、明くる日の昼下がり、城崎（きのさき）温泉の山木屋という旅館から電話がかかってきた。日曜だったので、理々はカルチャーセンターの水泳教室へ出かけていた。だから電話に出たのは俺だ。旅館の男は関西訛（なま）りの丁寧な口調だった。

「速水雄太さまでいらっしゃいますか」

「そうです」

「恐れ入りますが奥様は理々さまで」

「それがどうかしましたか」

「実は奥様がクレジットカードをお忘れになりまして……はい、おふたりでお泊まりくださった一昨日のことでございます」

俺は一瞬言葉に詰まった。おととい俺たちが城崎温泉に泊まった？　この電話番はなにをいっているのだろう。相手はかまわずしゃべりつづけた。

「本来はもっと早くご連絡したかったのですが、あいにくご記入いただいた電話番号が違っておりまして……お名前とアドレスを頼りに一〇四番いたしまして……でもようございました、すぐに速達書留でお送り申し上げます、奥様にくれぐれもよろしくお伝えくださいまし」

一方的に切られた電話の前で俺は立ち尽くしていた。これは……どういうことだ？　考えるまでもなかった。理々は事故を理由に男を連れて一夜を温泉宿で明かしたのだ。間抜けな旅館の電話番は、〝男〟の声もろくに覚えていなかったのだろう。頭から俺をそのときの〝男〟と思い込み、事情を筒抜けにしてしまった。そうに違いない。

深呼吸した俺は、米子に電話をかけた。すぐ理々の兄が出た。いつもながら頼りない、妹の半分も肺活量がなさそうな声だった。当夜の理々の行動を尋ねたとたん、しどろもどろの返答になったので、それ以上追及する気が失せた。

みじかい時間をおいて、電話が鳴った。理々の高校時代からの友人笹谷暢子（ささたにのぶこ）からだ。旦那は一流商社に勤務している。痩せぎすな理々に比べると豊満で、年齢なりの魅力を備えていた。

「あの、理々ちゃんは……奥様はいらっしゃらない？」

ひどく気がせいている様子だった。理々が留守とわかると、がっかりして電話を切ろうとしたので、俺は急いで尋ねた。

「高校の同窓会、あなたも出たんですか」

「え……ええ、出ましたわ」

「ひどい雷だったそうですね」

「はい。日本海側では冬が近づくとよくあることですけど……しばらく国へ帰っていなかったので、それはもう肝をつぶしてしまって」

「電車が止まって大変だったでしょう」

「ええ……だけど私が乗った電車は、じきに動きだしたのでホッとしましたの」

テレビ電話でなくても、いつものオーバー気味なゼスチュアが目に浮かぶ。だが俺はまたしても、目が眩みそうな気分に陥った。電車が動いていた——？　俺の妻は二重三重に嘘をついていたのだろうか。

いそいで連絡をとりたがっている笹谷夫人に、理々が携帯を買った話をした。飛びつくように喜んで番号を聞いた彼女が、さて……いつ電話を切ったか記憶にない。その間俺は妻に騙(だま)された阿呆面を、受話器の前で宙づりにしていたからだ。

やがて理々が帰宅した。笹谷夫人から電話があったというと、「携帯にもらったわ。ありがと」とだけいって、さっさとキッチンへ行ってしまった。

俺はリビングのソファに体を埋めてため息をついた。正面切ってなぜ詰問しないんだ？　いつもながら俺は自分を歯がゆく思う。はじめて理々と顔を合わせたときから、彼女に気押されるものを感じていた。めったに感情を剝(む)きださない妻だが、きわめて整った美貌の主には違いない。几帳面できれい好きで、どこか食堂の見本の蠟細工を連想させた。やることなすことテンポが早く、それだけに頭の回転もいい。結婚後一年とたたないうちに、俺は理々に鼻面とって引き回されていた。ベッドの上でさえ彼女は、リーダーシップをとりたがる。はじめてのセックスで大胆だと悦に入ったのは、俺が理々の性格を取り違えただけのようだ。

——要するに俺は、理々が苦手であった。いや、苦手といっては当たるまい。一目置いているとでもいおうか。好悪の点でいえば、決して嫌いな女ではないのだが。実質的に俺たちの月下氷人となった部長はいま専務取締役で、社長レースの本命と目されている。だからあいつは彼女を選んだのかと、社内で噂があるようだが、俺は素知らぬふりをしていた。いいたい奴にはいわせとけ。そう考えていた。

はた目にはどう見えようと、俺と理々はそれなりに睦まじい夫婦であった。

いつぞや笹谷夫人がちらと漏らしたことがある。彼女が理々と食事して軽く飲んだあと、うちへ寄ったときだ。妻がキッチンに立った隙に、こんなことをいった。

「ご主人、ご存じ？　理々ちゃんが高校のころ、同級生に好きな人がいたってこと」

俺は鷹揚に答えた。

「そりゃあ高校生ともなれば、彼のひとりやふたりはいたでしょうよ」

「最近その人、テレビに出たんですよ。アーチソフトとかいう会社の社長さんになって」

ほう、と思った。

「その名なら知ってます。ベンチャービジネスの旗頭だから……門前という男でしょう」

「それそれ！　理々ちゃんのお家に近かったから、よく行き来していたわ。頭はいいけど冴えない男の子だった……」

もどってきた理々が座に加わった。「なんの話」

「ほら、あなたのむかしの彼よ！　門前くん」

「ああ……」苦笑した理々を、夫人は追及した。

「あのときあなたたち、どこまで行ったの。ふたりがおなじ日に休んだときなんて、クラスでけっこう盛り上がったわよ」

理々は首をすくめたきりだった。「つまらないこといわないで」

——同窓会にはその門前社長も、出席したのだろうか。

ふたりがおなじ日に休んだという笹谷夫人の言葉が、俺の頭に染みついていた。俺はよっぽどアーチソフトに電話をかけて、一昨日から昨日にかけての社長の行動を聞きたかったが、電話の前の壁に鏡があることを思い出してやめた。そんな俺の形相なぞ見たくもない。

次の日、俺は会社の資料室で最近の経済誌に目を通した。アーチソフトの名を読んだ気がしたからだ。さいわい三カ月前の号で記事を発見した。意外にも門前は社を辞めていた。業績が悪化したわけではない。創業者がいつまでも社長の椅子にしがみついていては、会社の発展を阻害する。それに私は、経営よりソフトのアイデアを練る方が向いている。そんな恰好いい言葉をのこし、フリーの身になっていた。記事は門前が生家のある米子へ錦を飾って帰還する、と示唆していた。ソフト業界では先駆者のジャストシステムが、徳島にあることはよく知られている。マスコミ産業と違って中央でなくても高い水準の仕事ができるのだ。

門前は米子にいた……勤めから自由な身で……。ふたりがおなじ日に休んで、という笹谷夫人の言葉をまたしても反芻させられた。

たまたま俺は今日の夕刻、岡山にある同系列の製薬工場へ出張することになっていた。午前中に米子に着けば、義兄の民芸店へ寄ることもできる。門前の生家を窺うことも容易だろう。なにしろ彼は米子で有数の名士だろうから。

そんなことをしてなにになる、と俺の理性は笑ったが、いざ考えつくと俺は矢も盾も堪らなかった。そして〝出雲〟に乗ったのである。

4

〝出雲〟は時刻表に忠実に、定刻9時30分に到着した。俺はただちに行動に移った。だれかに聞くまでもなく、電話帳を見ただけで門前の住所はわかった。タクシーで近くまで出て乗り捨てた。運転手はしきりに観光案内をしたがった。井上靖（いのうえやすし）記念館を併設したアジア博物館ができたそうだが、俺は聞く耳持たなかった。

門前家は皆生（かいけ）温泉の近くで、日本海に面して広大な地所を構えていた。

防風林だろう、えんえんとつづくクロマツ林の一角に、黒光りする瓦屋根をいただく豪壮な二階建て数寄屋（すきや）風建築が、羽を広げていた。はっきりいって圧倒される。あるじの仕事柄モダンな現代建築を予想していたのだが、そんな俗なものではない。俺の交友範囲の人間は例外なくマンション住まいで、一戸建ての持ち家の主なぞ皆無だったから、門前が俺とは違う世界の住人であると、否応なしに確認させられた。

　そんな広い家でありながら、人の気配というものがまるでない。勇を鼓して門に近づくと、重たげな鎖の音と脅迫的な犬の唸り声が聞こえた。

　情けない話だが、俺は屋敷を見ただけで戦意を喪失していた。だいたい門前氏に会ったところで、なにがいえるというのだ。「妻がお世話になったようで」と厭味のひとつでもいうつもりか。はっ、ばかばかしい。証拠もないのになにをひとり相撲とっているんだ。

　門前家に背を向けた俺は、腹の中でつぶやいていた。

（ふん、田舎だからあんな家を建てられたんだ。東京へ出てみろ、あんたぐらいの金持ちはウヨウヨいるんだぜ）

　繰り返しているうちに、自己嫌悪で胸がわるくなってきた。タクシーを拾ったが、いまさら義兄の店へ行く気にもならなかった。

（まあ、いいさ）

　踏ん切りのつかない俺は、むりやり自分に言い聞かせた——俺は鉄道が好きなんだ、新幹線で岡山往復なんて芸のないコースはとらない、わざわざ〝出雲〟に乗ったのは鉄道ファンの虫が騒いだせいなんだ——

　自分で自分を誤魔化すのに精一杯だった。

　タクシーは虚しく米子駅に舞い戻った。

　高架化され新幹線駅そっくりになった鳥取と違って、大規模な車両基地を擁する米子駅は、こちらが県庁所在地かと思うほどの貫禄を見せていた。ＪＲ西日本の支社もあり、よなごステーションプラザを名乗って、駅舎内に小ぶりな商店街を形成している。

新幹線連絡特急〝やくも〟シリーズが、米子・松江を介して西の出雲市まで走っている。電車特急を導入するために、出雲市から米子のふた駅東、伯耆大山までの区間が電化されていた。〝やくも〟は伯耆大山駅から南へ折れて陰陽連絡の伯備線にはいるため、山陰本線の東部は城崎までまったく電化されていないのだ。本線上を鳥取や倉吉へむかおうとすれば時間がかかるが、南下して岡山へ行く列車になると本数も多く速度も段違いだった。

11時57分発の〝スーパーやくも〟14号の指定席を確保した俺は、重い足をひきずって待合室にはいった。〝やくも〟12号が発車して間がないので、かれこれ一時間近くをこの駅で潰さねばならない。

滑稽きわまる徒労感に苛まれて、俺は泣きたくなっていた。いい年した男がと思えば思うほど、際限もなく滅入ってくる。斜め横の売店にぼんやりと視線を投げていた俺は、視野の隅に見覚えのある人の動きをとらえた。いつかどこかで見た動き。一瞬、自分でもなぜ思い出したのかわからなかった。

すぐ近くの椅子に座った女性が、きびきびと手を動かしていた。

彼女は鶴を折っていた！

俺は目を見張り、女性の額を注視した。

疲れたのか、やおら彼女が顔をあげた。

俺と彼女の視線が交錯した。

え？　という感情の波が女の顔に揺らめいた。

俺は息を詰めた。……ちっとも変わっていない！　嘆声に似た思いが俺の表情にも現れたと思う。

十四年前の愛らしさをとどめた彼女が、そこにあった。貧しくはないが質素な姿といえた。洗いざらした琥珀色のワンピースに鮭色のポーチ。あのときと同様、旅姿には見えない。地元の人間といっていいほどあたりに溶け込んでいたが、それにしては折り鶴で時間をつぶしている事情がわからなかった。

彼女はまだ俺を見つめている。あまりに唐突な再会が、俺たちの言葉を奪っていた。

きゃははという無遠慮な笑い声が起こった。売店の女が顔見知りらしい乗客の男と冗談をいいあっている。その笑声が、俺の気持ちをほぐしてくれた。内ポケットから出した手帳を、彼女の前で広げてみせた。

黄ばんだ鶴が挟まれていた。

ホテルの前で別れるとき、彼女が渡してくれた折り紙だ。

埒もない感傷と思いながら大切にしていた秘密の宝ものが、こんなとき役立つとは夢にも思っていなかった。

みるみる彼女の顔が綻んだ。

「……あなただったのね」

「ああ」言葉がつかえていると、彼女はくすっと笑った。

「また不精髭」

「あ……そうか」思わず顎を撫でた。夜行のせいで髭を剃り損ねたのだ。

「奇遇だね」

「ええ！　十三年ぶり……だったかしら」

「十四年だ」俺は自信をもって訂正した。

「あれからきみは」

「……うん。あのあと一週間、お金がなくなるまで北海道を歩き回ったの。それから自首した。あなたに言われた通りに」

俺が北海道を後にしたのは、あの三日後だ。道理で顚末（てんまつ）を知ることができなかった。

「四年収容されていたわ。そのあと……」

彼女は声を落としもせずに告げた。かえって俺の方が、売店の女を気にしたほどだ。

「母の血筋のお年寄りが松江にいたの。そこへ身を寄せていたら、いつの間にか十年たってしまった」

「そうか……」としか俺はいえなかった。

「いまは落ちついているんだね。よかった」

「そういうあなたは？」

折り紙をポーチにしまって、彼女は俺の隣へ体を寄せてきた。

「あなたはなぜここに？　東京に住んでいたんでしょ？……十四年前の話だけど」

鬱屈（うっくつ）したものを腹の底に溜めていただけに、今度は俺の番だ、そう直観したのかもしれない。俺はなんの抵抗もなく、彼女に話すことにきめていた。醜いところ情けないところないまぜにして。

「時間はあるんだ……聞いてくれるかい？」

5

「間もなく3番線から……鳥取行きが発車します……お乗りのお客さまはお急ぎください……」

アナウンスが切れぎれに答えた。都市間をつなぐ快速列車が出るのだろう。話を終わった俺は背をそらした。

「聞いてくれてありがとう」俺はかすかに唇を歪めた。

「くだらなかったろ。ひとの奥さんの不倫の話なんて」

相手の女は全然笑ってなぞいなかった。

「不倫？　あなたの奥さんが？……その門前という人と？」

「ああ」

「とんでもない」

というのが彼女の言葉だった。

「あなた、とんだカン違いしてる」

「カン違いだって」

俺は少なからずムッとしていた。

「あいつは俺に嘘をついたんだぜ。電車はちゃんと走っていた……それなのにあいつは、東京へ帰ろうとせず城崎温泉に男と泊まった。ボーイフレンドだった門前に決まってる。彼なら金も名前もある、あいつがよりを戻そうとしても当然なんだ！」

「……」

しばらくの間、彼女は俺の顔をじっと見ていた。いっときの興奮から醒めて、俺はまたシュンとなった。

「なにもかも俺の妄想なら有り難いんだが」

「そうよ、妄想」

あっさり断言されて、俺はまた憤然となった。

「なぜそんなことが……」

「ちょっときて」

彼女は立ち上がった。地味な色あいのワンピースの裾が翻（ひるがえ）る。

「どこへ」

「そこ」

びっくりした。手首を摑まれて、俺は改札口までひっぱってゆかれた。駅務室にもどろうとしていた駅員がふりかえった。

「彼と言い争いになったんですよ」

女はにこにこ顔で口をきいた。

「四日前のお昼ごろ、停電したんでしょう？　この一帯」

「ええ、そうですよ。夕方まであかんかったなあ」

駅員も笑顔で応じた。「えらい雷やった……私に雷を落としたんは、東京へ帰る予定のお客さんたちやけど」

「ほうら、ね」

さだめし俺はポカンとしていたに違いない。ふりかえった女が、俺に笑いかけた。

俺だって駅員に尋ねる知恵くらい持ち合わせている。だが笹谷夫人の口ぶりはあまりに断固としていた――「私が乗った電車はじきに動きだしましたよ」

それで頭から理々の言い訳を嘘と思いこんだのだ。

待合室にもどってぼやくと、彼女はにこやかに、だがきっぱりと俺をたしなめた。

「奥様よりよその女性のいうことを信用した、あなたが悪いの」

「しかし笹谷さんが、嘘をつく理由がない……」

「ええ、もちろん。だからその人も本当のことをいってる」

「なんだって」

面食らった俺を彼女は気の毒そうに見た。

「東京の人同士、それもあなたは鉄道大好き人間だから、かえって気がつかないのね。笹谷さんが『電車』といったのは、山陰本線を走るディーゼル車のことよ」

「あっ」

やっとわかった。いまや東京在住で鉄道といえば電車しか知らない笹谷夫人に、山陰本線の大部分がいまなお未電化だと気がつくはずはなかった。だが鉄道ファンの俺にとって、電気エネルギーによって駆動される列車だけが『電車』なのである。だから夫人が『電車』といえば、それは山陰本線から伯備線にはいる特急電車のことだと思い込んだのだ。

笑顔に返った彼女がつけくわえた。

「私が高校生だったころ、周りのみんなが羽幌線や留萌本線を走る列車を『電車』といってたわ。……本当の電車じゃないと知っていながらよ。だってその方が都会的で気分よかったもの。『汽車』だの『ディーゼル』だの、そんな言い方はダサいと思ってた。だれも彼もが、テレビに映る東京の町並みに憧れていたから……」

あるいは笹谷夫人は、米子にいたころからずっと『電車』呼ばわりして、疑いさえ抱いていなかったのかも。

「いまではもう、見栄で電車という時代じゃないみたい。線路の上を走ればすべて電車。そう信じているのかなあ。こないだタクシーに乗ったとき、中年の運転手さんまでが『城崎へ行く電車』といってたもの」

城崎の名を耳にしたとたん、俺は我に返った。

「停電が本物ということはわかった。だからといって理々が、城崎へ男といっしょに行った事実に変わりないだろう？」

しかし彼女は、あっさり否定した。

「城崎温泉へ足をのばしたのは、奥さんじゃないわ。笹谷さんの方だと思う」

「え！」

「だってご本人がいってるでしょう。『私は電車に乗った』……伯備線へ折れる〝やくも〟は動かなくても、鳥取や城崎へむかう電車は動いているのよ。あ、ごめんなさい。ディーゼルだったわね」

だから四日前の彼女は、山陰本線を行く列車に乗ったというのか。

「いや、そんなはずはない。山木屋旅館の番頭はたしかに俺と理々の名前を告げたんだ」

「でも電話番号は違っていた。そうでしょ？」

「ああ。それがどうしたんだ」

「理由はふたつ考えられるわ。知っていたけどわざと間違えて書いた。万一にも家へ連絡されない用心に。でもそれにしては住所をきちんと書いているわね。もうひとつは、はっきり覚えていなかった……宿の係の前で手帳を出して確かめるのはためらいがあって、うろ覚えのまま書いた……だから電話だけが違っていた」

「うろ覚え？」

「そうよ。なぜって宿帳に住所と電話番号を書いたのは笹谷さんだから」

「！」

「城崎温泉で浮気したのは、笹谷夫人。そう考えられません？」

抗議しようとした俺を、彼女はやさしく制した。

「ではどうして、宿に奥さん名義のカードが忘れられていたか。奥さんはそんなにそそっかしい人？」

「いや……むしろ完璧主義で、忘れ物の話など聞いたことがない。あべこべに笹谷さんはよくとちる方だったな。財布を落とすわ、切符はなくすわ、その度に文句をいわれながら、理々に助けを求めていた……そうか」

彼女が描いた想像が、俺の頭の中でもしだいに形をなしてきた。

「故郷へ帰って浮気の対象をみつけた夫人。温泉へ行こうとしたが金が足りない。だから理々に」

「そう。奥さんに頼んだんだわ。凝ったサインをするの、奥さん」

「いや」俺は苦笑した。

「性格が出るんだね。四角四面に物差しをあてて書いたような……つまり簡単に真似ができるということか」

「ええ、そう。奥さんは笹谷さんにカードを貸したのよ。したがって宿では、カードの持ち主の名を名乗る必要があった……カード紛失に気がついた笹谷夫人は、大急ぎで奥さんに事情を告げようとした……まさかあなたに話すわけにゆかないから、奥さんの携帯に連絡をとった……」

「待ってくれ。理々の浮気はみんな俺の妄想だった、そういうのかきみは。それにしては、義兄さんの曖昧な態度が割り切れない！」

状況証拠でしかなくとも、俺の直観は紛れもなく理々のクロを指向する。真剣な表情を見定めて、彼女はうなずいた。

「そうかもしれない……私も、奥さんには秘密があると思う。秘密といっては大袈裟だけど、あなたに隠していることが。それを知ってたから、お義兄さんの対応が乱れたのよ」

「やはり！……城崎へは行かなくても、理々は門前と浮気したのか。そう思うんだね、きみも！」

ゆっくりと彼女はかぶりをふった。

「そうじゃない。そうじゃないわ。……なぜ断定できるかって、そういいたいんでしょ。私は米子の市民ではないけど、近くの松江に住んでいるからよく知ってる。門前さんは、ガンで亡くなっています」

「え……」

門前の訃報なら東京でも報道されただろうが、あいにく俺は、まったく気がつかなかった。

「四日前よ、米子にある門前家の菩提寺でお別れ会があったのは。理々さんは、きっとそこに参列したんだわ」

「……」

「同窓会で聞いたんでしょうね、きっと。一時は東京へ帰るつもりだった奥さんだけど、乗る予定の〝やくも〟が動かないと知って、あらためてボーイフレンドに別れを告げようと考えた……それでもあなたは奥さんを不倫だと責めるつもり？」

「……」

口をきけなくなった俺の耳に、彼女の声がしみ込んでくる。

「ねえ、はじめて会ったとき、あなたも私も自分の親に望みを失っていたわね。どうしてあのふたりは結婚したんだろう、どうして俺や私を生んだのだろう、家庭なんてでたらめだ、にせものだ、そんなことを言い合ったわね。ふふ、おかしいわ。だって家庭嫌いだったあなたがちゃんとこうして結婚して、人並みに焼き餅を焼いているんだもの。あらぬ妄想を逞しくする暇があったら、悪いことはいわないから、おなじエネルギーを使って奥さんを愛してあげなさいよ——あらっ、いけない」

にわかに彼女は腰を浮かせて狼狽した。

「亭主がもどってきたわ！」

「えっ」

またもや衝撃を食らった俺は、反射的に口走った。

「きみも結婚していたのか」

「へへ」と彼女は、愛らしく舌を出した。

「うちの亭主は少々荒っぽいからね。昔馴染みの男と口をきいていた、なんてわかったら、手の一本くらい折られるわよ」

「お、おどかすな」

暴力沙汰に弱い俺は浮き足立ちながら、駅前広場に目をやった。肩幅の広い大柄な男が、中学生くらいの制服の少女と連れ立って、のしのしと近づいてくる。

「あの女の子は——きみのお嬢さん？」

「ええ、そう。親子でアジア博物館へ行ってたの。私はなん度か見ているから、その間にひとりでショッピング……」

いいかけた彼女は、小声で俺を叱りつけた。

「早く、離れて！」

「あ……ああ」

及び腰で待合室を退散することにした。改札口の時計を見やると、すでに〝スーパーやくも〟の乗車時刻が近づいていた。駅員に切符を提示しながら、俺は未練げにもう一度待合室へ視線を走らせた。

あのごつい大男が肩を怒らせて、彼女に近づいてきた。その後ろに母親そっくりの少女が顔を見せている。——突然、全身を電流のようなものが走ったが、まだ俺はその意味に気づかなかった。

6

夫と娘を迎えた私の前で、ふたりはご機嫌だった。夫はかねて傾倒している井上靖の記念館に堪能したそうだし、娘は展示されていたさまざまな染織に感動した気配だ。

「いやあ、井上先生があんなに柔道に打ち込んでいたとは知らなかった」

図体ばかりでかくてもゴキブリ一匹に悲鳴をあげる夫なので、亡き文豪にちょっとしたコンプレックスを抱いたらしい。

いいのよ、あなた。私はその優しいところに惚れたんだもの。

「母ちゃん、はい、おみやげ」

娘の優梨（ゆうり）が絵ハガキのセットを渡してくれた。

「ありがと」

「その代わり、キオスクでコミック買ってよ」

そんなことだと思った。売店にむかう制服の娘の背に、たったいま改札に消えたスーツ姿の彼の背を重ねて、かすかに胸の底がうずいた。

あの男——十四年ぶりに会いながら、またもやお互いに名を名乗るチャンスもなかった彼。

私の詭弁（きべん）に丸め込まれて、蜃気楼（しんきろう）めいた家庭に帰ってゆくのか。もっともらしく私が話した不倫妄想説には、なんの裏付けもない。門前がガンで死んだことは事実だが、奥さんの相手が門前であった必然性は皆無なのだ。やはり奥さんは彼が嫉妬の炎を燃やした通り、一夜の浮気を楽しんだのかも知れない。

だがまあ、めでたく納得してくれたのだから良しとしよう。私にしてみれば彼の奥さんの不倫なんかどうだっていい。もし彼が優梨と自分の関係に気づいたらと、そればかりを心配していた。だから彼を無理やりにでも納得させて、さっさと電車に乗せてしまいたかったのだ。あぶないあぶない……思っていたより早く、優梨たちが帰ってくるんだもの。それにしても彼の鈍さったら絶望的だったわ。

「母ちゃん！　これに決めたよ」

あら、優梨が呼んでいた。

夫を実の父と思い、幼い日々母がどこにいたかも知らず、わが家を理想の家庭と確信している優梨。

「早くう！　買ってってってばぁ」

駄々をこねてる。

「はいはい」

私は優しい母を演ずるために、優梨のそばへ歩み寄って行く。……

7

〝スーパーやくも〟が大きく揺れたとたん、俺は米子駅ホームで俺を襲った電流の正体を悟った。

あの娘はどう見ても十三歳か十四歳だ。そして彼女——ついに名を聞くことのなかった留萌の自殺願望少女——は、四年の間世に出ることがなかった。では彼女が身ごもったのは、自首前でなくては計算が合わない。少女の父親があの大男でないことは、もはや自明の理であった!

すると……すると……すると。

窓外に展開する大山の巨大な姿も、窓辺に寄り添うコスモスの花畑も、とうに俺の視界から消え失せて、いま見えるのは制服の少女の面影だけだ。その記憶すら徐々に、朧(おぼろ)に、かすれてゆく。もどかしさに息苦しくなったとき、不意に少女のイメージが反転した。

あとにのこされた一羽の折り鶴。それもまた俺があえいでいる間に、両の翼をピンと張って、青い日本海の彼方(かなた)へ飛び去っていった。

東京鐵道ホテル24号室

- 東京ステーションホテル
- 信越本線

東京ステーションホテルは、一九三三年から一九四五年までの鉄道省直営時代は、「東京鐵道ホテル」と改称していた。（レールウェイライター　種村直樹氏著作による）

0

今年の夏も炎暑であった。

日頃無表情な彼さえウンザリ顔で、抜けるような空を見上げていた。

その顔に、わずかな緊張感が浮かび——すぐ苦笑いに変化した。

青い空にひと刷毛（はけ）、飛行機雲が流れている。反射的に米軍の来襲と思ったようだが、それは大都市の話だ。

のべつ幕なし空爆がつづくこのごろ、空襲警報どころか警戒警報が出る暇もなく、敵機が姿を見せるようになっていた。制空権は、完全に米国のものであったからだ。

今や日本全土を跳梁（ちょうりょう）するのが、超空の要塞B29や、駿足で列車や人を狙い撃ちするP51なのだ。たとえここが信州のちいさな集落だろうと、来襲の可能性は十分にあった。

とはいえこの小布施なら、警報以前に敵機が出現することはあるまい。惨禍の都市に比べれば、まだまだ風景にゆとりをのこしていた。

見渡せば北信五岳は指呼の間にある。老松がゆるやかに枝をのばすむこうに、梅洞山岩松院の本堂がひっそりと建てられていた。創建は文明四年（一四七二）の古寺。賤ケ岳七本槍の随一と謳われながら、徳川幕府の奸計に屈して、この地で生を終えた戦国の英雄福島正則の霊廟はここだ。また本堂裏の池では、春ともなると無数のヒキガエルが群れをなしてメスを奪い合う。名句〝やせ蛙負けるな一茶これにあり〟の舞台としても知られている。

だが彼の目当ての宝は、いうまでもなく北斎であった。

画狂老人葛飾北斎、最晩年の傑作であり最大の作品が、本堂中央の天井を飾っていた。『八方睨み鳳凰図』という。

ならわしにしたがって、彼は本堂の畳に寝そべって天井を仰ぎ見た。これが作品に相対するもっとも自然な鑑賞の姿勢なのだ。

たちまち迫力が天から舞い降りてきた。

視野を領する一切に、鳳凰が華麗な翼を畳んで下界を見下ろしている。

うっそりと開く鳳凰の目に、彼は異様な眩暈を覚える。

その目に吸い込まれた瞬間、あれほどうるさかった蝉の声が消えていた。それに代わって、沈思する鳳凰の息づかいが耳朶を震わせるようだ。

……。

ややあって、彼はほっと吐息をついた。

畳にして二十一枚分の大きさがあるこの巨大作を、北斎は八十九歳にして完成させたと聞く。画業成ってすでに百年、色も艶も当時と毫も変わらない。巨商高井家の後押しで辰砂、鶏冠石、孔雀石など大陸から輸入した百五十両分に加え、金箔四千四百枚を費やして描かれたものだ。

もう一度、彼はため息を漏らした。

さて、どうする。

挑み甲斐があるといえばこれほどの対象はないのに、いざ具体的な方法となると。

……そのとき不意に彼の耳に蟬の声が蘇り、同時にひと筋の飛行機雲が彼の視界を横断した。

それが契機であった。

彼はある成案を得た。

できるかもしれない！

1

（首がいてえ）

ベンチに腰を下ろして天井を見上げていた可能克郎の努力は、どうやら五分が限界らしく、視線を外してこわばった首を回す。

コキコキという音が聞こえた。

鳳凰鑑賞のポーズは、本堂に寝そべることだと聞いていた。

それなら俺みたいな怠け者でも安心だ……むしろ心配していたのは、天井を仰いだまま鼾をかくことだ。克郎は本気で不安だったが、杞憂に終わった。

ルールが変わって仰臥でなく、座って鑑賞することになっていたためだ。

八年ほど前、正座して絵を仰ぎ見るのが定法となり、さらに四、五年前から椅子が本堂に並べられたそうだ。往時のならわしが変わったのは、客の動きで天井画が損なわれないためという。完成以来百五十年あまりたっているのに、ただの一度も塗り替えなしの名作であった。

克郎は半ばホッとしたが、半ば失望した。ベンチの正面には天井画の複製が置かれており、ゆったりと腰掛けて眺めるのは確かに楽だが——これではアートに対峙するというより、見物するといった気分が濃厚に思われたせいだ。

だから意地でも正面の複製に目もくれず、懸命に首を曲げて天井を凝視していた。克郎としては、よく辛抱したといっていい。

三流新聞〝夕刊サン〟のデスク兼記者が本職とあって、酒と女とギャンブルの三点セットに興味があればズルズルと勤まる。

小布施に出張したのも酒造の名家枡一取材のためだけれど、ガイドブックに目を通すと、栗と酒と北斎の町小布施と大きく謳ってある。そこでおつきあい程度に訪ねた岩松院ながら、いざ鳳凰図を実見してみれば、アートごころゼロの彼にもそれなりに訴えてくるものがあった。

見ておいてよかった。

その気持ちに嘘はないのだが、首の痛みに往生した。北斎に見とれた五分後からは、もっぱら首の体操に終始したが、すぐ隣に座っていた老女は、まばたきする間も惜しいように、天井の鳳凰を見つめている。

七十代後半と思われる小柄な年寄りながら、趣味のいいスーツを着こなし、背をピンとのばした姿勢で長い間北斎と対決していた。

力のある眼、キリッとした鼻筋。六十年前ならさぞかし目をひく美少女であったに違いない。

首を回しながら克郎が寺を退出したとき、ちょうどその老女といっしょになったので、声をかけてみた。人なつこさが記者としての彼の武器なのだ。

「ご熱心でしたね。もう何度もいらしてるんですか」

「いえ……まだ、二度目です」

慎み深い口調だ。だが必要以上の愛想はなくとも、相手さえよければ話したいことがある。

そんな様子を感じとった。

「はじめて見参したのは、もう半世紀以上前でしたの」

「へえ。とおっしゃると戦争直後くらい」

「はい、この近くの叔母の家に疎開していましたから」

敗戦直前の空爆で大火傷を負った父が病院から動けないので、早々に東京へ引き上げることに決まった。母と姉は看病のため一足先に上京して、彼女は単身で信越本線の客になったそうだ。

「戦後の混乱がつづいて、列車に乗るのもひと苦労でしたよ。ご想像になれまして？　長野から上野へ出るのに、七時間かかった時代ですもの」

彼女は女学校の二年生であった。

団塊の世代の克郎に時間的距離の実感はない。今や長野と東京間を新幹線が一時間半で結ぶ時代なのだから。

「小布施と別れる記念に、鳳凰図を拝観しましたわ」

「まだ畳に寝そべって鑑賞していたんですね」

「ええ、もちろん。見る位置が今より低かったせいか、今日よりずっと迫力がありましてね。観光客なんかいるはずもないし」

「するとあなたひとりでごらんになった……」

「いえ、もうひとり相客がいらしたんです。私の両親より年配だったかしら。年寄りというほどでもなかったから、ちょっと奇妙な気がしました」

「とおっしゃると」

「あのころの日本で、めったに見られない年格好でしたもの」

ああ、なるほど。男という男が根こそぎ戦争に駆り出された時代だったから。

「それだけでなく……なんといえばいいかしら、映画の中から抜け出したような瀟洒な雰囲気の紳士でしたの。ごく最近まで南に渡っていた。それだけしか仰らなかったけど、軍のお仕事でもなさっていたのかしら」

よくわからない人物である。

老女の横顔を窺った克郎は、オヤと思った。目にも声にも甘い追憶の気配があったからだ。たちまち三流記者らしい想像を逞しくした。

(おばあさん、その紳士に一目惚れしたんじゃないかな)

2

「その方は、私がひとりで東京へ行くと知って、ひどく心配してくれました。ことに私の荷物を見て。叔母が父の病気見舞いに、持たせてくれたんですよ……お米を」

納得である。日本中が飢えていた時代なのだ。

「一目見てお米とわかる入れ物でしたから、紳士が気を利かせてくれました。途中の雑貨屋で古ぼけた信玄袋を買って、その中にいれろって——袋の口にはよれよれの手拭いを突っ込んで」

もともと信玄袋は大型の衣類入れとして開発されたのだから、中身をカムフラージュできたのだろう。

そのときの格好を思い出したか、老女はクスリと笑った。

「お米を布地に変装させたおかげで、ぶじに上野へ着きました。でもそれからが大変でしたわ。父の病院は高円寺でしたの。上野から東京へ出たところで、停電に見舞われて」

電力不足で大規模な停電がおきるのは、日常茶飯のことといえた。

「中央線も山手線も京浜線ものこらず止まってしまって——外はひどい雨になるし、駅の構内は特攻くずれや買い出し客でごった返してて」

当時の有り様を思い出したとみえ、老女は体を震わせた。

その所作が年に似合わぬ可憐さで、つい克郎は微笑を誘われた。

「特攻くずれですか。聞いたことがありますね。カミカゼとなって敵艦に突っ込む覚悟でいたら、戦争に負けて出番をなくした……」

「はい。生きがいもなく、働く先もなく。やけくそになってワルを働いたりして……いまのニートに比べればわかりやすい若者でしたけど」

「でも女学生から見たら」

「ええ。とても怖いお兄さんたちでした」

また老女が肩をすぼめたとき、ふたりは小布施駅前の広場に着いていた。

都合よく長野電鉄の特急が十分後にやってくる。彼女はその足で新幹線に乗り、東京へ出るそうだ。〝あさま〟の自由席券を買ってあるといい、おなじコースをたどる克郎も同行することにした。

「こんなおばあさんとアベックでは、詰まらないでしょうね。ごめんなさい」

「いやいや」

克郎は苦笑いした。アベックという言い回しに、年の差を感じさせる。

〝あさま〟は空いており、楽にDE席に並ぶことができた。いつの間に買ったのか、老女は克郎の分までお茶を用意してくれていた。

「どうぞ」

「あ、すみません」

サービスしてもらって、克郎もお返ししたくなった。

かすかな衝撃を伴って列車が走り出すのをきっかけに、なにげなく尋ねた。

「――さっきの紳士の話ですが。その後お会いになったことはないんですか」

記者のカンだ。なぜか老女の、まだ話し足りない気配が見てとれたからだ……おそらくはその紳士にまつわるエピソードを。

「お会いしました――」

少女の昔にもどったような初々しい口ぶり。

窓外はきらめくような秋晴れだった。町はすぐに切れ、疾走する緑を眺めながら、彼女はぼそぼそと話しはじめた。とりあえずの話題は紳士でなく、着いたばかりの東京駅でぶつかったトラブルだった。

「私が改札口から吐き出されたのは乗車口でしたわ。いまの丸の内南口のコンコースに当たるかしら。本当ならそのまま中央線ホームへ上りたかったんですけど、停電で乗客が膨れあがってしまって、とうとう私たちは改札の外で待つことになりました——」

表へ出たくても、篠突く雨が降りしきっていた。

秋も深まり少女の頬を濡らす雫は、北信に変わらぬ冷たさであった。ガランとした駅前広場の向こうには丸ビルが、すべての窓を黒く潰した骸となって、横たわっている。後生大事に信玄袋をかかえた田舎娘は、ひとりで立ちすくむばかりだった。

ふりかえれば広大な乗車口は、泥濘の支配する空間である。

国民服ありモンペありジャケットありといった、犇く客たちの姿の形容だけではない。文字通り床がぬかるみと化していたからだ。

東京駅が被爆したのは、二年前——昭和二十年五月二十五日深夜であった。B29二百五十機による無差別爆撃を受けたのだ。日本の空爆史を瞥見すれば、四百八十機という大規模空爆で名古屋城が焼失したのが、やはり五月の十四日だ。アメリカ軍がもてる空軍力をあげて、喘ぐ日本にとどめを刺そうとした時期であった。

22時25分、空襲警報発令。23時45分、無数の焼夷弾が駅降車口（現在の丸の内北口）屋上に落下。駅長以下駅員の奮闘にもかかわらず、屋根裏を伝って乗車口まで業火に包まれ、ついに駅両翼のドームと鐵道ホテルを含む三階は全面的に焼け落ちた。

したがってその後の東京駅は雨ざらし同然となり、敗戦後一年半たって二階に鉄板の屋根を張り、やっと形ばかりな復旧を果たしていた。

少女が東京駅にたどり着いたのは、それから半年あまり後のことだけれど、資材難を縫った応急措置にすぎないため、雨足の強い日は至るところから雨漏りがして、どぶどろのホールを形成する始末であった。

鐵道ホテルにいたってはまるで修復のめどは立たず、パンパンや浮浪児など、敗戦が生んだ魑魅魍魎（ちみもうりょう）のよき根城となっていた。

まだ当分、電車は動きそうにない。

3

ざわめきの只中（ただなか）で、少女はひたすら途方に暮れている。

動くに動けず帰るに帰れず、困惑のままにしだいに殺気立ってゆく雑踏の間で、ぼんやりと駅前広場の雨を眺めていたのは、いくら田舎からポッと出でも無警戒に過ぎた。

それでも足元の信玄袋には注意を払っていた。たっぷり重量があるから、相撲取りでもなければかっぱらいは難しいが、雨水がしみこんでは困るので、草履を履いた両足の甲に袋の底を載せていた。重くて足がしびれそうな代わり、少しばかり温かみが感じられる。いつになったら、停電は終わるのだろう。

心配している母たちに連絡をとりたいが、転居先のアパートに電話なんてない。あ、でも父の入院先なら電話がかけられる。

少女はきょろきょろ見回した。近くに公衆電話はないかと思ったのだ。人込みの間を懸命に見透かしたが、それらしい設備はみつからない。腕にかけた手提げが揺れ、少女はいそいで口金を確かめた。もう何時だろう。雨に閉じ込められた東京駅で、どれほど立ち往生していたのか、私は。

時計がないので、隣にいた国民服の男の手首を覗こうとした。この時節には珍しくがっちりした体格の三十男で、サイズが合わない服の袖から、腕時計が飛び出していた。

間がわるく男も時計に目をやったので、少女は正面から視線を交えてしまった。あわてて目をそらしたが、軽く口笛を吹いた男は、ねっとりとした目つきで少女をとらえて放さない。食うことに疲れた群衆にまじると、若さといい健康さといい、自分が十分に人目をひく存在であることを、彼女は気づいていなかった。

居心地がわるくなって体の向きを変えようとしたので、足の甲に載せた信玄袋が傾いてざわっと音をたてた。

男の目が細くなった。

押し殺した声を、少女に吹きこむ。

「米、こぼれたよ」

「えっ」

反射的に足元を見た。袋を持ち上げてていねいに見たが、米なぞひと粒だって落ちていない。

かまをかけられたとわかり、少女は表情を固くした。

とっさにその場を離れようと、袋をはじめ身の回りの品をかかえこんで移動した。いや、そのつもりだったが足の痺れがとれないので、思わずよろめいた。

「おっと、あぶない」

少女を支えたのは、国防色のコートを纏った若者だ。蓬髪の頭に飛行帽を載せていたから、特攻隊上がりだろう。ちぐはぐな服装だが、解体された軍の支給品を後生大事に身につけているとみえる。頰がこけ顎がとがって顔色がわるく、アルコールの匂いを漂わせていた。バクダンの愛用者だろうか。

「どうした」

野太い声がかかった。声の主は国民服の男だった。

「この子がもたれてきたんだ」

飛行帽がカン高い声で応じると、国民服が喉の奥を鳴らした。イヤな笑い方だった。

「お前に気があるとは思えないがな」

「腹が空いてるのか、ねえちゃん」

「そんなはずはないぜ。……ほれ」

国民服が顎をしゃくった。顔をこわばらせた少女は、信玄袋を抱きしめている。飛行帽がうっすらと笑った。

「兄貴は鼻がきく」

国民服の男と飛行帽の若者は、兄弟らしい。太り気味と痩軀の違いはあるが、陰険で物騒な雰囲気がよく似ていた。

「あんたひとりか?」

押しの強い声には答えず、少女は当てもなく群衆のひしめく降車口を見回した。三階が焼け落ちたとはいえ、もとは帝都を象徴する大ドームの空間だ。補修された屋根から、改札口のむこうから、並んだ出札のカウンターの下から、際限もなく薄闇が這い出してくる。日はすっかり短くなっていた。切符売り場の奥にゆらめく蠟燭の灯さえ、はびこる夜を強調するみたいだ。

老人は疲れ果ててその場にうずくまり、赤ん坊は母親の萎びた乳房にかじりつき、父親は左右からもたれる子供をもてあまして行李に腰を埋めていた。人々のざわめきも、少女の耳には意味のない雑音でしかない。

明かりに乏しい空間は、ほとんど色彩を失っていた。そのせいか、蠢く群衆の姿は現実感のない影絵みたいだ。風が吹き込んだら、誰も彼もがセロファンの一片となって、ひらひらと飛び散るに決まっていた。

そんな中で、少女の前に立ちはだかった国民服と飛行帽の兄弟は、紛れもなく現実であった。

ふたりはそれとなく目配せした。

「ねえちゃん」なれなれしく弟が口をきくと、兄が制止した。

「気をつけてものをいえ。お里が知れるだろうが。お嬢さんがびっくりしてなさる……民主主義の世の中だぞ。女性は丁重に扱わなきゃあな。たとえ相手が子供でも」

「気楽なことをいってくれるぜ。じゃあお嬢さんでいいや、これを見てくれ」

コートの袖口をズイと突き出した。

「汚れてるだろう……たった今、お嬢さんがよろめいたとき、つけた泥だぜ」

少女は目を丸くした。床は泥田同然でも、彼女の手に泥はついていない。若者のコートを汚すはずはなかった。

国民服が笑った。

「ケチなことを言いやがる。それしきの汚れがなんだよ。おめえがぼやぼやしてるからだろうが」

「だが俺が受け止めなかったら、お嬢さんは請け合い床に投げ出されていたんだぞ。なあ、そうだったよな？」

同意を求められればうなずく他なかった。

「それみろ。そのときついたに決まってる」

「よせよせ、大の男がみっともねえ」

「そうはいっても一張羅(いっちょうら)だぜ、俺の」

「いい加減にしないか、バカ」

自分のせいで兄弟が揉めるのは、なんとも心苦しかった。それがお芝居でイチャモンをつける段取りだと、うすうす見当はついていたけれど、

「すみません……弁償させてくださいますか」

つい口にしてしまった。

停電でいつ母たちと合流できるかわからない。不安で胸を締めつけられている最中に、些細なことでいっそう不愉快な思いをするのは、耐えられなかったのだ。まさかそれしきの汚れで、無法な金額を吹っ掛けるはずもないから、少しでも早く決着をつけて、男たちと別れたい、それが正直な気持ちだった。

国民服は頭をかいた。相好を崩すと案外人のいい顔になって、少女を安堵させた。若者の腕を摑んで、男がいった。

「ほんじゃま、こいつも引っ込みがつかないでしょうから、十円も恵んでやってくれませんか」

この年の十円といえば、封切りの映画館の入場料金とおなじだ。少女が予想していた枠内に納まったらしく、ホッとした表情で手提げを探ろうとして——その表情がゆがんだ。手提げの口金が開いている。しまっておいた財布がない。

少女は青ざめた。そんなはずはなかった、そんなはずは。

抱えていた信玄袋を持ちあぐね、わずかに泥の少ない床へ置いてから、もう一度手提げを底まで探り直したが、やはりない。

蒼白になって顔をあげると、目の端に飛行帽の薄笑いが見えた。

国民服がなに食わぬ顔で声をかけてくる。

「どうしたんです、お嬢さん」

「財布がないの」

「財布が？　そりゃあ大変だ」兄はそういってくれたが、弟は甲高い声を走らせた。

「なんだよねえちゃん。十円ぽっちがそんなに惜しいのかよ！」

いったん口ごもった少女が、奮然として若者に食ってかかった。

「掏ったんでしょう、あなたが」

4

「俺が？　冗談じゃないぜ」

笑いを消した若者がとぼけると、男が間にはいった。

「待ってくださいよ、お嬢さん。どういうこってす、そりゃあ」

「この人しか考えられません！　手提げを確かめたのは、ほんの五分前ですもの。その後私はずっとひとりでした。だから」

「お嬢さんが体を触れたのは、こいつだけだ。だから怪しい。そう仰るんですな？」

「は、はい！」

小娘と嘗められてたまるものか、少女は精一杯気を張って見せる。

「馬鹿いっちゃいけねえよ。俺にそんな芸当ができるもんかって」

せせら笑う若者をじろりと見た男は、視線をそらして改札口を見た。駅の関係者――それもてくる。
かなりのお偉方だろう、金筋入りの帽子を着用した制服の男が、人込みを縫うようにしてやっ

男はしめたとばかり若者にいった。

「助役さんだ、ちょうどいい」

助役といえば駅長につぐ大物だ。国鉄が鉄道省から分離独立して、公共企業体日本国有鉄道に衣替えするのはこの二年後だから、国電はまだ〝省線電車〟と呼ばれていたし、駅員は鉄道省の官僚であった。上級役人を見知っている国民服に、多少の畏怖(いふ)を覚えたものの、財布がなくてはにっちもさっちもゆかない。それにいくら考え直しても、財布は若者が身につけたとしか思えなかった。

助役と話していた男が、少女たちに合図した。改札の脇にある小部屋のひとつに、男がはいった。ちょっと驚いたのは、助役までついてきたことだ。その後を追うように若い駅員があらわれ、蠟燭に火を灯して去ったのは有り難いサービスだ。常時大規模な停電が頻発する時代だったから、いたるところに燭台とマッチの用意ができていたのだ。

資材置き場らしい小部屋で、兄は居丈高(いたけだか)に弟に命じた。

「さっさと脱げ」

「よせやい。俺がここでやるのか、ストリップを」

「当たり前だ。お嬢さんの疑いを晴らすにはそれっきゃあるまい?」

少女はたまげたが、飛行帽は素直に従った。その様子を横目で見ながら、国民服が尋ねた。

「財布と仰ったが、どんな品物です」

「赤く染めた印伝（いんでん）で、これくらいの」

手で大きさを示すと、男は合点した。

「……するてえと、ここまで脱げば疑いは晴れたんじゃないですか」

若者は上半身を剝（む）き出しにしていた。細身のズボンに、その大きさの財布が収納できるとは思えない。少女がまごついていると、彼は大げさなくしゃみをして見せた。

「俺が掏ったんじゃないと納得しただろう、ねえちゃん」

黙って唇をわななかせていた少女だが、男の方が「疑いは晴れましたね、お嬢さん」ニンマリしたとたん、思い切って叫んだ。

「まだです！」

「へえ、まだ？　未練がましいな、この女」

ぼそりと漏らした男の言葉に挑発されたとみえる。

「あなたが仲間だったら？　掏った財布をリレーしていたら？　だってふたりで体をすり寄せていたじゃない！」

その言葉を聞きたかったとばかり、男は即座に応じた。

「いいとも、お嬢さん。それじゃあ俺も脱いであげるよ」

くるくると恐ろしく手際よく国民服を脱ぎ捨てた。丸めた服をくそ丁寧に撫でてみせ、「財布のサの字もないようだ。どうですかい、お嬢さん」

今度こそ少女はなにもいえなくなってしまった。助けを求めて助役を見つめたが、彼にしても立ち会っているうちに、やっと事情を呑み込んだ程度らしく、半ば同情半ば困惑の表情を浮かべるのみだ。

とうとう少女は、財布を諦めるほかなくなった。

「すみません……とんでもない疑いをかけてしまって……本当に申し訳ありません」

詫びの言葉を遮って、国民服を身につけた男はいった。

「ねえ、お嬢さん。仮にも男ふたりを裸に剝いたんだよ。謝ってすむと思うんですか？」

「え」

ハッとするより先に、男の低いが鋭い怒声が少女を切り裂いた。

「謝るだけで、それでいいと思ってるのかよっ」

立ち会いの助役がピクリと体を震わせたほどだから、年端もゆかない少女が震えあがったのは当然である。

「あの……それではどうしたら……」

「詫び代は出せないよなあ。財布が丸ごとねえんだから。仕方がない」

国民服が笑うと、タバコの脂で黄色くなった歯が見えた。

「その信玄袋ひとつで勘弁してやるよ」

「えっ」

少女は蒼白になっていた。

入院中の父にせめて粥の一杯でもと、汗を垂らして運んできた米だ。それをこの兄弟は根こそぎ奪おうというのか。亢進するインフレで金は日々紙切れに近づいている。だが米は――銀シャリは、この時代の日本人にとってダイヤより貴重な品物であったのだ。

「聞こえねえのか、お嬢さん」

笑顔にもどった男が繰り返した。ドスの効いた声はそのままで、

「袋をよこせといっているんだ」

「その必要はないよ」

だしぬけに、耳にしたことのある声が舞い込んだ。

「なんだって?」

小部屋にいた全員の目が、粗末なベニヤの扉に集まった。

開いた扉の向こうには、少女が小布施で会った紳士が佇んでいた。

5

「やあ、しばらく」

殺気立っていた小部屋の様子を無視して、紳士はニコニコと少女に声をかけた。

「どうもここは空気が濁っているね。行こうか、きみ」

呆気にとられていた国民服が、気を取り直して嚙みついた。

「なんだ、あんたは！」

「名乗るほどでもないさ。……ああ、信玄袋はちゃんと抱えてね」

少女の肩を抱かんばかりにして、部屋を出ようとしたから、飛行帽まで爆発した。

「どういうつもりだよ、えっ？　俺たちは掏摸の冤罪を着せられたんだぜ。そいつをうやむやにして……」

「冤罪だって？　とんでもない。財布を盗んだのはきみたちじゃないか、間違いなく」

「いい加減なことを言いやがって！　じゃあ俺たちの盗った財布はどこにあるんだよ！」

「もちろん、ここにある」

片隅で棒を吞んだように立っている助役の体に、紳士が一瞬触れたように見えた——まばたきする暇もない、彼の手に摑まれていたのは赤い印伝の財布であった。

「あっ」

国民服と飛行帽、少女と助役まで含めて、四人の口からいっせいに声があがった。

水際立った手品を見せられたようなものだが、紳士は淡々としていた。

「白状すると、しばらく前からお嬢さんに気がついていてね。話しかけようとしたが、先客がいた。観察していると、兄さんらしいきみが助役と口をききはじめた。財布を渡したのはそのときだね」

「ばっ、馬鹿いえ！」国民服が顔を真っ赤にした。

「このお人は助役さんだぞ。そんな偉いさんが、贓品を預かるわけねえだろ！」

紳士はにこやかに追及する。

「つまりきみは、この財布を盗難品と知ってるわけだね？」

「兄貴！」

飛行帽に睨まれた国民服は、喉をぐっと鳴らした。

紳士は声を大きくしようともしない。

「いまはね、民主主義なんだよ。偉いさんも掏摸も上下の差別がない時代だよ。助役だって人間なら、腹が減るし米もほしい。掏摸の常習犯を目こぼしして、なにがしかの上前をはねて不思議ではない。……前々から助役とあんたたちは、持ちつ持たれつの関係があったのだね。そう解釈すれば、消えた財布の行方はおのずと知れる……」

あれほど堂々とした風格の助役が、今は空気の抜けた風船みたいに、しょぼんとして見える。偉いさんに比べると、掏摸の兄弟はしぶとかった。目配せしたと思うと、声もかけず同時に殴りかかった。

あっと目をつむった少女は、だからなにがどうなったのかを見ていない。だらしない男たちの悲鳴を耳にして、おそるおそる目を開けたときには、国民服も飛行帽も車に跳ねられた蛙のようにひっくりかえっていた。

肩の埃をはらった紳士が、鷹揚な笑顔を助役に向けた。

「では、私たちは失礼しますよ。後はあなたの胸三寸におまかせする。……お嬢さん、おいで」
やさしく手招きしてくれた。

6

〝あさま〟は軽井沢駅を発車していた。トンネルにもぐると、急勾配を駆け降りてゆく状況がわかる。

長い話を一段落させて、老女がため息をついた。

「ここからが碓氷峠ですね……アプト式だったものが、今では夢の夢」

呆気ないほどの短時間で下界と別荘地がつながってしまう。彼女の感懐は理解できるが、克郎にはまだ聞いておきたいことがあった。

「……で、その後あなたと紳士はどうなすったんです」

「停電が終わるまで、あの方に奢っていただきましたわ」

「奢るって……そんな都合のいい店が、あのあたりにありましたか」

「ええ。私はついて行くだけだったけど、丸ノ内ホテルのコーヒーショップへ」

「丸ノ内ホテル？　しかしあの時代、ホテルといえば帝国もオークラものこらずアメリカ軍が接収したのでは」

「いいえ、丸ノ内ホテルだけは接収を免(まぬか)れていました……」

といってから、老女は照れ笑いでつけくわえた。

「紳士がそう説明してくれましたの。ただし外国人専用ですって」

「しかしその人は日本人なんでしょう？」

「はい。でもどういうわけかマネージャーは外国人なみに扱ったんですよ」

ますます正体不明の紳士である。克郎はしきりと首をかしげながら、

「とにかくそこで、停電が終わるまで待っていたんですね」

「おいしいカレーライスまで御馳走になって！　もちろん父の病院には電話しましたから、本当に寛(くつろ)いだ気分になれました……お話も面白かったし」

「ははあ。どんな話を」

「ええ……いちばん可笑しかったのは、北斎のことでしたわ」

「北斎？　ああ、あなたとその紳士は、岩松院で知り合ったんでしたね」

「はい。紳士――おじさんがいうには、鳳凰図に惚れて自分のものにしようと工夫したんですって！」

「自分のものに、ですか？」

こんなときの表情を、鳩が豆鉄砲を食らったような、と形容するんだろうな。克郎は本気でそう思った。

「だって鳳凰図は二十一畳分の大きさなんですよ。そんなのムリムリって笑ったら、おじさん

真剣に返事したの。戦争も終りごろだったから、寺に疎開をかけあうつもりでいたって。世界の名作を空爆から守るのは、日本人の義務だと説得して……表向きは政府の偉い役人を騙って。OKさえもらったら自費で大工と運送屋を雇って、天井から下ろす予定だったって」

「しかし、そんな大作をどこへ収蔵するんです」

「あのころは、至るところに横穴式の大型防空壕がありましたわ。廃業したばかりの工場に接した壕をみつけていたの」

「だが待ってくださいよ。いくら敗戦直前でも、あのあたりに空爆の危険性がありましたか？」

「大してなかったそうです」

ずっこけそうになった克郎を、老女はいたずらっぽく見た。

「なければ、危機を創り出す。おじさんはいいました……手製のビラを撒けばいい」

「ビラ、ですか」

「はい。お若い方はご承知ないでしょうねえ。アメリカ軍はひっきりなしに空から宣伝ビラを撒き散らしましたよ。下手くそな筆書きの日本語で、『親愛なる日本人のみなさん。あなたたちは軍部に騙されています……』何度か私も拾ったけど、すぐ女学校の先生に取り上げられてしまいました」

「そのビラを真似るんですか！」

「空襲の予告をね。『みなさん、逃げてください。われわれアメリカ軍は、あなたたちを殺したくありません……八月下旬に三十機規模で空襲します』風向きを見計らって、夜遅くに飛ばすつもりだったのよ。きっと寺は震え上がるだろう……そのタイミングで持ちかければ、北斎盗難計画はうまく行ったはずだ。おじさんたら、大まじめでそういったの。本当ですよ」

「しかし……」

推理力ゼロの克郎だが、ようやくこのあたりで靄が晴れるように、紳士の正体が見えてきた。

「しかし現実に鳳凰図はああして、岩松院の天井にある」

「ええ、そうですとも。だからおじさんをからかってやりました。そこまで考えたのなら、本気で盗み出せば良かったのに。するとおじさんは残念そうに言い訳したんですよ。間に合わなかった……なぜって、八月十五日に戦争が終わってしまったから！　それはそうですわねえ。敗戦後になって偽の空襲話をするわけにゆきませんもの。残念でしたおじさん。からかってあげたら、おじさん憮然としていましたわ」

列車は早くも山間部を抜け、関東平野の一角に躍り出ていた。西日のまぶしさに辟易した老女のために、克郎がカーテンを下ろしてやった。

「……紳士とはそれっきりでしたか」

「はい、残念ですけど。私にとっては大恩人なのに、あわてん坊ですねえ、私って。丸ノ内ホテルから東京駅にもどって、お別れした後で気がつきましたわ。おじさんの名前を聞くことを忘れていたんですよ！」

自嘲するような笑いがふっと止まって――老女はなにか思い出したらしい。

「でも……あれはなんだったのかしら？」

「あれ、とおっしゃると」

「降車口に近づいたとき、不意にあの人の足が止まりました。どうしたのかと思ってふりかえると、駅舎の二階をじっと見つめていらしたの」

「駅前広場から、東京駅の二階を、ですか？」

克郎はここぞと念を押した。

「はい。それからポツンと独り言を漏らしたんです……『鐵道ホテル24号室』はあのあたりだったか」

「鐵道ホテル24号室。たしかに紳士はそういったんですね」

「ええ。それから、見つめている私に気がついて、いそいで弁解なすったの。焼ける前はあのあたりが、ホテルの特別室だったんだよ。なぜか知らないけど、しみじみと懐かしむ口ぶりでしたわ……」

克郎はついに確信した。

老女の年代なら戦前の〝少女倶楽部〟は読んでいただろう。吉屋信子（よしやのぶこ）や横山美智子（よこやまみちこ）なら知っていただろう。だが残念なことに当時の少女が〝少年倶楽部〟を熟読するはずはない……もしも読んでいたのなら、江戸川乱歩（えどがわらんぽ）が昭和十一年から連載を開始した『怪人二十面相』を知らないわけがなかった。

外務省の役人辻野（つじの）と称して、明智小五郎を東京駅で迎え撃った二十面相。怪人対探偵が初対決する舞台に選ばれたのが、東京鐵道ホテル24号室であったことを、知らないわけがなかったのだ。

老女に紳士の正体を明かそうとして、克郎は思いとどまった。

遠い仄かな憧れはそのままそっとしておくに限る。

カーテンに日を遮られて、いつしか老女は静かな寝息をたてていた。もしかしたら、あの紳士の夢を結んで。

やがて列車は、終着駅に着く。

そして車内のアナウンスは、昔ながらに謳いあげる。

「まもなく終点、とうきょう……東京でございます」……。

轢かれる

・鷹取線

こんな夢を見る。

「見る」というのは当たらないかもしれない。その夢では私は視覚を封じられているからだ。いつも決まって、匂いと音だけの夢が五体にのしかかってくる。硬質の金属の匂いが近づくと同時に、暴力的な震動の只中に投げ込まれる。共振する世界が全神経を攪拌し、殺意もあらわな音と匂いが急勾配で拡大する。角度はほとんど垂直と化し、耐えられない熱気と膨大な質量が、えんえんと私を蹂躙しつづける。

1

「鷺沢さん、ほら……こぼしてはだめ」

そう言って私は匙を持ち直した。『鷹取やすらぎの巣』備えつけの食器ではない。要介護4の老人の身の回りの品にまじって、大型の木製の匙があったのだ。

几帳面な人の目にはガラクタで埋まった四畳半の個室だが、鷺沢老人にとっては角のほつれた写真アルバムも、古びた映画のパンフレットも、大切な思い出の品のはずである。松本の民芸品らしい匙もそのひとつだ。柄に記された浅間温泉まなか旅館の名はほとんど消えていたが、くぼみの大きさと深さが老人の口によくなじんだ。猫舌の彼に熱いものを食べさせるのに重宝であった。

鷹取市立の有料老人ホームに『やすらぎの巣』と名付けたのは、市長だそうだ。北関東の小都市にしては予算を奮発したとみえ、設備はまあまあであった。

「優芽ちゃん」

背後でスライド式の板戸が軋み、先輩のヘルパー小袋さんが声をかけてきた。

「あ、はい」

生返事した私を、鷺沢哲郎が匙のかげからにこやかに見た。目尻の皺がひときわ深いが、まだ七十八歳だから、居住者の中では平均年齢をわずか上回っているに過ぎない。老人は口をもぐもぐやりながら、不明瞭な声でいった。

「呼んでおいでだよ」

鷺沢は血管性の認知症患者である。以前は痴呆と呼ばれていた疾病だが、「痴」にも「呆」にも侮蔑のニュアンスがあるというので、今はこう呼ばれている。

認知症の病状は一直線に進むものではない。専属ヘルパーの私さえ認識できない混迷と、病患に無縁な意識清明との間を振り子のように揺れながら、症状を亢進させてゆく。もっとも私が彼を通いで世話しはじめてから、まだ五日たったばかりである。

年寄りは、私の目をじっと見てくり返した。

「行ってあげなさい」

「はい」

私は椅子から立ち上がった。

熱いものを熱いうちに口へ入れてあげるより、今は老人の忠告を素直に受け入れた方がいいと、ヘルパーの私は判断した。〝ヘルパーの私〟は、である。〝絹川優芽〟の考えはまた別であったが。それに小袋さんのマイペースぶりには逆らわない方がいい。『やすらぎの巣』常連のヘルパーたちから、お局として一目置かれる女性だったから。

「なんでしょうか」

「その髪どめ、いいわねえ」

「は？」

小袋さんは満月のように丸い顔を寄せてきた。ちょっとした風圧を感じる。

「どこで買ったのよ、教えて。ホークストアかな、本町の——」

ツゲ製のそれをつつこうとして眉を寄せた。「あら。傍で見たらなんか古そう」

当然であった。

「母の形見なんです」

「あ、そ。優芽ちゃんのお母さんて、去年亡くなったのよね。お祖母さんといっしょに、本町の交差点で交通事故」

はいはい。記憶力の良さはわかったけど、あまり思い出させないでね。

「それなら古いわけか。ほら、食事をつづけてあげなさい。鷺沢さん、恨めしそうな顔してるじゃないの。人間ボケてくると、食べるだけが楽しみだからね」

「はい」

彼女の勝手な言いぐさにも、私は微笑を返しておいた。食卓にもどって、老人の隣に腰をおろす。食事の介護をするならこの位置がベストだ。正面に座っては左右が逆になるので食べさせにくいし、相手も戸惑う。

鷺沢は春に脳梗塞を発症した。それが認知症のきっかけとなり、病院からこの施設に送られてきた。鷹取にもどっていた私が探しあてたのは、彼がこの『巣』に収容されて三カ月たったころだ。幸い私は2級ヘルパーの資格があり、伝(つて)を頼ってここで老人の面倒を見ることになった。

「小豆粥(あずきがゆ)、おいしかった?」

口から垂れている粥をティッシュで拭いてやったが、彼はひと仕事終えた疲れが出たか、仮面のように表情を消していた。

私は食卓の後片付けを忘れて、しばらく相手をみつめていた。枯れ木に彫ったような翁面(おきなめん)。個室の板戸が閉ざされているのを確認して、私は彼の横顔に呼びかけた。

「お父さん」

いつもとおなじだ。なんの反応もない。

「ユミよ」

優芽と名乗っているが、私のもとの名は鷺沢ユミである。両親が離婚した今では名字も母方の姓の絹川に変わっていた。

「サギサワユミ。──わからない？」

わかるはずがなかった。もし一瞬でもわかるときがあるなら、私は容赦なくこの男の喉に両手をかけていたはずだ。

「横になろうね」

ゆっくり立ち上がった私は、老人の──父の左腕を自分の首にからませた。敷布団の代わりに置かれた低いベッドが、個室の半ばを占めている。居室はせまくなるがお互いにベッドの方が楽なのだ。腰痛に悩むヘルパー仲間を、私は何人も知っている。

とはいえ、要介護者の生活習慣尊重がヘルパーの心構えであり、まだまだ畳に布団の暮らしに馴染む老人は多い。さいわい鷺沢哲郎は、ベッド生活に抵抗がなかった。もとはピアニスト志望で、生家も当時の先端ビジネス映画館経営であったためだろう。

南西に設けられた窓から、晩秋の穏やかな日差しが忍び込んでいる。体にかけた毛布の裾を押さえてやると、鷺沢はもうとうとしはじめていた。

好き勝手な生きざまをさらして、その癖周囲にも自分にもなにひとつ実りをもたらさなかった彼。

刻まれた皺のひとすじひとすじに、丁寧に憎悪を埋め込みながら、あらためて私は父の顔を見下ろした。母の生涯を踏みつぶし、私に無意味な生を押しつけた男を。

2

両親が別れたのは生後間もないころなので、むろん父についての記憶はない。物心ついて母の毬絵(まりえ)から断片的に話を聞いたことはあるが、彼女は懸命に夫を忘れようと努力していた。子供心にもそれがわかったから、いつか私も父の話題を避けるようになった。大人が想像する以上に子供は、肉親に絡む黒い事情に敏感なものだ。

それに私には優しいおばあちゃんのヨネ子がいた。その代わり父親の代理を務めるように、母は私に厳しかった。ときには私を殴りつけたこともある。掌(てのひら)でももちろん拳(こぶし)でもない、棒のような左手の先で。

――母には左の手首から先がなかった。鷹取線を走る列車に轢(ひ)かれたのだ。

私は母親似といわれ、祖母に可愛がられてきた。それなら鏡を見る度に母の面影を思い浮かべそうなものだが、今も記憶に焼きついているのは、彼女の棒と化した左手であった。

二の腕の皮膚をかき集め、手首の切断面を隠そうとした治療の痕跡。ひきつれた肉袋。けれど幼い私は、そんな母の手を醜いと思うどころか、強い愛着を感じていた。

絹川家はかつての鷹取線の終点御剣(みつるぎ)から鷹取山にかけて、広大な土地を持っていた。本線に設けられた鷹取口駅は町外れでしかなく、市街の主要部はみじかいローカル線の三駅目、本鷹取駅周辺にあった。絹川家先々代の当主が町の中心に汽車を走らせなかったからだ。鉄道駅の有無が町の格を定めるようになって、あわてて支線を誘致したけれど、クルマ時代の到来とともにあえなく廃線となった。だからもう、母の手を生贄にしたレールは存在していない。

戦後の農地改革であらかた地所は取り上げられたが、それでも絹川家はまだこの地方の名門として遇されていた。私が三歳のとき病死した祖父富造（とみぞう）は、生涯かけて家名の回復に尽力した。時代の変遷に目を塞いだ虚しい努力だったと思うが、それは平成生まれの私だからいえる不遜（ふそん）な言葉かもしれない。

御剣の小学校は生徒数が少なく、私が卒業して四年後には廃校となった。そんな小さな学校だったから、お互いの家庭の事情は筒抜けだ。母の左手のことなど、私の入学と同時に生徒全員に知れ渡っていた。

どうせいじめの原因になると本能的に覚悟していたし、実際にクラスメートの男の子の興味の対象にされた。だが母はそんな自分の姿を、運動会や授業参観の場をはじめ決して隠そうとしなかった。凛として前方を見据える美しい顔立ち。いかにも良家の令嬢といった風貌なのに、ときに女の逞（たくま）しさを感じさせる人であった。病弱な祖母をかばって、家事労働を母は右腕一本でやり抜いていた。

彼女は私の自慢の母親だった。そんな母の悪態をつく奴なんて、最低だ。心底そう思う私は、胸を張っていじめっ子の群れに立ち向かった。家に帰る道すがら鷲頭川（わしずがわ）の草むらで泣いた私の姿は、誰にも見られなかったはずだ。

母の片手が不自由だからって、それがなんなのだ。小さい私をあやすために、風車の柄を左の手首にくくりつけ、目の前でカラカラと回してくれたこと。泣きやまない私を右腕で抱き抱(かか)え、左手の先で頰を優しく撫でてくれたこと。添い寝する母の左腕を枕代わりに、肌のぬくもりを楽しみながら眠りについた私であった。

中学から高校にかけては、それなりに幸せな日々を送ることができた。危ぶむ祖母を説得して、母は私を東京の大学に出してくれた。毎日が打ち上げ花火のように賑やかな都会生活を、十分に楽しんでいた。

そんな私の脳天に、雷が落ちたのである——母と祖母の事故死の知らせ。

鷹取銀座(ぎんざ)と呼ばれる本町の交差点でトラックに衝突され、ティッシュペーパーのようにひしゃげたタクシー。その車内でふたりは即死した。母には兄がいたのだが、祖父より先に死んでいた。私はあっという間に、ひとりぼっちになってしまった。

絹川家に往年の権勢はないといっても、娘ひとりが食べてゆくには困らない。だがこのまま東京生活を送ることはできなかった。それには理由があったのだ。——誰にも漏らすことのできない理由が。

私は通学していた東西福祉大学を中退した。ひとり娘の身だから、いずれは祖母と母をこの手で介護し見送らねばなるまい。そう考えていたので、ここの健康科学部に籍を置いたのだ。その必要がなくなったからといって、中退は勿体ないと、大学の友人たちに忠告された。大切な異性として認め合っていた明石(あかし)くんは、北海道に越していたので、彼の意見を聞く機会はなかったが。

私はみんなの声をふりきって、故郷に帰った。

遠縁のおばさんのガラガラ声が、今も耳の底でうずいているからだ。

「本当なら母親に殺されていたんだよ——優芽ちゃんは」

追い打ちをかけるように、もうひとりの婆さんの、年にそぐわぬカン高い声。

「毬絵さんの手だけですんで良かった」

通夜で交わされたひそひそ話が、夜食を運んできた私の耳にはいった。声だけでわかるほど親しいおばあさんたちだった。子供の私を親身に世話してくれていた二人の会話を、障子越しにはっきり聞いた。

かろうじて寿司桶を廊下に落とさず、私は広間に姿を見せた。杯を手に硬直した年寄りたちに、素知らぬ顔で食事をすすめた。演技は完璧であったと思う。彼女らはてきめんにホッとした。酒の匂いが鼻を衝いた。

膝が崩れないよう注意しながら、私は使いさしの湯飲みを盆に載せ、しずしずと一座に背を向けた。頬がひきつれ、食いしばった歯は今にもカタカタと鳴りそうであった。

母が私を殺そうとした？　どういうことなの。

旧家の常で、絹川家の台所はやたらと広い。もともとは御剣にあった家だが、あまりの不便さに音をあげた祖母が、鷹取市の外れに移築したのだ。口うるさい祖父が改装を許さなかったので、長い間このスペースは土間であったらしい。祖父が死ぬと、母と祖母はたちまち近代的なシステムキッチンに改装した。

手入れの行き届いたシンクの角につかまって、目を閉じ息を整えた。

確かに私は、母が左手を失った事情を正確には知らない。

母も祖母も「鷹取線で災難にあった」——それだけしか説明してくれなかった。不幸な轢断事故だったのだろう。そう勝手に解釈して納得していた。だが、本当にそれは単なる事故だったのか。

親族たちはいった。

「本当ならあの子、殺されていたのよ」

ガラガラ声を耳に蘇らせた私は、にぶい嘔吐感を覚えた。むろん吐いたりする暇はない。権勢は遠いむかしのことになったが、仮にも絹川家の未亡人母娘が急死したのだ。広間を埋めた中には、縁者ばかりでなく地区の顔役たちもいた。

本線沿いの高校を経て、東京で大学生活を過した私の顔を知る者は、多くはない。顔見知りの客にしても、一気にひとりぼっちになった若い娘にどう対応してよいか、腰が引けている様子だった。喪主として広間に詰めるべき私が顔を出さなくとも、見て見ぬふりをしてくれた。

むろん手伝いにきてくれた人たちが、いつ台所に顔を見せるかわかったものではない。気を取り直した私は、心に鎧を纏いなおして深呼吸した。

ピチャン。

水道栓から思い出したように水が垂れる。この前帰ったとき母から聞いたっけ——「パッキングが緩んでるのよ」

馴染みだった水道屋さんが、廃業したそうだ。その後新しい店を探せなかったとみえる。絹川の家は鷹取銀座から自転車で二十分ほどの山裾にある。せっかく移築したのに、もうこのあたりも住みにくくなっていた。中心街のはずの鷹取銀座さえシャッター通りと化し、大型のショッピングセンターは鷹取口駅の向こうにオープンした。片手の母はハンドルがとれず、祖母はもともと免許がなかった。それに絹川家は先代以前から車文化に背を向けていたようだ。大勢が出入りしていたころなら、旧家の足代わりを務める人にこと欠かなかったはずだが、最近はすっかり様変わりしていた。

「なにを買うにもタクシーを呼ぶからお金がかかって」

愚痴る祖母の声を、二度と聞くことはない。

ピチャン。

水音で我に返った。

そのとたん、昔の事情を教えてもらうのに好都合な女性を思い出した。そうだ、お人良しでおしゃべりなモモちゃんがいた。

腰を痛めるまでずっとこの家で働いていたお手伝いさんである。母を子供のころから面倒見ていたし、私も孫同然に可愛がってもらった。体調がわるく入院中とあって今夜は来れなかったから、報告かたがたお見舞いに行こう。ボケ気味と聞く彼女を騙す形になるのは気が咎めるけれど、でも。

ピチャン。

また水が跳ねた。

でも、はっきりと聞いてしまったんだもの。私は殺されるはずの娘だったと。

私は母にとっていらない子供だったというの？

もちろんそんなこと、信じやしない。あんなお婆さんたちの酒飲み話を、誰が本気にするものですか。でも——それでも。

3

またあの夢を見た。

鉄臭い轟音に包み込まれ全身を揺さぶられる恐怖。

「お母さん！」

飛び起きた私を迎えたのは、水のように冷えた夜気と、無心にすだく虫たちの声であった。

草深い庭のそこここで小さな楽士が歌っている。

親代々出入りしていた庭師さんが半年前に亡くなり、家業を継ぐはずの息子は高崎まで通うサラリーマンになったとか。しばらくぶりに帰った私の目にも、庭の荒廃はあきらかであった。

祖父の自慢の種であった庭園は、ゆるやかに自然に回帰しはじめていた。

朝はまだ遠い。私はもう一度布団にもぐりこんだ。広くて冷え冷えとした屋敷に、こうして私だけが横たわっている。そう思うと目が冴えた。おかげで私は、見たばかりの夢を反芻することができた。

あのお年寄りたちの話を真に受ければ、母は私を殺そうとして失敗し、左の手首から先を失ったことになる。その現場に立ち会ったのが、嬰児(えいじ)の私であったなんて。つまり母は娘を連れて、列車の前に身を投じようとしたというのか。

まだ目も見えなかった私が、聴覚と嗅覚を動員してとどめたおぼろな記憶。脳内に折り畳まれた思い出が、私にのしかかる列車のイメージとなって、あの夢を結ばせたに違いない。

葬儀の翌日、私は長年本鷹取駅に勤務していた老人を訪ねた。祖母の幼なじみだったもと鉄道員は、重い口を開いて二十年前の事故の有り様を語ってくれた。

「18時05分発、鷹取行きの上り列車じゃった。御剣駅を出るとすぐ下り勾配になる。カーブを左折すると鷲頭川にかかった第一鉄橋がある。その袂に、嬢ちゃんは倒れていなすった」

季節は晩春だったから、午後六時は灯ともし頃である。下り坂に加えて急カーブ、鉄橋の鉄桁の陰と悪条件がそろって、運転士は母の姿を視認できなかったそうだ。異音と揺れに驚いてブレーキをかけ、失神している母を発見した。

「そのとき私は、どこにいたんでしょう」

「元気よく泣き叫んでおったらしい。バラストに載っていたあんたの顔は血で染まっていた」

「私の！」

バラストというのは、車両の重みを分担する役割の道床で、当時のローカル線は例外なく砂利敷きだった――と、これは後で教えてもらった。それよりも自分が血に染まったという事実にショックを受けた。

「だから運転士ははじめあんたまで轢いたと思ったというが、そうではなかった。あんたの体はレール際だが、列車が脱線しない限り安全な場所に横たえられていた。轢かれたのは嬢ちゃんの手首だった。だらだらと血を流して気絶していなすった。手首は川へ落ちた。雨上がりで増水していたからとうとう発見されなんだ。嬢ちゃんは……」

老いたもと鉄道員にとって、母は今でも絹川家の嬢ちゃんなのだろう。私の表情に気づき苦笑していいなおした。

「気を失った毬絵さんは、まるであんたに添い寝しているような姿じゃったと」

「添い寝――ですか」

「そう。あんたはレールと毬絵さんに挟まれておった。だから手首が轢かれたとき、その血があんたに飛んだのだよ」

私は戦慄した。半顔を鮮血に染めて泣きわめいている赤ん坊の自分と、体すれすれを掠めた鋼鉄の凶器を想像して、息を呑むほかなかった。

母も私も御剣駅側に足を向けて仰臥し、列車から見て進行方向左に横たわっていたらしい。

「それで……やはり母は、私を道連れにするつもりだったのでしょうか」

回想を聞いた範囲では、通夜の会話を否定できる材料はない。私はとめどない脱力感に襲われていた。気の毒そうに目をむけた老人は、しばらく口ごもってから言葉を継いだ。「警察の調べでも、嬢ちゃんはただ黙っていなすった。わしにはようわからんが、深い事情があったと思うよ。――まだ健在だった富造の旦那が八方手を尽くして広がる噂をもみ消した。警察も事件性はないと考えたのじゃろう、怪我人の調べはほどほどにしてくれた。後にのこったのは」

「私の存在ですか?」

自己嫌悪をこめた私の言葉に、老人は驚いたようだ。

「まさかあんた、自分を父親のわからん娘だと思ってはおらんじゃろうな」

「あ、それはありません。母は父と正式に結婚していますもの」

私は微笑した。その程度のことなら中学のころ調べずみだ。絹川家の厳しい家風を知っているから、シングルマザーなんて想像したこともないが、まだ見ぬ父のせめて名前だけでも知りたかったのだ。

「父は鷺沢哲郎ですね。母が十八歳のとき、二十も年の違う父と結婚した。戸籍にははっきり書いてありました」

離婚もちゃんと成立している。私が生まれてふた月後に――そして母が私を連れて鷹取線の列車に飛び込もうとしたのは、その直後だ。

身びいきな解釈かも知れないが、最後の瞬間、母は私の命を奪うことができなかったはず、私はそう確信していた。

いったんはレールの間に寝かせた私を、彼女は取り戻そうとした。一瞬の遅速で私は助かり、母はのばしていた左手をディーゼルの車輪に刈られた――それが事故の真相であったのだ。

顔を曇らせた老人はうなずいた。

「はじめから不運な結婚じゃった。いくら覚悟の上であったにせよ、嬢ちゃんの手に余る苦労だったな」

父の生家や仕事のおおよそは教えてもらったが、それ以上のことは老人も知らなかった。幼なじみが儲けた娘とはいえ名家の令嬢であったのだ、母は。絹川家の裏の事情を覗き知るには、敷居が高かったはずである。

いったい母はどんな男と結婚したのだろう。結婚にどんな夢を抱き、そしてどんな理由で破れたというのか。いずれにせよ母に親子心中まで決意させたのは、父に違いない。鷺沢は私に命を吹き込みながら、母の手を通して私を殺そうとした。それが私の父親であったのだ。

4

病院を見舞った私に、モモちゃんは母の悲劇をとうとうとぶちまけた。私が知っていた彼女よりずいぶん皺深くなっていたけれど、そんなところは相変わらずのモモちゃんだった。

「あらいけない。この話は内緒にって、絹川の奥様にきつく口止めされていたんですよ」

口を塞いでみせたが、実は話したくてうずうずしていたに決まってる。

「いいのよ。母もおばあちゃんも、胸にしまったまま逝ってしまったんだもの。のこされた私に、知る権利はあると思うの」

「そりゃあ、ねえ」

昔は饅頭のように丸かった顔をしなびさせて、モモちゃんは合点合点した。

「大切なお母さんのことだもの、聞きたいでしょうよ」

「母が私を連れて死ぬつもりになったのは、やはり父のことなんでしょ」

軽い口調でつぶやきながら、私は彼女をみつめた。

病院の廊下をカタカタと軽い車輪の音が通ってゆく。重病患者向けの配膳のワゴンらしい。そろそろ夕食の時間なのだ、急がなくては。

「優芽ちゃん……」

さすがにモモちゃんは迷っていた。

「あなた、どこまで知ってるの」

「だいたいは」

私は彼女の人の良さにつけこんだ。

「おばあちゃんから、ちょっぴり聞いてる。父は鷹取シネマの息子だったのね」

「ええ、まあ」

「絹川家のひとり娘を活動小屋の息子に嫁がせるものか。どうせ祖父がそんなことをいったんでしょう？」

母や祖母に祖父富造の性格を聞かされていた私の推察である。

「そんなまともな言い分じゃありませんよ！」

ヒステリックになった自分の語気に驚き、あわてて声を低めた。

「年の違いもネックなら、それ以上に、あんなヤクザな男の顔も見たくないって。それはもう大変な剣幕でいらしたわ」

母はやっと高校を出たころであった。それを二十も年上の男に攫（さら）われるなんて、我慢できなかったはず。そう考えていたのだが、ヤクザな男とはなんのことだ。

「鷺沢さんは音楽家志望だったのよ。将来有望なピアニストだって、鷹取タイムズに書かれたこともあるわ」

「それがどうしてヤクザなの」

「旦那さまの目には、芸術家なんてみんなヤクザなのよ。鷹取シネマには舞台があったから、盆正月には漫才や落語をかけていたわ。アトラクションといって――だから興行師も出入りしてたの」

「それがみんなヤクザとは限らないでしょう」

「あら、似たようなもんですよ」

このあたりはモモちゃんも、祖父の認識と大差なかった。

「それにね、実際に鷺沢って人には、雄島（おじま）というヤクザの親友がいたの。大学の同期で雄島組の親分の息子よ」

「暴力団なの？」

「どうせそうでしょ。刺青の男が大勢出入りしていたんだもの。旦那さまは若いころ博打に凝っていてねえ。ヤクザにひどい目に遭わされたことがあるの。だからヤクザと聞くだけで鳥肌が立つのよ」

「それってお祖父さんの自業自得じゃない。ヤクザの後継ぎが大学にいたのも、鷺沢――父の責任ではないわ」

つい抗弁の口調になると、モモちゃんは困ったように額に皺を集めた。

「あの頃の旦那さまは、絹川の家名を守るのが第一だったから……」

娘の幸せより家名の方が大切なのか。そういいたかったが、現実に母は父と結ばれて不幸になったのだから、祖父の判断を頭ごなしに否定することはできない。

「母は、どこでそんな年上のオジサンと知り合ったんですか」

ホッとしたように、彼女はまた能弁になった。

「舞台袖にピアノがあったのね。昭和のはじめに特別なイベントで、サイレント映画を上映したこともあるのよ」

「へえ……サイレントって、音の出ない映画？」

「そう、そう。毬絵さんは映画が大好きな女学生だったわ。鷹取シネマでは古い映画をリバイバル上映していたの。『キング・オブ・キングス』知ってる？」

「知らない」

おかしくなった。「私、平成生まれなんですよ」

「そりゃそうね。私だって知らないわ。デミルっていうハリウッドを発見した偉い監督が撮ったサイレントの名作ですって。毬絵さん、それを見たくて鷹取の町まで、もちろん旦那さまに内緒で。そこで一目惚れしてしまったのよ。鷺沢さん――あなたのお父さんが、ステージでピアノを弾いているのを見て」

「ああ、無声映画だから演奏が必要だったのね」

「そう、そう。後はもう一瀉千里（いっしゃせんり）よ。毬ちゃんから、なんべんおのろけを聞かされたか！　ホントご馳走様、おなか一杯って気分だったわよ」

毬絵さんが毬ちゃんになっていた。昔話をするうちに、気分まで若々しくなってきたとみえる。そのとき廊下から声がかかった。事務的な女の声だ。

「食事の時間ですよ。今日は遅れずに食堂へきてくださいね」

「はいはい」

思いのほか身軽く毛布から体を抜きながら、小声でいった。

「三分遅刻しただけで、厭味なんだから――ごめんなさいね、毬ちゃん。楽しかったわ」

「いいえ」

毬ちゃんと呼んだのは、単なるいい間違いと思っていたが、そうではなかった。食堂の前で別れるとき、私の顔をじっと見ながらもう一度繰り返したからだ。

「またきてね、毬ちゃん。奥様によろしく」

満面の笑みに微笑を返すのが、少しばかり辛かった。

5

その足で私は鷹取銀座へ出かけた。モモちゃんがはいっていた病院から、本町の交差点まで歩いて十五分の距離だった。こんなとき、ひと握りほどの小さな町は効率的な移動ができる。交番で尋ねると、鷹取シネマの場所はすぐわかったが、駐在の警官はふしぎそうだった。

「あの小屋ならとっくにつぶれているよ。しばらくコンビニをやっていたが、それも立ち行かなくなった——まあ建物の原形はのこってるがね」

「ありがとうございました」

交差点を東に折れて二本目の通り沿いに、劇場跡はあった。〝ほーくしてぃ〟と記された古ぼけたゲートが残っていたが、錆びた支柱は傾いている。私が中学にはいったころまで、鷹取唯一の歓楽街だった。ほーくしてぃの名を口にしただけで叱られた理由がわからなかったが、ここは母の思い出の地だったのだ。それも恐らく悪夢のような思い出。

十年の時を隔てた今、街は呆気なく死滅して、シャッター通りに仲間入りしていた。走る車もなく営業中の店舗もほとんどない。随所に歯が抜けたような空地があり、雑草にまじってコスモスがちらほら咲いている。寂しいというより間が抜けて見えた。

もと鷹取シネマは、廃墟の街に溶け込むように沈黙していた。経営者だった父は現在住んでいないのか。私は二階を見上げた。建て増しの部分とみえ統一感がない。トタン屋根を乗せた二階は、2DKくらいの広さがありそうだ。

コンビニに変身するにも最小限の改装ですませたようで、映画館の雰囲気がまだ漂っていた。ベニヤ板で塞がれたエントランス横に、入場券売り場の窓の跡やスチール写真を張ったスペースがつづいている。その一隅に、わりと新しい手書きのポスターが残されていた。〝鷹取ピアノ教室　ココ〟とあり、電話番号も付記されていた。もしかしたらこれが今の父の生計の手段だろうか。

見すぼらしい建物を見回していた私は、突然声をかけられた。

「また取材かね？」

びっくりして振り返ると、くたびれたブルゾンを羽織った初老の男が立っていた。

「東京の大学からきなすったんだろ」

なぜわかったかと思ったが、すぐに相手のカン違いと知った。

「つい三日前も何人かでやってきてなあ。昭和の風景を取材して大学の卒論にするそうだ。東京にも高崎にもない、懐かしい匂いがするといってな。あんたもそのお仲間じゃろ。まあ、入りなさい」

入れといわれてまたびっくりすると、男は鷹取シネマの正面にある店舗を示した。営業中と思えない薄汚れた外装の喫茶店だ。

男はさっさと背中を向けた。店のオーナーらしい。うろうろしている私を見て、親切なのか暇なのか声をかけてくれたのだ。道理で寒空に似合わぬ軽装であった。彼は『マリエ』と金色のロゴがはいったアクリルドアの前で、私を手招きした。

マリエ。店名を読んだとたん、私はためらいなく男につづいた。

母は鷹取シネマで十八歳から十年の時を過ごしている。二度と絹川家の門をくぐるまい、そう覚悟して結婚した母の新居が、あのトタン屋根の二階であったものか。してみれば『マリエ』の店名が偶然の一致とは思えなかった。

店の中はほの暗い。喫茶店というよりオープン前のバーといった風情である。母がよく口ずさんでいた加藤登紀子(かとうときこ)の『時代おくれの酒場』のモデルみたいだ。

「やっぱり東京の女子大生だったか。あんたのカンが当たったな」

ダミ声がカウンターの一隅からあがり、スタジャンの男がこちらに顔を向けた。アルコールの匂いがした。明るければ彼のグラスに琥珀色が見えただろう。私は歌詞にあった「昨日を捨てた男」を連想した。オーナーと同年配の初老らしく——ということは、父とも年が近いことになる。

「コーヒーでいいかね」

押しつけがましくはないが、客引きに捕まった形だ。数日前の女子大生で味を占めたのかも。

だが私とすれば渡りに舟だ。鷹取シネマの昭和情緒を褒めながら、ゆっくりと本題にはいることにした。

「勿体ないですね。東京なら建物を売りにして古い映画を見せられるのに。ＤＶＤだブルーレイだといっても、やはり映画は大画面で見たいもの」

私が水を向けると、オーナーは手をふった。

「東京なら、な。物好きな若いモンが大勢おる。あいにく鷹取には誰もおらんよ。そこを読み損じて、大火傷しおった」

「は？　火傷ですか」

私がキョトンとすると、カウンターで酒浸りの男が、空気の抜けるような声で笑った。「鷹取シネマの二代目がな、途方もない借金を背負ったという話さ」

「あの劇場の人が？」

私は、うわずりそうになる声を抑えた。

「そうだよ、お嬢さん。鷺沢哲郎というんだがね。ほーくしてぃの核に自分の小屋をあてようとして、この一帯の再建計画に駆けずりまわっていた。手始めに街のみんなにコスモスの種を配ったりしてな。その挙げ句タチの悪いコンサルタントにひっかかった……」

「詐欺にあったんですか」

「柄にもない夢を見たんだ、哲は」と、スタジャンの声。

私はコーヒーをこぼすまいとした。オーナーが首をふった。

「柄にもないってことはないさ。高校のころから哲ちゃんは夢多い奴だったろ」

「それもそうか」キュッとグラスを干す音が聞こえた。

「あいつだって親父さえ倒れなきゃあ、ピアノで一旗あげていたはずだな」

「運が悪かったんだよ。鷺沢の親父はシネマ命だった——おかげでわしらも、鷹取には珍しい映画を見せてもらっていた。そんな親をほっておいて、音楽修行に逃げるわけにゆかなかったさ。小屋を継ぐについては、毬絵ちゃんも賛成したんだぜ」

興奮のあまり私はミスをした。コップを倒したのだ。幸い水はほとんど残っていなかったので、テーブルをハンカチで拭いて誤魔化した。酒を飲み終えた客がカウンターから私を見つめている。その視線を振り払うように、いった。

「ごめんなさい、どうぞ、お話をつづけて」

鷹取シネマの話題が、期せずして昭和情緒の取材になる。そう解釈したのだろう、軽くうなずいたオーナーがまたしゃべりだした。

「二代目の奥さんになった人は、若くて美人で品があった。親と喧嘩してまで哲ちゃんと所帯を持ったんだ。昨日会って今日くっついて明日別れる、なんて話と違うんだ。昭和っぽい恋物語さ。マリエってのは彼女の名前でね。店にしょっちゅう手伝いにきてくれたから」

オーナーはいわなかったが、私は出窓に置かれた写真立てに気づいた。旅装の若い母があでやかに微笑んでいる。バックに浅間温泉まなか旅館の看板が写っていた。

「あのころは、まだこの街も捨てたもんじゃなかった。夜になるとここはバーに模様替えした。隣近所の若いもんが集まって——」

「毬絵ちゃん目当てに、な」カウンターから茶々がはいる。

「ああ。あんたも俺も口々に哲ちゃんが羨ましい、そういったじゃないか」

「だがけっきょく別れちまった——」

陰気な声につづいてドボドボとウィスキーを注ぐ音があがり、オーナーのため息を誘った。

「あんなに仲睦まじかったのに。男と女の間はわからんもんだ」

「——お前さん、なにも聞いてないのか?」

酔いどれた声が絡みついてきた。

「なんのことだね」

「赤ん坊が生まれただろう」

喉がゴクンと鳴った——私のことだ!

「ああ。それなのに哲ちゃんは別れちまった。どう考えても納得ゆかなかったな」

「納得できる考え方がある。ひょっとしたらお前もおなじことを考えたろう」

マスターが唾を飲み込む気配がした。いつの間にかふたりの会話は、私をそっちのけに飛び交っていた。

「ほれ、雄島組の社長だよ。このあたりへも顔を見せたっけ。刺青の若い衆を引き連れて。あからさまに街へのデモンストレーションだった」

「哲ちゃんと大学で同期だった男だな」

「そのよしみで、鷹取シネマに大金を貸しこんだ雄島のボスさ」

「それがどうしたんだ」

「首の回らない哲に代わって、雄島組に詫びを入れたのが毬絵ちゃんだった。噂は聞いたよな？　するとそれっきり取り立ての話がやんだ。——そのあとすぐだろうが、ふたりが別れたのは」

「だからそれがどうした！」オーナーは言葉尻を跳ね上げた。

「——あの赤んぼは、本当に哲のタネだったか？」

カウンターが投げかけた問いに、オーナーは口をつぐんだ。

「返事をしないのは、お前も似た想像をしてたからだろ」

男はまたグラスに口をつけた気配だ。

私はのろのろと立ち上がっていた。「お会計を」といったはずだが、前後のつながりはよく覚えていない。ただ道に出ようとした私の耳を、アルコール混じりのダミ声が掠めたことは記憶している。

「いまの女子大生、毬絵ちゃんに似ていたなあ……気のせいかね」

弱々しい秋の西日が、私を真っ向から照らしつけている。正面の鷹取シネマの残骸にも、なん輪かのコスモスが裾模様を描いていた。

6

その夜、私は泣いた。虫の他に聞く者のいない家だから、安心して大声で泣いた。食事もぬきで瞼が腫れ上がるほど泣いてから、札幌へ電話をかけた。明石繁のアパートだ。福祉に生涯を捧げる決心がついたから、まず最新の老人医学を修めるのだと、改めて北海道の医大に入学していた。

絹川家には固定電話がのこしてあるが、明石くん——繁は電話を引いていないので、ケータイにかけた。

真面目だがカンのいい彼は、即座に私の異変を感じとったようだ。話しているうちに乾いたはずの涙が、また溢れだした。繁は最小限の相槌を打つだけで、辛抱強く話に耳を傾けつづけた。しゃべり終えていくらか気持ちが休まった。私の父親は誰なのよと訴えたところで、彼に返せる言葉はない。そう思ったので「ごめん。聞いてくれてありがと」——電話を切ろうとしたら、意外な言葉がもどってきた。

「きみはお母さんを信じているね」

「え……」

ちょっとまごついたが、答えは決まっている。

「もちろんよ。大好きな母さんだもの」

するとは彼はかすかに笑い声をたてた。

「およそ論理的じゃない主張だが、まあいいや。それならきみが迷うことはない。きみの父親は間違いなく鷺沢哲郎さんだよ」

あまりあっさりと断定するので、私は少々むくれた。なにが論理的じゃない、だ。彼はいい奴で、彼がいると周りの空気まで和む人徳の主だが、ときどき独りよがりな断定癖が出る。福祉大学では推理研究会に籍があったから、そのせいかもしれない。

「繁」私はけんか腰になっていた。

「なぜそんなことがいえるの？　母が雄島組に頼みこんで、借金を勘弁してもらったのよ。そこはやくざで、社長は独身で、母は評判の美人だったんですよ。――ええ、わかってる、私が生まれたのはそれ以前で順序が逆ということね。それで町の人たちは、母が雄島と前々からできていた。そう思い込んだの、きっと。さもなければそんな、右から左へ借金を」

「あわてるなよ、ぼくはただきみの話を聞いて、答えを出しただけだ」

「はあ？」

「ぼくの想像が誤っていなければ……いや」

そこで彼は言葉を濁した。「想像が推理になるまで、まだピースが不足しているな」

「はあ？　ピースってなんなの」

「うん。――もう一歩推理を煮詰めるには、きみのご両親が離婚した理由を知る必要がある。

いいにくいけどね」

「いいにくいことを、そんなにサラッというな！」

腹を立てたのがきっかけみたいに、彼があわてた。

「しまった。電池切れになりそうだ」

ちょうどいい。私はこちらからさっさと電話を切ってやった。「バッカみたい！」

怒ったら今ごろになって空腹に気づき、流しの前に立った。

ピチョン。

また水漏れの音が私を迎えた。こないだは、若くて健康な女性の腕力を見よとばかり、渾身の力で栓を閉じたつもりだったのに。水栓を睨みつけたおかげで、ふっと思い出すことができた。いつかおなじ水漏れがはじまったときだ。たまたま帰郷していた私もそこにいた。水道屋の電話番号を尋ねた母に、祖母の返答はこうだった。

「その番号なら、日記の備考欄に書いてあるはずよ」

そうだわ日記！　祖母は家計簿代わりに日記をつけていた――それも母の中学時代からずっと。年々増えていった日記帳は祖母専用の段ボール箱に格納され、押し入れの奥深くにしまわれていた。

ピチョン。

忘れたころに垂れる雫そっちのけで、私は押し入れに突進した。カンは的中した。祖母は忠実に簡潔に、隻手となった母が病院から帰った日のことを記していた。〝可哀相な毬絵！　あの男に不倫を疑われ、ユミを道連れに死ぬつもりだった。事情を聞いたおかげで、頑固な富造さんもようやく毬絵と孫を迎えてくれた〟

母は不倫を疑われたのだ、父に。

私はカッとなった。

かりに母が過ちを犯したとしても、原因はあんたが作ったんじゃないか。自分の不始末を棚にあげて、よくまあそんなことをぬけぬけと！　その一瞬私は考えた。こんな最低の男が父親であるくらいなら、いっそ雄島が父であってもいい……。

だが、すぐさま私は繁との会話を思い出した。そう、私は母を信じている。理屈もへったくれもない、あの母が私を裏切るわけがなかった。やはり私の父親は、最低の鷺沢哲郎なんだ。

すぐにも札幌へ連絡をとって、繁に宣言しようと思った。

「あんな父親、殺してやる！」

……。

いや、やめた。宣告はとりあえずやめることにした。繁のことだ、私の怒りを慎重に受け止め、論理的に反駁するに違いないからだ。

それに宣言をする以前に、まず私には父の所在を知る必要があった。

ポスターに書かれたピアノ教室へ電話すると、留守電になっており入院中とわかった。病院から辿って、鷺沢哲郎が『鷹取やすらぎの巣』に入所したことを突き止めた。だから私は今、こうして父の枕元にいるのだ。

7

父が認知症と知った私は、正直なところふりあげた拳のやり場に困った。

どんな極悪人にも自己弁護の機会を与えるべきだろう。まして私の親なのだ。彼なりに母を疑う理由があったはずだ。雄島がなぜ融資した金を取り立てなかったか。その一点だけでも、母と雄島の仲を曲解するのは必然だった？

いやいやいやいや、とんでもない！　思いっきり首をふった私は、声に出さずに父を怒鳴りつけていた。

「絹川毬絵は、家を捨ててまでついて行ったのよ。そのあなたが、彼女の味方にならなくてどうするの。ふたりは永遠の愛を誓い合ったんじゃなかったの？」

怒鳴ったものの、ちょっと白けた。どこかでクスクス笑う声が聞こえる。私の声だ。

〝本気でそう思ってるなら、優芽。あんたなぜ繁と結婚しないのよ。彼に抱かれて燃え上がった最中に、結婚しようと囁(ささや)かれて、そのときどう答えた？　もっと互いを確かめ合ってから、だなんて。はン、臆病者。あんたの頭ン中には、愛し合ったはずの両親が別れてしまった、その現実がみっしり詰まってる。永遠の愛なんて嘘っ八、そう思い込んでる自分が結婚で幸せになれるはずがないってね！〟

唐突に背後の板戸がノックされた。不意をつかれて私は小さく悲鳴をあげた。顔を出したのは、小袋さんだ。なぜか青い顔で手招きしている。脳内のスイッチが切り替わらないまま戸口に立つと、

「……鷺沢さんにお客さまだよ」

気のせいか声が震えていた。

「あら。それならラウンジへご案内すれば」

ふつう面会はそこですませる決まりだから、ふしぎだったが、小袋さんはあわてたように手をふった。

「気を利かせてあげたのさ、お客が雄島社長だから」

私が絶句していると、彼女は蚊が鳴くような声でささやいた。

「知られた顔役だよ、だから人目につかないように――あ！　どうぞ、こちらでございます」

小袋さんがやにわに声を張り上げた。

「ご苦労さん」渋い声が近づいてきた。

私が顔をむけると、恰幅のいい白髪の紳士が穏やかな笑みを浮かべていた。仕立てのいい服装のせいだけでなく、精気に満ちた姿からは父と同期とは考えられぬ若々しさだ。雄島を通すとあわてたように板戸が閉じられ、その音に彼は苦笑した。

「堅気(かたぎ)になったのは二十年も前のことだが、まだ通用しないらしいな。それに儂(わし)が会いにきたのは、鷺沢じゃない。あんただ」

驚いた私を、テーブルをはさんだ老紳士がまじまじと見た。「よく似ている。血は争えんなあ。ユミさんだったかね」

「父と離れてからは優芽と名乗っています。戸籍の名はユミですけど」

チラと視線を走らせると、父はすやすやと寝息をたてていた。板戸もぴっちりと閉まっている。大丈夫、この男とサシで話せそうだ。だがその前に——。

「いろいろと調べてからきたんですね。私になんの用があって」

「そうハナから嚙みつきなさんな。あんたこそ儂に用だろう。そう思ったから先回りした」

ぶっきらぼうだが、語気はいっそう柔らかになった。

「鷹取タイムズで読んだ。残念なことだったね」

「恐れ入ります……ご心配をおかけしてしまって」

どうにか腑に落ちた。絹川家の未亡人と娘が事故死した記事を目にしたものの、小袋さんの反応でわかるように、葬儀に出るのは遠慮したのだろう。だが雄島はひとりきりになった私を気にかけたのだ。たとえ私が、彼の血を引いていなかったにせよ。

「そこで、お互いの用件だ」

なんの衒いもなく、男は切り出した。

「あんたは儂のことをどう考えていたね」

「——母を抱いたと思う人もいたようです。私の父親ではないかという人も……」

「他人はどうだっていい」皺深いが分厚い手をふって、雄島はいった。

「あんたの気持ちだよ」

「雄島さんにお目にかかるのははじめてです。気持ちと聞かれてもまだなにも。いえるのは、私が母を信じているとだけ」

「父親はどうだ」

ずばりと聞かれた私が黙ると、雄島は淡々とつづけた。

「やはりね。——鷺沢が持ち出した別れ話の中身を知ってるんだな」

「はい」答えてやった。「知ってます」

「雄島組が借金を棒引きしたのは、毬絵さんと俺ができていたから。そうだろ」

「はい。でも私は噂話より、母を信じていますから」

「噂を本気にした父親よりも、だね？」

「はい」

「そこが違っている。鷺沢は毬絵さんを信じていた。同様に儂のことも」

混乱した。「なんですか、それ。だったら別れるなんていいだすはずが」

「こいつとはな、学生のころから親しかった」

静かに眠りつづける父を、哀れみとも親しみともつかぬ表情で見やった。

「ぶきっちょだが誠実な奴だ。自分のことより友達の儂を大事にした。自分より妻を、むろん娘を大切にした——まあ、聞きなさい」

雄島の掌が私の反論を遮断(しゃだん)した。

「だがこいつはピアノの夢、映画館の夢、街起こしの夢。みんなダメにしてしまった。生きることの下手さ加減に、自分で愛想を尽かしていた。うち以外にも多額の借金が残されている。このままでは決して妻や娘を幸せにできん、別れるべきだ。そう思い込んでいた。だがおめおめ別れ話を承知する毬絵さんじゃない。それでこいつは俺に断った上で、ひと芝居打った」

私は茫然とした。それでは父は母と私を絹川家に返すため、不倫話をでっちあげたというのか。一方の当事者となる雄島まで巻き込んで？

「信じられません！　雄島さんと父が友情に結ばれていたからって、男と女の間柄は、べつだと思います。母にそのつもりがなくても、あなたが」

すると紳士は私の言葉をぶった切るように、にやりと笑った。呑まれた私は椅子の上で固まった。老い朽ちた父と違う、まだ十分に男を感じさせる笑いであった。

「そう。男と女の間はまたべつだとも。現に儂はあんたのお母さんが好きだった。惚れていたといってもいい。だが彼女を抱くことはできなかった……」

雄島の悩ましげな視線が私を呪縛した。

「約束してくれるかね？」

「なにを、ですか」

「絶対に大声をあげたりしないことを。儂の言葉を証明するためだよ」

雄島がぬっと立ち上がった。テーブル越しに手首をとり、力まかせに私をむりやり立たせた。それから彼は抱きすくめるようにして、私の手を自分の股間にひっぱりこんだ。格の違いとでもいうのか、私は声をあげるどころかなんの抵抗もできなかった……。

8

「そりゃあたまげたろう」

人の気も知らないで、その晩の電話で繁は陽気に笑った。

「たまげたどころか！　本気で犯されると思ったわ。だって私はお母さんそっくりなんですもの」

反撥しながらも、そのときの異様な感触を思い出していた。

雄島の穿いていたツータックのスラックス。下はごわごわするロングパンツ。その下に重ねられたボクサートランクス。さらにその下には——なにもなかった。あるべきはずの男のモノはすっぽりとなかった。

雄島の説明が平板につづいた。

「子供のころ空襲でやられたんだ。ヤクザの息子がタマなしとはな、とんだお笑い草だよ。たまたま鷺沢には知られたが、あいつは絶対に他言しようとしなかった。だからあんたの父親が、本気で毬絵さんと儂の仲を疑うわけがない。すべて承知の上のいいがかりさ、あんたたちを実家へ帰す口実にね。毬絵さんもうすうす気づいていたんじゃないか……黙って絹川家に帰ろうとした」

　だがその前に、母は祖父を騙すためもうひとつの大芝居を打つ必要があったのだ。まさかそこまでするとは、母の気性を知悉する父さえ思っていなかった。

「でも繁は、見抜いたのね」

　私はいった。生前の母に会うことのなかった彼が、なぜ彼女の凄惨な企みを知り得たのか。

受話器の中の声はひょうひょうとしていた。

「お母さんが詫びに行ったとき、雄島氏はまだ堅気といえなかった。それに彼がどう思ったところで、配下には大勢の男たちがいる。同情で見過ごしたのでは、若い者にしめしがつかないはずなんだ」

「ええ、雄島さんは話してくれたわ。若い者たちが笑っていたって。借金を棒引きにしてほしいなら、鷺沢に指を詰めさせよう。詫びにきてその言葉を聞いたのね。それでお母さんは、ためらいもなく自分の指を詰めたのよ」

　そう、左手の小指を。そればかりは絶対に父にやらせられなかったから。ピアノ演奏に夢を抱いた父であり、その姿に惚れ抜いた母であってみれば、父の五本の指は不可侵の存在でなければならない。

　受話器の中で、繁がふたたび語りはじめていた。

「轢かれる直前のふたりの姿勢に、ぼくは違和感を持ったんだ。きみの体はちゃんとバラストまで出されている。それなのになぜ、お母さんの左手首がレールの上に残ったのか。右手を添えて引き出したのなら、お母さんはきみを抱きしめるように、横臥のポーズであるべきだ。だからぼくは、お母さんが覚悟の上で自分の手首を切断したように感じた。ではそれはどんな理由があっての行動か。雄島氏が融資の取り立てを断念した事情も不明なままだ。そして絹川家にはまだ富造氏がいた。やくざに詫びを入れるため、小指を詰めた自分をあの父親が許すとは考えられなかったんだ、お母さんは。——人体の一部を失わせるミステリにはいろいろある。目的が殺傷そのものであればべつだが、特徴のある痣や傷跡を隠し被害者や殺傷手段を特定させないケースもある。お母さんの場合はそうではなかった。〝ある〟ことを隠すのではなく〝ない〟ことを隠すためにあえて轢かれたのではなかったか？　そう推察したんだよ、ぼくは。きみから聞かされていた、お母さんの情愛の強烈さを想像すればね。ご両親はどんな犠牲を自分に強いてでも、きみの未来を守ろうとした。そのためにあえてきみを共演させ、心中劇を本物と絹川富造氏に信じさせる必要があった——」

いつの間にか私は静かに涙を流していた。

「ありがとう、繁。……それでやっと、収まるところに収まったわ」

「ピースがみつかったからジグソーが完成したのさ。——きみの胸の内も収まったかい」

「うん」

自分でもびっくりするほど素直な気持ちになっていた。草むらにすだく虫の音に励まされ、私はおずおずと口を開いた。

「ねえ。あのとき繁がかけてくれた言葉、覚えている？　ずいぶん間が空いてしまったけど……ハイと答えてもいいかしら？」

解題

戸田和光

ミステリとしての最初の著書とされる『仮題・中学殺人事件』（一九七二）を刊行してから五十年、約二百冊のミステリを上梓し、今なお現役として、今年も『馬鹿みたいな話！ 昭和36年のミステリ』を発表したレジェンド・辻真先。その著書の多くは長編ミステリだが、当然ながら、これまでに、数多くの短編も執筆、発表している。

ただ、同一キャラクターが活躍する連作短編集を除くと、短編集は意外に少ないことに気付くだろう。その一因としては、『殺されてみませんか』（八五）や『殺人小説大募集!!』（八六）のように、雑誌に発表したノンシリーズ短編を作中作化し、結果として長編に仕立てることを行なってきた（書き下ろしだが『9枚の挑戦状』（九七）も同じ構成である。作中作の数こそ少ないが、『本格・結婚殺人事件』（九七）も同様だ）ことが挙げられるが、多くの短編が初出以来、自著に収録されずに取り残されてしまっているのも確かである。

本書は、これらの辻の短編のうち、鉄道ミステリを集めたものとなる。辻は、鉄道好きであることを繰り返し公言しており、実際に長編鉄道ミステリは多いが、短編でも、様々な形で鉄道を描いてきた。それらが、ようやく、一冊にまとまったのである。

まとまったものを眺めて、改めて気付くのは、辻が鉄道を取り上げる際には、たとえ旅情といった面が薄らいでも、鉄道そのものを正面から扱うことが多かったことだろうか。結果として、発表当時の鉄道事情が作品にも色濃く反映されている。そのため、現在とは大きく変わってしまった点（廃線となるなど）も多いのは否めない。とは言っても、ストーリー自体は決して古びていないから、改めて補足することはしない。この解題では、鉄道事情などについて、可能な限り補足していきたいと思う。

今回の刊行で、多くの方々に辻ワールドの一端を感じとっていただければ幸いである。

以下、各作品について触れていくが、基本的には、舞台となった鉄道の説明と、辻作品としての書誌的な補足を中心としていく。作品の内容を直接明かすことはしないが、取り上げた鉄道や書誌的に補足した内容で、真相の一部などの推測がついてしまうことはあるかも知れない。予め、ご注意申し上げたい。

最初に並べたのは、辻の鉄道ミステリジャンルでの主役であるトラベルライター、瓜生慎（うりゅうしん）と真由子（まゆこ）の夫妻が登場する「殺人号」シリーズ四編である。辻の鉄道ミステリにはノンシリーズものが多いが、創作初期であったためか、鉄道ミステリなら彼を登場させようということだったのだろう。

『死体が私を追いかける』（一九七九）で一連の事件の関係者として知り合った二人は、『北海で殺そう』（八六）まで続いた第一期、『ソウル発殺人物語』（八八）から『殺人「悲しき玩具」』（九三）までの第二期、成長した息子の竜(りゅう)が主役を務めることも多い『北海道・幽霊列車殺人号』（二〇〇二）から始まる第三期と、多くの作品に登場している。〝殺人号〟というと、光文社文庫書き下ろしで上梓された第三期の作品群を思い出す人が多いかも知れないが、実は、初期の短編でも、このタイトルが繰り返し使われており、第三期のタイトル群は、それを復活させたものだったのだ。いずれも、当時（国鉄末期）の鉄道を象徴する車両などを題材として取り上げ、ミステリに組み込んだ作品群になる。

「お座敷列車殺人号」（《問題小説》一九八三年一月号）は、慎と真由子が新婚旅行で遭遇した事件を、お座敷列車を舞台に描いた一品だ。二人の結婚を描いた作品はこの短編だけだったため、『殺人者が日本海を行く』を文庫化する際、読者サービスとしてボーナス収録された。そのため、この作品は単行本未収録ではないが、他の三編を収録するのに、この一編だけはずすのも不自然だと判断した。初出順の収録としたため、この作品が巻頭に置かれることになったが、ご理解いただきたい。

〝お座敷列車〟は、八〇年頃に誕生し、主に団体旅行貸切専用の臨時列車として運行された、その名の通り、一部車両がお座敷形式（畳敷き）に改造された列車の総称である。この作品では修善寺(しゅぜんじ)－東京を走っているが、実際に複数の編成が日本各地を走っていた（念のための補足。もちろん、この作品のような行為は当時も許されていない。当時のテレビ業界の強権を描くためのフィクションだろう）。定期運行には向かない車両構造だったせいか、鉄道による団体旅行の減少とともにほぼ姿を消したが、鉄道を単なる旅行の移動手段ではなく、目的（目的の一つ）となるようにした列車と考えれば、最近の豪華列車群の原点とみることが出来るかも知れない。なお、修善寺は伊豆箱根鉄道駿豆線の駅だが、国鉄時代から特急〝踊り子〟が三島駅接続で乗り入れているから、お座敷列車も乗り入れ運行できた。

「夜行急行殺人号」（《問題小説》八四年九月号）は、鉄道ダイヤを利用したアリバイもの。「特急」や「急行」という呼称から抱きがちな盲点をトリックとしており、時刻表の読み方さえ知っていれば解けるかも知れないが、被害者の上司が部下の死の謎を追うという構成で、その辺りの違和感を消していることが分かるだろう。

　当時の国鉄は、L特急（毎時ゼロ分など、ダイヤをパターン化して本数を増やした特急をこう呼んだ）といった呼称をつけて特急を増やす一方、急行列車を大幅に減らしていた。停車駅は殆ど変えずに、車両だけを特急型にすることで急行を特急にすることも、格上げなどと称して進められていたものである。そんな中で、まだ急行が残っていた北信越地域を舞台に、急行、中でも夜行急行という存在への郷愁を、辻自身が小説の形を借りて描いた一編である。まさに、そんな時代だから書かれた作品と云えるだろう。――その後も急行の廃止は進み、現在ではJRには定期急行列車は完全になくなってしまった。そのため、（長野電鉄が一部地下鉄化されたという表現を含め、）読者の年齢によっては想像しにくい内容となっているかも知れないが、これも昭和末期という時代を映す一つの鏡と見ていただきたい。

「ブルートレイン殺人号」（《問題小説》八四年十二月号）は、ホラー仕立てのショートショートである。とはいえ、ブルートレインとタイトルに入れながらも、そのテールマークを主役にしているのが、辻らしさだろう。

〝ブルートレイン〟は、青い車体を特徴とした寝台特急列車の通称。全盛期には、〝富士〟、〝はやぶさ〟、〝あさかぜ〟、〝さくら〟といった東京と九州を結ぶものを中心に、全国で数多くの列車が運行されていた。飛行機旅行の増加や旅の高速化などの影響で、ダイヤ改正の度に減っていき、二〇一〇年代には姿を消した（現在も寝台特急はあるが、ブルートレインとは普通呼ばれない）。ただ、夜を過ごす舞台としてミステリとの相性が良いせいか、西村京太郎の作品群を筆頭に、その愛称をタイトルに抱く数多くの作品が書かれてきたことは、余りにも有名だろう。

「α列車殺人号」（《問題小説》一九八五年八月号）は、その名の通り、変わった列車をテーマにしたショートショート。結末がやや強引な気もするが、題材が特殊なだけに、合理的な解決を与えるには、これしかなかったのかも知れない。

〝α列車〟は、八五年三月の国鉄ダイヤ改正で生まれた増発列車の通称。本編に登場する美信線こそ架空の路線（美濃と信濃を結ぶ想定だろう）だが、日本各地のローカル線で生まれた。民営化を控え、不採算路線の廃止を視野に入れていた国鉄が、「鉄道に乗らないのは、都合の

いい時間に走っている列車がないためで、乗りたくても乗れないからだ」という声を受けて、
期間限定毎日運転の臨時列車——という形で設定したものである。〝列車が増えれば乗客も増
えるのか〟を判断するために、条件つきで運行された列車ということだ。本編を読むと、この
試験運用は失敗に終わる、と辻は予想していたように見えるが、国鉄最後の有効対策だったの
か、翌年春に試験運用を終えた際には定期列車に昇格した方が多かったらしい。鉄道好きの辻
からすれば、まさに嬉しい誤算だったのではなかろうか。
「郷愁列車殺人号」（《小説NON》九〇年八月号）は、同じ「殺人号」ではあるが、瓜生は登場しない。このように並べると違和感を覚える読者もいそうで、タイトルにこだわる辻には珍しいネーミングだが、鉄道を舞台にしたトリッキーな作品であることを優先したせいかも知れない。

舞台となる五能線は、青森県と秋田県の日本海沿岸部を走り、川部駅と東能代駅を結ぶ路線である。名称は五所川原と能代を結んでいることを意味するが、五所川原は青森側の主要な途中駅で、列車は弘前と能代を結んでいる（全線開業までの経過から、この路線名となった）。海岸線に沿って走る区間も多く、千畳敷や黄金崎などの絶景観光地を有するほか、十二湖など白神山地の観光拠点となる駅もあるため、早くから観光路線としてPRが行なわれていた。本編に登場する〝ノスタルジックビュートレイン〟は、観光を意識した車両編成や運行ダイヤの先駆であり、その中にミステリのトリックを見出したのが本編となる。現在も五能線は観光路

線を前面に出しており、観光列車として〝リゾートしらかみ〟が運行されている。

本作のヒロインである麻生遥子は、辻のキャラクターの一人で、『世にも贅沢な殺人』（八七）で始まる祥伝社書き下ろしのシリーズでは、恋人・剣持澄人とのコンビで主役を務めている。本作は、長編四冊の後に書かれた作品になる。

この頃までの作品では、主として旅行の手段・目的としての鉄道を取り上げ、列車ダイヤや運行などをトリックにした作品が中心となっていたが、これ以降は徐々に、人生や生活の一断面を描写するための、日常の一コマとしての鉄道を扱ったものが増えていく。同じ鉄道をテーマとしながらも、描き方の違いが感慨深い。

「白い闇の駅」（《小説ＮＯＮ》九三年七月号）は、列車の殆ど停まらない北海道の駅を舞台に、記憶を失った青年が、駅舎での正体不明な人々との出会いをきっかけに、少しずつ記憶を取り戻していく様を描いた一幕もの。あるいは、通過する特急列車に人々が乗ったかのような、一種の人間消失あたりから組み立てた物語だったのだろうか。小さな挿話だが、印象に残るトリックである。

舞台となる石北本線は、旭川（厳密には、旭川―新旭川は宗谷本線に乗り入れており、石北本線の起点は新旭川）と網走を結ぶＪＲの路線であり、現在も運行されている。〝本線〟と名乗っているが、旭川や遠軽、北見、網走といった都市を結ぶ特急が主役で、短区間の普通列車は走っていても、それ以外の区間には殆ど列車は運行されていない。このため、作者の注記のように、一日上下数本ずつしか停まらない駅が実際にいくつもあった。最も知られているのは上白滝、旧白滝、下白滝など（本編に登場する「元黒滝」は架空の駅だが、「旧白滝」を踏まえたネーミングであることが分かるだろう）だが、これらの駅は二〇一六年に廃止されてしまった。ただ、現在も上下三本ずつしか停まらない駅などは残っており、今も似た舞台は探せるだろう。

「オホーツク心中」（《小説新潮》〇〇年六月号）は、二十年前に心中事件を起こして、一人生き残った女性と、その家族の間に起こる小さな事件を綴ったドラマ。

舞台となっているのは、旧興浜北線。作品発表当時には既に廃線となっていた路線である。興浜北線は、浜頓別—北見枝幸を結んでいた路線で、一九八五年に廃止されている。同じ年に廃止された興浜南線（興部—雄武）と結ばれる予定だった（興部と浜頓別を結ぶから〝興浜線〟なのである）が、雄武—北見枝幸が結ばれることはなかった。更に、これらの起点だった浜頓別、興部の両駅も、その後もともとの本線（天北線、名寄本線）がいずれも八九年に廃止された結果、駅としての機能を終えてしまっている。つまり、本編が発表された時点で、これらの地域は既に鉄道の全く走らない地域となっていたのである。

辻は、『幻の流氷特急殺人事件』（八六）では、作中作の中で、第三セクターが北見枝幸—雄武にも鉄道を敷設し、釧路から稚内までのオホーツク沿岸を結んだ観光列車を走らせる世界を描いている（その運行初日に、列車は乗っ取られ、何処かに消失してしまうのだが……）。当時の鉄道ファンなら誰もが一度は夢想した列車であり、辻もこれらの地域へなみなみならぬ愛着があったのだろう。前記の通り、興浜北・南線が廃止され、オホーツク縦断列車が夢と消えた翌年に、小説の形で蘇らせたのが同作だった。しかし、八七年には湧網線（中湧別―網走）が、八九年には天北線と名寄本線も廃止され、流氷特急が走った線路は、両端の区間を残して姿を消してしまったのだった。

そんな思いを胸に、鉄道が廃止されてしまった町を舞台に、改めて、鉄道が大きなカギをにぎるミステリを書いてみせたのが本編である。更に、心中相手の青年が鉄道大好き人間だったという設定で、数多くの廃止されたローカル線について女性に熱く語らせる点などに、辻らしさが垣間見える。なお、作中では紋別空港には東京（羽田）との直行便はないとあるが、現在は直行便が飛んでいる。哀しいことに、航空機の運航事情は、当時よりも改善されているのだ。

作品中に出てくる〝神威岬〟について、念のために補足しておこう。この名称の岬で最も有名なのは、本作にもある通り積丹半島の先端にある方だろう。本作の舞台になっているのは、オホーツク海に突き出たもので、〝北見神威岬〟と呼ばれることもあるようだ。

「遠い日、遠いレール」（《問題小説》二〇〇一年一月号）は、男が我が子を連れ戻すために乗車した夜行列車の中で、過去の自分の恋愛とそこで起きた殺人事件を回想する一編。電車を舞台とするだけでなく、回想の中でも複数の鉄道が大きな役割を占めているのが特徴であろう。

〝ムーンライトながら〟は、東海道本線を走る、夜行快速列車。本編にある通り、大垣夜行と呼ばれていたものが座席指定制になるにあたりネーミングされたもので、寝台ではなく座席車である。東京発の終電と、安価な夜行列車の二面を持つため、様々な媒体で扱われることも多い。一方、回想に登場する新潟県内の鉄道は、新幹線こそ開通したが、高校生が利用する普通列車に限れば、現在と大きくは変わっていない。と云いながら、信越本線は、新潟駅から一度新津まで南下して、そこから柏崎まで西へ向かい、羽越本線は、新潟駅ではなく新津駅が起点であることを知らないと、主人公の行動に戸惑う読者はいるかも知れない。これらの他に、新潟駅と柏崎駅を結ぶ越後線と、新潟駅と新発田駅を結ぶ白新線が走っているために、複雑な経路選択が可能になり、主人公が巻き込まれた騒動も起こったのである。

「終電車の囚人」（《問題小説》〇一年六月号）は、神奈川・逗子から千葉・土気まで、片道二時間半の遠距離通勤をする男が、自分の妻の回りに起きる出来事について、あれこれと回想と妄想を繰り返す作品。気弱な男が、通勤車内で長時間に渡ってあれこれと思い悩む姿が、身につまされる内容である。

それぞれ東京駅を終着としていた横須賀線と総武本線が直通運転を開始したことにより、首都圏でもこのような遠距離通勤があたりまえとなった時代を象徴する作品かも知れない。これ以降、東京メトロを介して、埼玉・東武動物公園と神奈川・中央林間が、更に埼玉・飯能と神奈川の元町・中華街がそれぞれ結ばれて、東京都を通過する通勤が普通となっていくが、それが生み出す家族ドラマをコメディタッチで構成したと云えよう。

なお、本編に登場する湊マホは、辻作品に何回か登場する脇役キャラクターである。初登場の短編「一件落着！」（初出不明。一九七七か？『合本・青春殺人事件』収録）では中堅どころのアイドルだったが、『死によって幕があがる』（八三）では、ポルノ映画の女優に転身している。脇役でも使い捨てにせず、それぞれのドラマを生み出して来たのが辻ワールドだが、その象徴のような女性なのだ。湊マホが、どうにか幸せな（？）結婚が出来たことを知って、安心した読者もいたのではないか。

「鉄路が錆びてゆく」（《問題小説》二〇〇一年十二月号）も、山陰地方を舞台に、妻が浮気をしたのではないか、と悩む男の姿を縦軸に、いくつかのエピソードをからめて描いた作品。

ストーリーの主軸になっているのは、山陰本線の非電化区間の多さだろうか。京都―幡生（下関）という七百キロ近い路線のうち、現在までに電化されたのは、京都―城崎温泉と、伯耆大山―西出雲の区間だけであり、いずれも山陰本線としてではなく、直通運転する福知山線・伯備線の電化に合わせて電化されたに過ぎない。従って、山陰本線には「電車」は殆ど走っていないのだが、気動車もつい「電車」と言ってしまう人も多いはずだ。そのズレが生み出す認識の食い違いがトリックの礎となっている。なお、回想に登場する旧羽幌線は、北海道の留萌と幌延を結んでいたローカル線。天売・焼尻島の観光拠点だった羽幌町を中心に、日本海沿岸部を走っていたが、沿線人口の減少とともに利用者が激減し、全線開通からわずか三十年（一九八七年）で廃線となった。

「東京鐵道ホテル24号室」（《問題小説》二〇〇八年十二月号）は、可能克郎が長野・小布施で遭遇した老婆が、終戦後間もない時期の謎の男との出会いと、その後に起こった事件の思い出を回顧する物語。

〝東京鐵道ホテル〟は、現存する〝東京ステーションホテル〟が、戦争中の一時期名乗っていた名称である。東京駅構内に位置する同ホテルの歴史については、種村直樹『東京ステーションホテル物語』（一九九五）に詳しい。とはいえ、本編はこのホテルとは直接関連はなく、謎の男が最後に口にしたセリフが、そのままタイトルとなったものである。ただ、特徴ある言葉だから、勘のいい読者には、謎の男の正体は早々に分かっただろう。辻も、それを敢えて隠すことはせず、ただ、終戦後に少女の身に起こった小さな事件を静かに描くことに力を注ぐ。――辻が、『焼跡の二十面相』（二〇一九）、『二十面相暁に死す』（二一）といった作品を書くのはこの十年余り後だが、あるいは、この作品を着想したことが、のちの長編連作のスタートとなったのかも知れない。

可能克郎は、辻の様々な作品ワールドを彩る狂言回し的人物である。可能キリコの兄であり、《夕刊サン》の記者でもある彼は、脇役として多くの作品に登場している。のちに結婚する萱庭智佐子とともに主人公となって活躍するシリーズもあるが、そこでさえ探偵役は務めないことが最大の特徴かも知れない。

「轢かれる」（《ミステリーズ！》一一年十二月号）は、左手の手首から先を列車に轢かれて失った母親の人生の軌跡を、娘が追い求める物語。本編では、列車は脇役であるが、様々な想いと柵（しがらみ）にからめとられながら、必死に娘を守ろうとした母親の姿を描くために、鉄道は必須の要素であったろう。

舞台となった「鷹取市（たかとり）」は、北関東にある、とされた架空の街である。ただ、この自治体名は、辻の小説に様々な形で繰り返し登場してきた。最もメジャーな形で扱われたのは、連作短編集『観光課殺人ガイド』（一九九三）の舞台としてかも知れないが、登場頻度では、可能キリコ（スーパー）の両親の隠居先としてが多いかも知れない。それを受け、結婚したポテト＆スーパーは、この市に移住している。他にも幾つもの作品で出て来るし、鷹取線（こちらも架空の路線）が廃線になった前後の事件を描いたものに短編「廃駅」がある（タイトルからも分かる通り、広義の鉄道ミステリではあるが、廃線になった後の旧駅舎が舞台ということもあり、本書への収録は見送った）。

いずれも、辻真先らしい、技巧を凝らした構成の中に、鉄道に対する愛が溢れた作品群であることが分かっていただけるだろう。

作者には、まだ多くの短編群がある。それらが順に短編集にまとまることを願ってやまない。

初出一覧

「お座敷列車殺人号」……〈問題小説〉一九八三年一月（『殺人者が日本海を行く』所収）
「夜行急行殺人号」……〈問題小説〉一九八四年年九月
「ブルートレイン殺人号」……〈問題小説〉一九八四年十二月
「α列車殺人号」……〈問題小説〉一九八五年八月
「郷愁列車殺人号」……〈小説ＮＯＮ〉一九九〇年八月
「白い闇の駅」……〈小説ＮＯＮ〉一九九三年七月
「オホーツク心中」……〈小説新潮〉二〇〇〇年六月
「遠い日、遠いレール」……〈問題小説〉二〇〇一年一月
「終電車の囚人」……〈問題小説〉二〇〇一年六月
「鉄路が錆びてゆく」……〈問題小説〉二〇〇一年十二月
「東京鐵道ホテル24号室」……〈問題小説〉二〇〇八年十二月
「轢かれる」……〈ミステリーズ！vol.50〉二〇一一年十二月

著者紹介　1932年愛知県生まれ。名古屋大学卒業後、NHKを経て、テレビアニメの脚本家として活躍。1972年『仮題・中学殺人事件』を刊行。1982年『アリスの国の殺人』で日本推理作家協会賞を、2009年に牧薩次名義で刊行した『完全恋愛』が第9回本格ミステリ大賞を受賞。2019年に第23回日本ミステリー文学大賞を受賞。

検印
廃止

思い出列車が駆けぬけてゆく
鉄道ミステリ傑作選

2022年9月16日　初版

著　者　辻（つじ）　真（ま）先（さき）

編　者　戸（と）田（だ）和（かず）光（みつ）

発行所　(株)　東京創元社
代表者　渋谷健太郎

162-0814/東京都新宿区新小川町1-5
電　話　03・3268・8231-営業部
　　　　03・3268・8204-編集部
URL　http://www.tsogen.co.jp
DTP　キャップス
暁印刷・本間製本

乱丁・落丁本は、ご面倒ですが小社までご送付ください。送料小社負担にてお取替えいたします。

ISBN978-4-488-40517-5　C0193

巨匠の代表作にして歴史的名作

MURDER ON THE ORIENT EXPRESS◆Agatha Christie

オリエント急行の殺人

アガサ・クリスティ
長沼弘毅 訳 創元推理文庫

◆

豪雪のため、オリエント急行列車に
閉じこめられてしまった乗客たち。
その中には、シリアでの仕事を終え、
イギリスへ戻る途中の
名探偵エルキュール・ポワロの姿もあった。
その翌朝、ひとりの乗客が死んでいるのが発見される
――体いっぱいに無数の傷を受けて。
被害者はアメリカ希代の幼児誘拐魔だった。
乗客は、イギリス人、アメリカ人、ロシア人と
世界中のさまざまな人々。
しかもその全員にアリバイがあった。
この難事件に、ポアロの灰色の脳細胞が働き始める――。
全世界の読者を唸らせ続けてきた傑作！